Mentiras
de verão

BERNHARD SCHLINK

Mentiras de verão

Tradução de
CLAUDIA ABELING

1ª edição

EDITORA RECORD
RIO DE JANEIRO • SÃO PAULO
2015

CIP-BRASIL. CATALOGAÇÃO NA FONTE
SINDICATO NACIONAL DOS EDITORES DE LIVROS, RJ

S37m   Schlink, Bernhard, 1944-
        Mentiras de verão / Bernhard Schlink; tradução Claudia Abeling. –
1ª ed. – Rio de Janeiro: Record, 2015.

   Tradução de: Sommerlügen
   ISBN 978-85-01-40383-4

   1. Ficção alemã. I. Abeling, Claudia. II. Título.

                                    CDD: 833
15-19656   CDU: 821.112.2-3

TÍTULO ORIGINAL EM ALEMÃO:
Sommerlügen

Copyright © 2010 by Diogenes Verlag AG Zürich

Texto revisado segundo o novo Acordo Ortográfico da Língua Portuguesa.

Todos os direitos reservados. Proibida a reprodução, no todo ou em parte,
através de quaisquer meios. Os direitos morais do autor foram assegurados.

Direitos exclusivos de publicação em língua portuguesa somente para o Brasil
adquiridos pela
EDITORA RECORD LTDA.
Rua Argentina, 171 – Rio de Janeiro, RJ – 20921-380 – Tel.: 2585-2000,
que se reserva a propriedade literária desta tradução.

Impresso no Brasil

ISBN 978-85-01-40383-4

Seja um leitor preferencial Record.
Cadastre-se e receba informações sobre nossos
lançamentos e nossas promoções.

EDITORA AFILIADA

Atendimento e venda direta ao leitor:
mdireto@record.com.br ou (21) 2585-2002.

Sumário

Baixa estação	7
A noite em Baden-Baden	49
A casa na floresta	87
O estranho na noite	131
O último verão	173
Johann Sebastian Bach em Rügen	217
A viagem para o sul	245

Baixa estação

1

Eles tiveram de se despedir antes do controle de bagagens. Mas, como no pequeno aeroporto todos os guichês e controles estavam reunidos num só espaço, ele foi capaz de segui-la com o olhar quando ela colocou a bolsa sobre a esteira, passou pelo detector de metais, apresentou o cartão de embarque e seguiu para o avião — que estava logo atrás da porta de vidro, na pista.

Ela o olhou muitas vezes e acenou. Na escada para o avião, virou-se pela última vez, sorriu e chorou, colocou a mão sobre o coração. Quando sumiu no interior da aeronave, ele acenou para as janelinhas, embora não soubesse se ela o via. Em seguida, os motores foram acionados, as turbinas giraram, o avião começou a avançar, acelerou e decolou.

Seu voo partiria dali a uma hora. Ele pegou um café e um jornal e se sentou num banco. Desde que se conheceram, não tinha mais lido jornal nem se sentado sozinho com um café. Após quinze minutos, sem ter lido nenhuma linha e sem ter tomado nenhum gole, ele pensou: desaprendi a ficar sozinho. E gostou da ideia.

2

Tinha chegado fazia trezes dias. A alta temporada havia terminado e, com ela, o tempo bom. Chovia, e ele passou a tarde com um livro na varanda coberta da pousada. No dia seguinte, quando se forçou a sair no tempo feio e caminhou pela praia sob chuva até o farol, encontrou a mulher primeiro no caminho de ida e depois no de volta. Eles trocaram sorrisos, na primeira vez curiosos; na segunda, já bem mais confiantes. Numa ampla extensão de areia, ambos eram os únicos caminhantes, além de companheiros de sofrimento e prazer; os dois prefeririam um céu claro, azul, mas desfrutavam a chuva suave.

À noite, ela estava sentada sozinha à varanda do apreciado restaurante de frutos do mar, adaptado para o outono com uma cobertura e proteção de plástico. Tinha um copo cheio à sua frente e lia um livro — um sinal de que ainda não havia comido e que não esperava pelo marido ou namorado? Ficou indeciso junto à porta até que ela ergueu o olhar e lhe sorriu de maneira amistosa. Foi quando ele tomou coragem, aproximou-se da mesa e perguntou se poderia se sentar com ela.

— Por favor — concedeu, e colocou o livro de lado.

Ele se sentou e, como ela já havia feito o pedido, pôde orientá-lo; escolheu o mesmo bacalhau que ela. Em seguida, os dois não sabiam como dar início a uma conversa. O livro não ajudava; estava posicionado de um jeito que ele não conseguia ler o título. Por fim, ele falou:

— Férias tardias em Cape são especiais.

— Por causa do tempo agradável? — Ela riu.

Estava rindo dele? Ele a observou, o rosto não era bonito, tinha olhos pequenos e um queixo anguloso demais, porém a expressão não era de desdém, mas alegre, talvez um pouco insegura.

— Porque a praia é só nossa. Porque encontramos mesa nos restaurantes que ficam sempre lotados na alta temporada. Porque estamos menos solitários com menos pessoas que com muitas.

— Você sempre vem depois da alta temporada?

— É minha primeira vez aqui. Na verdade, eu deveria estar trabalhando. Mas meu dedo ainda não está bom, e ele pode fazer seus exercícios tanto aqui quanto em Nova York. — Ele movimentou o dedo mínimo da mão esquerda para cima e para baixo, curvou-o e o esticou.

Ela olhou o dedinho espantada.

— E ele se exercita para quê?

— Para a flauta. Toco numa orquestra. E você?

— Aprendi piano, mas agora raramente toco. — Ela enrubesceu. — Não foi isso que você perguntou. Estive aqui várias vezes com meus pais, quando era criança, e às vezes fico com saudades. E depois da alta temporada, Cape tem o fascínio que você descreveu. Tudo está mais vazio, mais tranquilo. Eu gosto assim.

Ele não falou que não tinha condições de bancar as férias na alta temporada, e pressupôs que o mesmo valia para ela. Ela usava tênis, jeans e moletom, e sobre o encosto da cadeira havia um casaco impermeável desbotado. Ao estudarem juntos a carta de vinhos, ela sugeriu uma garrafa de um sauvignon blanc barato. Contou de Los Angeles, do seu trabalho numa instituição que ensinava teatro a crianças do gueto, da vida sem inverno, da violência do Pacífico, do trânsito. Ele lhe contou da queda por causa de um cabo mal colocado, quando quebrou o dedo, do braço fraturado ao pular da janela aos nove anos e da perna fraturada no esqui, aos treze. Inicialmente estavam sentados a sós na varanda, em seguida outros clientes chegaram e na segunda garrafa de vinho os dois se encontravam sozinhos novamente. Quando olhavam pela janela, viam o mar e a areia imersos numa escuridão total. A chuva batia no telhado.

— O que você pretende fazer amanhã?

— Sei que tem café da manhã na pousada, mas quer tomar comigo?

Ele a levou para casa. Ela tomou seu braço sob o guarda-chuva. Não conversaram. Sua casinha ficava no caminho, a um quilômetro e meio da pousada. A luz diante da porta se acendeu automaticamente e, de repente, eles se viram com muita claridade. Ela o abraçou rápido e seu beijo foi fugaz. Antes de fechar a porta, ele disse:

— Eu me chamo Richard. E você...

— Meu nome é Susan.

3

Richard acordou cedo, cruzou os braços atrás da cabeça e escutou a chuva nas folhas das árvores e no cascalho do caminho. Ele gostava de ouvir o gotejar uniforme, tranquilizador, embora isso não fosse nenhum bom sinal para o dia. Susan e ele iriam caminhar na praia depois do café?

Ou na floresta ao redor do lago? Ou andar de bicicleta? Richard não tinha alugado um carro e supunha que ela também não. Desse modo, a distância dos passeios juntos era limitada.

Ele curvou e esticou o dedo mínimo algumas vezes, para não ter de se exercitar tanto mais tarde. Estava com um pouquinho de medo. Se Susan e ele realmente passassem o dia juntos após o café da manhã e ainda fossem comer ou até cozinhar, o que aconteceria depois? Precisaria transar com ela? Mostrar-lhe que ela era uma mulher desejável, e ele, um homem viril? Porque, senão, iria ofendê-la e se ridicularizar? Richard tinha passado anos sem ter relações com uma mulher. Não se sentia muito viril nem a havia achado especialmente desejável na noite anterior. Susan tinha muito a contar e muitas perguntas a fazer, ouvia com atenção, era animada e espirituosa. E achou charmoso que ela, antes de dizer alguma coisa, sempre hesitava um pouco e, quando se concentrava, semicerrava os olhos. Susan despertava seu interesse. E seu desejo?

O café da manhã estava posto no salão e, como não queria decepcionar o casal idoso que tinha espremido o suco de laranja, feito ovos mexidos e preparado panquecas, ele sentou-se e comeu. A mulher saía da cozinha a cada dois minutos, perguntando se ele queria mais café ou mais manteiga ou outra geleia ou fruta ou iogurte. Até Richard entender que ela queria conversar. Ele lhe perguntou há quanto tempo morava ali e ela largou a garrafa térmica de café e parou ao lado da mesa. Havia quarenta anos, seu marido tinha recebido uma pequena herança, e compraram a casa em Cape, onde ele queria escrever, e ela, pintar. Mas a escrita e a pintura não foram adiante, e, depois de os filhos terem crescido e de a herança ter sido consumida, eles transformaram a casa numa pousada.

— Tudo o que o senhor quiser saber sobre Cape, onde ficam os lugares mais bonitos e onde é melhor para se comer, me pergunte. E, se o senhor sair hoje, mesmo com chuva, a praia continua sendo uma praia e a floresta está apenas molhada.

A neblina se agarrava às árvores da floresta. Também envolvia as casas que ficavam mais afastadas da rua. O lugarzinho onde Susan morava era uma residência de caseiro e ao lado dela havia uma entrada que levava a uma grande casa, oculta pela névoa, misteriosa. Richard não encontrou a campainha e bateu.

— Estou indo — avisou ela, e a voz parecia distante. Ele a escutou subir uma escada, abrir uma porta e correr por um corredor. E então Susan apareceu diante dele, sem fôlego e com uma garrafa de champanhe nas mãos.

— Eu estava no porão.

O champanhe o atemorizou de novo. Richard enxergou Susan e a si diante de uma lareira acesa, taças nas mãos, sentados num sofá. Ela se aproximava. A hora tinha chegado.

— Por que você está parado assim, com o olhar perdido? Entre!

No cômodo grande ao lado da cozinha, ele realmente viu uma lareira, lenha ao lado e, na frente, um sofá. Susan havia posto a mesa na cozinha e Richard voltou a tomar suco de laranja e comer ovos mexidos, e depois havia salada de frutas com nozes.

— Estava delicioso. Mas agora tenho de sair e dar uma corrida, andar de bicicleta ou nadar.

Quando Susan olhou, confusa, para a chuva, ele lhe contou do seu café da manhã duplo.

— Você não queria decepcionar John e Linda? Que meigo! — Ela o olhou, satisfeita e espantada. — Sim, por que não nadar? Você não está de calção? Você vai...

Susan o olhou com alguma incerteza, mas ele concordou. Ela colocou toalhas numa bolsa grande além de um guarda-chuva, champanhe e duas taças.

— Podemos atravessar o terreno. É mais bonito e mais rápido.

4

Eles passaram pela grande casa, uma construção de colunas altas e janelas fechadas, que mesmo de perto continuava misteriosa. Subiram os degraus largos, chegaram ao terraço entre as colunas, deram a volta pela casa e encontraram a escada para a varanda coberta antes do próximo piso. De lá, a vista enevoada se estendia sobre as dunas e a praia, até o mar cinzento.

— Está bem calmo — sussurrou ela.

Susan conseguia ver apesar da distância? Ela era capaz de escutar? Não chovia mais, e nesse silêncio profundo Richard também apenas sussurrou.

— Onde estão as gaivotas?

— Mar adentro. Quando a chuva para, as minhocas saem da terra e os peixes sobem à superfície.

— Não acredito.

Ela riu.

— A gente não ia nadar?

Susan saiu em disparada, tão rápido e com tanta ciência do caminho que ele, com a bolsa grande, não conseguiu acompanhá-la. Richard a perdeu de vista nas dunas e, quando chegou à praia, ela estava tirando a última meia para correr até o mar. Quando ele chegou ao mar, Susan já nadava longe.

A água estava realmente muito calma e o frio passou no instante em que ele começou a nadar. Seu corpo nu era acariciado pelo mar. Richard foi para longe e ficou boiando. As braçadas de Susan a levavam mais longe ainda. Assim que a chuva recomeçou, ele apreciou as gotas no rosto.

A chuva apertou e ele não conseguia mais ver Susan. Chamou-a. Nadou na direção em que supunha que a tivesse visto pela última vez e chamou novamente. Quando mal podia distinguir a terra, deu meia-volta. Richard não nadava rápido, tinha de se esforçar, mas avançava muito lentamente e a lentidão aumentava seu pânico. Por quanto tempo ela seria capaz de aguentar? O celular estava no bolso da calça? Havia sinal na praia? Onde ficava a casa mais próxima? Ele não suportou o esforço, ficou ainda mais lento e mais angustiado.

Nesse momento, viu uma figura pálida sair do mar e ficar parada na praia. A raiva lhe deu forças. Como ela o tinha deixado preocupado! Quando Susan acenou, ele não respondeu.

Ao se postar diante dela, furioso, ela lhe sorriu.

— O que aconteceu?

— O que aconteceu? Eu fiquei completamente em pânico quando não vi mais você. Por que não passou nadando por mim ao voltar?

— Eu não vi você.

— Você não me viu?

Ela ficou vermelha.

— Eu sou muito míope.

De repente, sua fúria lhe pareceu ridícula. Eles estavam nus e molhados frente a frente, com a chuva escorrendo pelos rostos, ambos arrepiados. Tremiam e aqueciam o peito com os braços. Susan o observou com o olhar indefeso, questionador, que não expressava — como ele sabia agora — insegurança, mas apenas miopia. Richard viu as veias azuis que apareciam na fina pele branca, seus pelos pubianos, loiro-avermelhados, embora o cabelo fosse loiro-claro, a barriga lisa e o quadril estreito, os braços e as pernas fortes. Ele sentiu vergonha do próprio corpo e encolheu a barriga.

— Sinto muito ter sido grosseiro.

— Eu entendo. Você estava com medo. — Ela sorriu de novo para Richard.

Ele estava constrangido. Em seguida, como se tivesse recebido um empurrão, indicou com a cabeça o lugar nas dunas onde estavam as roupas, disse "Já!" e saiu correndo. Susan era mais rápida que ele e poderia tê-lo ultrapassado com facilidade. Mas correu a seu lado, e isso o fez se lembrar da infância, da alegria pelas corridas em grupo a um objetivo comum com as irmãs ou os amigos. Ele viu os pequenos seios de Susan, que ela havia protegido com os braços enquanto eles estavam na praia, e a bunda pequena.

5

Suas roupas estavam molhadas. Mas as toalhas permaneceram secas no interior da bolsa, e Susan e Richard se enrolaram nelas, sentaram-se debaixo do guarda-chuva e tomaram champanhe.

Ela se encostou nele.

— Fale de você. Desde o começo, da sua mãe, do seu pai e dos seus irmãos, até agora. Você é americano?

— Sou de Berlim. Meus pais davam aula de música, ele de piano e ela de violino e viola. Éramos quatro filhos e eu pude frequentar a escola superior de música, embora minhas três irmãs fossem muito melhores que eu. Meu pai quis assim; não conseguia suportar a ideia de que eu fosse fracassar como ele. Então, por causa dele frequentei a escola superior de música, me tornei segundo flautista na Orquestra Filarmônica de Nova York e, para ele, algum dia vou ser o primeiro flautista numa outra boa orquestra.

— Seus pais ainda estão vivos?

— Meu pai morreu há sete anos, minha mãe, no ano passado.

Susan refletiu. Em seguida, perguntou:

— Se você não tivesse se tornado flautista por causa do seu pai, mas tivesse seguido a própria vontade, o que você seria?

— Não ria de mim. Quando meu pai e minha mãe morreram, pensei que finalmente estava livre e que podia fazer o que quisesse. Mas eles ainda estão na minha mente e ficam me persuadindo. Eu teria de me afastar por um ano, me afastar da orquestra, da flauta, teria de correr, nadar, refletir e talvez escrever sobre como foi a vida em casa com meus pais e minhas irmãs. Para que eu soubesse, no final do ano, o que realmente quero. Talvez seja até a flauta mesmo.

— De vez em quando eu desejava que alguém me persuadisse. Meus pais sofreram um acidente de carro e morreram quando eu tinha doze anos. Minha tia me criou e ela não gostava de crianças. Também não sei se meu pai gostava de mim. Uma vez, ele disse estar ansioso que eu ficasse maior para conseguir fazer alguma coisa comigo. Não soou muito bem.

— Sinto muito. Como era sua mãe?

— Bonita. Ela queria que eu fosse bonita como ela. Meu armário era tão chique quanto o dela, e, quando ela ajudava a me vestir, mamãe era maravilhosa, amorosa, carinhosa. Ela teria me ensinado a lidar com amigas traiçoeiras e amigos atrevidos. Mas tive de aprender tudo sozinha.

Eles estavam sentados debaixo do guarda-chuva e desfiavam suas memórias. Como duas crianças que se perderam e estão com saudades de casa, pensou ele. Richard se lembrou dos livros preferidos da sua infância, nos quais meninos e meninas se perdiam e sobreviviam em cavernas e casebres, eram atacados em viagens e se tornavam escravos, sequestrados em Londres e obrigados a mendigar e a roubar ou vendidos de Ticino a Milão como limpadores de chaminés. Ele havia sofrido com as crianças por terem perdido os pais e torcido pela volta delas ao lar. Mas ficava fascinado mesmo pelo fato de as crianças órfãs conseguirem sobreviver. Quando finalmente retornavam para casa, tinham se emancipado dos pais. Por que é tão difícil ser independente, embora precisemos apenas de nós e ninguém mais? Richard suspirou.

— O que foi?

— Nada — respondeu ele, colocando o braço ao redor dela.

— Você suspirou.

— Eu gostaria de ser mais do que sou.

Susan se aninhou a seu lado.

— Conheço a sensação. Mas não dizem que evoluímos em ondas? Durante muito tempo não acontece nada e, de repente, temos uma surpresa, conhecemos alguém, tomamos uma decisão e não somos mais os mesmos de antes.

— Não somos mais os mesmos de antes? Há seis meses estive num encontro de turma e aqueles que eram comportados e agradáveis na escola continuavam assim e os canalhas continuavam sendo canalhas. Acho que os outros sentiram o mesmo que eu. Para mim, foi um choque. A gente investe em si, pensa que se transforma e se desenvolve, e os outros nos reconhecem imediatamente como aqueles que sempre fomos.

— Vocês, europeus, são pessimistas. Vocês vêm do Velho Mundo e não conseguem imaginar que o mundo e as pessoas vão se renovar.

— Vamos caminhar pela praia. A chuva quase parou.

Eles enrolaram as toalhas na cintura, atravessaram a praia e andaram ladeando o mar. A areia molhada pinicava os pés descalços.

— Não sou pessimista. Eu sempre espero que minha vida vá melhorar.

— Eu também.

Quando a chuva voltou a apertar, eles retornaram à casa de Susan. Estavam com frio. Enquanto Richard tomava banho, Susan foi ao porão e ligou o aquecimento; enquanto Susan tomava banho, Richard acendeu o fogo na lareira. Ele estava usando o roupão que ela havia guardado do pai, vermelho, quente, de lã pesada com forro macio. Eles penduraram as roupas molhadas para secar e descobriram como funcionava o samovar que estava no aparador da lareira. Depois, sentaram-se no sofá, ela com as pernas cruzadas num canto, ele sobre os joelhos no outro, tomaram chá e se olharam.

— Daqui a pouco vou poder vestir minhas roupas.

— Fique. O que você quer fazer com essa chuva? Ficar sozinho no seu quarto?

— Eu... — Ele queria dizer que não gostaria de ser invasivo, de importuná-la, de atrapalhar sua rotina. Mas eram desculpas. Sabia que Susan estava gostando da sua companhia. Richard lia isso em seu rosto e escutava em sua voz. Sorriu para ela, primeiro educado, depois constrangido. E se a situação despertasse expectativas em Susan que ele não conseguiria satisfazer? Mas ela mexeu numa pilha de livros e revistas ao lado do sofá e começou a ler. Estava sentada e lia tão absorta, tão confortável, tão relaxada, que ele também começou a relaxar. Procurou e encontrou um livro que lhe interessava; não leu, mas ficou a observando ler. Até ela erguer o olhar e sorrir para ele, que correspondeu, finalmente relaxado, e começou a leitura.

6

Às dez, quando chegou à pousada, Linda e John estavam sentados diante da televisão. Ele lhes disse que não precisariam preparar seu café da manhã no dia seguinte, iria tomá-lo com a jovem da casinha que ficava a cerca de um quilômetro e meio dali, uma mulher que conheceu no jantar do restaurante.

— Ela não mora na casa grande?

— Há muito tempo que ela não fica lá, quando vem sozinha.

— Mas no ano passado...

— No ano passado ela veio sozinha, mas sempre estava com visitas.

Richard, cada vez mais irritado, escutava Linda e John.

— Vocês estão falando de Susan...

Percebeu que eles só tinham se apresentado com os primeiros nomes.

— Susan Hartman.

— Ela é dona do casarão com as colunas?

— O avô dela comprou o lugar nos anos vinte. Depois da morte dos pais, o caseiro deixou de cuidar da casa. Ele embolsava o pagamento e não investia nada, até que Susan o demitiu há poucos anos e colocou as casas e o jardim em ordem de novo.

— Isso deve ter custado uma fortuna.

— Não doeu no bolso dela. Da nossa parte, ficamos contentes. Havia pessoas interessadas em retalhar o terreno e dividir a casa ou fazer dela um hotel. Tudo estaria diferente por aqui.

Richard deu boa-noite para John e Linda e foi para o quarto. Não teria puxado conversa com Susan se soubesse da riqueza dela. Ele não gostava de gente rica. Desdenhava da riqueza herdada e considerava a riqueza conquistada uma extorsão. Seus pais nunca ganharam o suficiente para dar aos quatro filhos o que gostariam de ter lhes dado, e seu salário na Orquestra Filarmônica de Nova York era o suficiente para sobreviver naquela cidade cara. Richard não tinha amigos ricos, nunca havia tido.

Estava furioso com Susan. Era como se ela o tivesse enganado. Como se ela o tivesse atraído para uma situação que agora o prendia. Estava preso? Não precisava ir até sua casa na manhã seguinte para o café. Ou podia ir e lhe dizer que não podiam mais se ver, eles eram diferentes demais, suas vidas eram diferentes demais, seus mundos eram diferentes demais. Mas tinham acabado de passar a tarde juntos, diante da lareira, e leram esporadicamente frases um para o outro, cozinharam juntos, comeram, lavaram a louça, assistiram a um filme e ambos se sentiram bem. Diferentes demais?

Richard escovou os dentes com tanta força que machucou a bochecha esquerda. Sentou-se na cama, colocou a mão na bochecha e sentiu pena de si mesmo. Estava de fato preso. Tinha se apaixonado por Susan. Só um pouquinho apaixonado, disse ele. Pois o que sabia sobre ela? O que gostava nela? Como avançar a história com as diferenças das suas vidas e dos seus mundos? Talvez ela fosse achar charmoso jantar no pequeno restaurante italiano que ele podia pagar umas duas ou três vezes. Depois disso deveria pedir para ela pagar a conta? Ou começar a se endividar no cartão de crédito?

Não dormiu bem. Acordou a todo o momento e, às seis, quando percebeu que não adormeceria mais, desistiu, vestiu-se e saiu da casa. O céu estava repleto de nuvens escuras, mas havia um brilho vermelho a leste. Se Richard não quisesse perder o nascer do sol sobre o mar, era preciso se apressar e sair correndo com os mocassins que havia calçado em vez dos tênis. As solas ressoavam na rua, espantando um bando de gralhas e dois coelhos. O vermelho a leste ficava mais largo e mais forte; Richard já havia visto uma cena parecida com essa à noite, mas nunca pela manhã. Diante da casa de Susan, ele se esforçou para ser silencioso.

Em seguida, chegou à praia. O sol se elevava, dourado, de um mar em brasas para um céu em chamas — durante alguns instantes, até as nuvens apagarem tudo. Richard teve a impressão de que, subitamente, ficou não só mais escuro mas também mais frio.

Ele não precisava ter se esforçado para ficar em silêncio diante da casa de Susan. Ela também já estava acordada. Sentada ao pé de uma duna, viu-o, levantou-se e foi ao encontro dele. Andava devagar; nas dunas, a areia era fofa e dificultava a caminhada. Richard foi em sua direção, mas apenas porque queria ser gentil. Preferia ficar observando-a andar, com o passo tranquilo, a postura segura, a cabeça às vezes baixa e às vezes erguida, e, quando estava erguida, seu olhar se fixava nele. Richard ficou com a sensação de que eles iriam negociar alguma coisa ao se dirigirem um ao outro, mas não sabia o quê. Ele não entendeu o que o rosto dela indagava e quais respostas ela encontrava no seu. Richard sorriu, mas Susan não retribuiu e o fitou com seriedade.

Quando estavam frente a frente, ela pegou a mão dele. "Venha!" Susan o levou até a casa; subindo a escada, chegaram ao quarto. Ela se despiu, deitou-se na cama e o observou tirando a roupa e se deitando também.

— Esperei tanto tempo por você.

7

Susan o amava desse jeito. Como se o tivesse procurado durante muito tempo e finalmente houvesse encontrado. Como se eles não pudessem fazer nada de errado.

Ela o conduziu, e ele permitiu. Richard não se perguntou: Como eu estou?; e não perguntou a ela: Como me saí? Depois, deitados lado a lado, ele soube que a amava. Essa pessoa pequena com olhos pequenos demais, com o queixo anguloso demais, com a pele fina demais e com o corpo mais seco que os corpos de mulheres que havia amado até então. Que possuía uma segurança que, arrastada de pais moderadamente amorosos para uma tia desnaturada, não deveria possuir. Que parecia ter mais dinheiro do que era saudável para ela. Que enxergava em Richard algo que ele mesmo não via e que, dessa maneira, dava-lhe isso.

Pela primeira vez, Richard amou uma mulher como se não existissem imagens que pautassem o amor. Como se fossem um casal do século XIX, a quem o cinema e o teatro ainda não tinham prescrito suas imagens de como se beijar certo, gemer certo, ter no rosto a expressão certa de paixão e no corpo o tremor certo de prazer. Um casal que havia inventado para si o amor, o beijar e o gemer. Susan parecia nunca fechar os olhos. Sempre que a via, ela também o estava vendo. Ele amava seu olhar, absorto, confiante.

Susan se apoiou em Richard e sorriu.

— Que bom que eu sorri quando você não sabia o que fazer no restaurante. Primeiro achei que não era necessário. Pensei que você viria até mim pelo caminho mais direto e mais rápido.

Richard também riu, feliz. Eles não se lembraram de considerar aquilo que havia provocado ruídos durante a conversa no restaurante como um sinal de alerta. Os dois achavam tudo fruto da falta de jeito e que podia ser superado com uma risada.

Ficaram na cama até anoitecer. Em seguida, tiraram o carro de Susan da garagem, um BMW mais velho, bem-cuidado, e atravessaram a noite e a chuva em busca de um supermercado. A luz era ofuscante, o cheiro era de produtos químicos de limpeza, a música parecia de sintetizador e os poucos clientes empurravam, cansados, seus carrinhos pelos corredores.

— Deveríamos ter ficado na cama — sussurrou ela, e Richard ficou aliviado por Susan estar tão perturbada com a luz, o cheiro e a música quanto ele.

Ela suspirou, riu, fez as compras e logo tinha enchido o carrinho. Às vezes ele também pegava algo, maçãs, panquecas, vinho. No caixa, Richard pagou com o cartão de crédito e sabia que no mês seguinte pela primeira vez não pagaria toda a fatura. Isso o deixou inquieto, porém ficou ainda mais irritado pelo fato de essa bobagem de estourar o limite do cartão de crédito continuar o inquietando num dia como aquele. Por isso, comprou três garrafas de champanhe na loja de bebidas ao lado.

Na volta para casa, Susan perguntou:

— Vamos buscar suas coisas?

— Talvez Linda e John já estejam dormindo. Não quero acordá-los.

Susan assentiu. Ela dirigia rápido e com segurança, e ele percebeu, pela maneira como fazia as curvas, que ela conhecia bem o trajeto.

— Você veio de carro de Los Angeles?

— Não, o carro fica aqui. Clark toma conta da casa, do jardim e também do carro.

— Você só fica na casa maior quando tem visitas?

— Vamos nos mudar para lá amanhã?

— Não sei. É tão...

— É muito grande para mim. Mas com você seria agradável. Poderíamos ler na biblioteca, jogar no salão de bilhar, você poderia praticar flauta na sala de música, eu pediria para servir o café da manhã no salão menor e o jantar no maior.

Susan falava cada vez mais animada, mais decidida.

— Dormiremos no quarto maior, que meus avós e meus pais usaram. Ou dormimos no meu quarto na cama em que sonhava com meu príncipe quando era pequena.

Richard viu o rosto sorridente dela à luz opaca do painel. Susan estava perdida em suas lembranças. Pela primeira vez desde que se conheceram, ela estava distante. Richard queria perguntar com qual ator ou cantor havia sonhado, queria saber tudo sobre os homens da vida dela, queria ouvir que eram todos apenas de profetas, e ele, o Messias. Mas sua preocupação pelos outros homens lhe pareceu tão mesquinha quanto o limite do cartão de crédito estourado. Estava cansado e se apoiou no ombro de Susan. Ela acariciou sua cabeça com a mão esquerda e a pressionou contra o ombro. Richard adormeceu.

8

Nos dias seguintes, ele ficou sabendo de tudo sobre os homens na vida de Susan. Também soube da vontade de ter filhos, pelo menos dois, de preferência quatro. Não tinha dado certo com o marido, daí ela deixou de amá-lo e eles se separaram. Richard descobriu que Susan havia estudado história da arte, frequentara um curso de administração e tinha recuperado uma empresa de trenzinhos elétricos. Havia herdado a empresa do pai e, nesse meio-tempo, a tinha vendido junto às outras empresas herdadas por ela. Descobriu que Susan mantinha um apartamento em Manhattan que tinha acabado de ser reformado, porque ela queria se mudar de Los Angeles para Nova York. Também descobriu que ela tinha quarenta e um anos, dois a mais que ele.

Tudo o que Susan falava da sua vida até então acabava em planos para um futuro conjunto. Ela descreveu seu apartamento em Nova York: a escada larga, que levava da parte de baixo, no sexto andar, até a de cima, no sétimo, os corredores amplos, os cômodos grandes, altos, a cozinha com o elevador de comida, a vista para o parque. Susan tinha crescido nesse apartamento até seus pais morrerem e sua tia levá-la para Santa Barbara.

— Desci escorregando os corrimãos das escadas e andei de patins nos corredores. Eu cabia no elevador de comida até os seis anos e da cama eu conseguia ver o movimento das copas das árvores. Você tem de conhecer o apartamento!

Ela não podia mostrá-lo a Richard porque tinha de pegar um avião de Cape até Los Angeles e preparar a mudança da fundação e a própria.

— Você se reúne com os arquitetos? Ainda podemos mudar tudo.

Durante a crise econômica, o avô dela tinha arrematado barato não apenas o apartamento de dois andares, mas todo o prédio na Quinta Avenida. Assim como o imóvel em Cape e um outro nas montanhas Adirondack.

— Também tenho de ajeitar esse. Você gosta de arquitetura? Construir, reformar e decorar? Eu recebi as plantas e as trouxe. Você as analisa comigo?

Susan falou de um casal de amigos que fazia anos que desejava ter filhos e acabara de passar as férias numa "fazenda de fertilidade". Descreveu a dieta e a programação, que orientava os horários dos dois para dormir, fazer exercícios, comer e também dizia quando deviam transar. Ela achou engraçado e, ao mesmo tempo, um pouco assustador.

— Ouvi dizer que vocês, europeus, não sabem o que é isso. Vocês encaram a vida como um destino, no qual não se pode mudar nada.

— Sim — concordou ele —, e, se está escrito que vamos matar nossos pais e dormir com nossas mães, então não há nada que possamos fazer a respeito.

Ela riu.

— Então vocês também não podem ter nenhuma restrição à "fazenda de fertilidade". Se ela não ajudar no destino de vocês, também não vai atrapalhar.

Susan deu de ombros, desculpando-se.

— É só porque não deu certo antes, com Robert. Talvez o problema não estivesse em mim, mas nele; não fizemos exames. Apesar disso, desde então tenho medo.

Richard assentiu. Ele também ficou com medo. De pelo menos dois e no máximo quatro filhos. De ter de amar Susan na "fazenda de fertilidade" seguindo determinada dieta e em determinados horários. Do tique-taque ruidoso do relógio biológico, até a chegada do quarto filho ou quando não pudesse vir mais nenhum. De que a entrega e a paixão do amor de Susan não fossem recíprocas.

— Você não precisa ficar com medo. Estou apenas dizendo o que se passa na minha cabeça. Isso não quer dizer que seja definitivo. Você censura o que diz.

— Isso é europeu.

Ele não queria falar sobre seu medo. Susan tinha razão; ele censurava o que dizia, ela dizia o que pensava e sentia no momento. Não, Susan não estava pensando numa estada na "fazenda de fertilidade" com ele. Mas queria pensar no futuro com ele, e, embora Richard também o quisesse, a cada dia mais, ele entrava com muito menos que ela: nada de apartamento, casas, nada de dinheiro. Se ele e a mulher que tocava o segundo violino tivessem se apaixonado, então procurariam um apartamento juntos e decidiriam, juntos, quais móveis dele e quais dela iriam para o novo endereço e o que eles teriam de procurar na Ikea ou em lojas de segunda mão. Susan certamente estava disposta a decorar um ou dois quartos com as coisas dele. Mas Richard sabia que isso não daria certo.

Podia trazer sua flauta e as partituras e usar a estante que ela com certeza tinha entre os móveis para os ensaios. Ele podia colocar seus livros nas prateleiras, guardar seus papéis no arquivo do pai dela e escrever suas cartas na escrivaninha do sogro. O melhor a fazer era deixar suas roupas no armário dela ali na praia; na cidade, Richard não ficaria bem ao lado de Susan com essas peças. Ela lhe compraria roupas novas com prazer e de acordo com a moda.

Ele ensaiava muito. Em geral, a seco, como dizia, quando simplesmente curvava e esticava o dedo mínimo. Mas também cada vez mais com a flauta. Como nunca antes, ela se tornou parte de Richard. Ela lhe pertencia, era muito valiosa; com ela, criava música e ganhava dinheiro; ele podia levá-la a todos os lugares; e, sempre que estava em sua companhia, sentia-se em casa. E, com a música, ele ofereceu algo a Susan que ninguém mais poderia lhe oferecer. Quando improvisava, Richard descobria melodias que combinavam com os humores dela.

9

O quarto no canto da casa maior era o preferido deles. As muitas janelas iam até o chão e, quando o dia estava bonito, eram abertas; quando estava feio, ficavam cobertas com cortinas. Lá, quando a chuva não permitia que caminhassem pela praia, sentiam-se próximos do mar, das ondas, dos albatrozes e dos eventuais navios. Às vezes a chuva açoitava seus rostos na praia com tanta força e era tão fria que chegava a doer.

O quarto todo era decorado com móveis de vime, espreguiçadeiras, poltronas, mesas e almofadas macias sobre os trançados duros.

— Pena — comentou ele, quando Susan o conduziu pela casa e Richard viu as espreguiçadeiras que só comportavam uma pessoa. Dois dias depois, enquanto tomavam o café da manhã no pequeno salão, um caminhão estacionou e dois homens de macacões azuis carregaram uma espreguiçadeira dupla para dentro da casa. Ela combinava com os outros móveis, e as almofadas tinham a mesma estampa floral.

O tempo se ocupava em deixar um dia igual ao outro. Chovia ininterruptamente, às vezes aumentando até uma tempestade, às vezes estiando por horas e às vezes apenas por minutos, às vezes o céu se abria de maneira fugaz e os telhados brilhavam. Quando o tempo permitia, Susan e Richard caminhavam pela praia; se a despensa ficava vazia, iam ao supermercado. Fora isso, ficavam em casa. Ao trocar a casa pequena pela maior, Susan ligou para a esposa de Clark, Mita, que passou a vir todos os dias para cuidar da faxina, das roupas e da comida. Ela era tão discreta que Richard só a viu após alguns dias.

Certa noite, eles convidaram Linda e John para o jantar. Susan e Richard cozinharam, mas não tinham noção de como fazê-lo e sentiram dificuldades até para seguir o livro de receitas. Mas conseguiram, por fim, servir bifes com batatas fritas e salada, e ficaram com a agradável sensação de conseguir superar crises juntos. Com exceção dessa vez, não convidavam nem visitavam ninguém.

— Sempre teremos tempo para nossos amigos.

Ao cair da noite, eles se amavam. A luz do entardecer era o bastante e, quando escurecia totalmente, acendiam uma vela. Eles se amavam com tanta calma que Richard às vezes se perguntava se deixaria Susan mais feliz caso arrancasse suas roupas, caísse sobre ela e a subjugasse. Ele não conseguia e ela não parecia sentir falta. Não somos animais selvagens, pensava Richard, somos domesticados.

Até sua grande briga, a primeira e única que tiveram. Eles queriam ir ao supermercado, e Susan deixou Richard esperando no carro porque subitamente teve de fazer um telefonema e essa ligação não terminava nunca. O fato de tê-lo deixado esperar sem explicação, de tê-lo esquecido ou simplesmente descuidado dele, deixou Richard tão nervoso que ele desceu do carro, entrou na casa e ergueu a voz no momento em que ela colocava o fone no gancho.

— É isso o que me aguarda? O que você faz é importante e o que eu faço não é? Seu tempo é precioso, e o meu, não?

Susan não o entendeu a princípio.

— Uma ligação de Los Angeles. A diretoria...

— Por que você não me disse? Por que você sempre me...

— Desculpe ter feito você esperar alguns minutos. Pensei que um europeu visse sua mulher...

— Os europeus... Não aguento mais ouvir isso. Fiquei meia hora lá fora...

Nesse instante, ela também ficou furiosa.

— Meia hora? Foram alguns minutos. Se são longos demais, entre em casa e leia o jornal. Você é um mimado, você...

— Mimado? Eu? Quem de nós...

Susan o acusou de estar agindo de maneira incompreensível e exagerada. Richard não entendia o que poderia ser incompreensível e exagerado no fato de querer ter o mesmo valor que ela. Ele, que não tinha nada; ela, que tinha tudo. Ela não entendia que ele podia chegar à conclusão disparatada de que não valia nada. Por fim, gritaram um com o outro, furiosos, confusos.

— Odeio você!

Susan foi na direção dele, que desviou. Ela continuou próxima de Richard e, quando o pressionou contra a parede, sem ter aonde ir, bateu no peito dele até que Richard a segurou e a abraçou. Primeiro, Susan mexeu nos botões da camisa dele, depois os arrancou. Richard tentou tirar o jeans dela, e ela os dele, mas o esforço era grande e estava indo muito devagar, e assim eles próprios se despiram dos jeans, da roupa de baixo e das meias num instante. Eles se amaram no chão do corredor, apressados, ansiosos, apaixonados.

Em seguida, Richard ficou deitado de costas e Susan entre o braço e o peito dele.

— Então é isso — declarou ele, e riu feliz.

Susan fez um pequeno movimento, balançou a cabeça, ergueu os ombros e se aproximou ainda mais dele. Richard sentiu que ela, diferentemente dele, não tinha transferido a paixão da briga para a paixão do amor. Ela havia arrancado sua camisa não porque queria sentir o peito dele, mas porque queria encontrar o coração. Sua paixão havia sido dedicada ao retorno à calma que eles perderam na briga.

Os dois foram ao supermercado, e Susan encheu o carrinho como se fossem ficar mais semanas. No caminho de volta, o sol atravessou as nuvens e eles tomaram a próxima rua até o mar, não até o mar aberto, mas à baía. A água estava calma, e o ar, claro; eles avistaram o pico de Cape e o outro lado da baía.

— Gosto de quando a visibilidade fica tão boa, e os contornos, tão nítidos assim, antes de uma tempestade.

— Tempestade?

— Sim. Não sei se é a umidade ou a eletricidade que deixa o ar tão claro, mas é o ar anterior a uma tempestade. Traiçoeiro; ele promete um tempo bom, mas surge uma tempestade.

— Por favor, me desculpe por ter sido rude mais cedo. Eu não apenas fui rude como gritei com você. Sinto muito, de verdade.

Richard esperou que ela dissesse alguma coisa. Depois, viu que Susan estava chorando e ficou parado, assustado. Ela ergueu o rosto molhado de lágrimas e colocou os braços em torno do pescoço dele.

— Ninguém nunca me disse nada tão bonito. Pedir desculpas por algo que tenha feito. Também sinto muito. Eu também gritei, xinguei e bati. Não vamos repetir isso nunca mais, ouviu? Nunca mais.

10

E chegou o último dia. O voo dela era às quatro e meia, e o dele, às cinco e meia, e os dois tomaram café da manhã tranquilamente, a primeira vez no terraço. O sol brilhava tão quente, como se a chuva e o frio tivessem sido apenas uma infecção da qual o verão já havia se recuperado. Depois, deram uma caminhada pela praia.

— São apenas algumas semanas.

— Eu sei disso.

— Você vai se lembrar da reunião de amanhã com o arquiteto?

— Sim.

— E do colchão?

— Eu não me esqueci de nada. Vou comprar um colchão e móveis de papelão e pratos e talheres de plástico. Quando tiver tempo, vou ao depósito de móveis ver se alguma coisa dos seus pais me agrada. Vamos decorar tudo juntos, peça por peça. Eu te amo.

— Foi aqui que nós nos encontramos no primeiro dia.

— Sim, no caminho de ida. E no de volta, lá do outro lado.

Os dois conversaram sobre como tinham se encontrado, o quão improvável esse encontro havia sido, porque teria sido mais natural para Richard pegar uma direção e, para Susan, uma outra, como não teriam ficado juntos à noite, no restaurante de frutos do mar, caso ela não tivesse sorrido para ele — não, caso ele não tivesse olhado para ela; como ela o havia encontrado — não, como ele a havia encontrado.

— Vamos fazer as malas e depois abrir as janelas do quarto do canto? Ainda temos algumas horas.

— Você não precisa levar muita coisa. Deixe suas roupas de verão e de praia aqui, assim elas vão estar esperando por você no ano que vem.

Richard assentiu. Embora Linda e John tivessem devolvido parte do dinheiro que ele havia pagado adiantado, seu cartão de crédito estava irremediavelmente estourado. Mas a ideia de comprar coisas novas em Nova York no lugar dessas que deixaria ali e aumentar ainda mais suas dívidas já não o assustava. Era assim que tinha de ser quando se vivia acima das próprias posses. No fim, encontraria uma solução.

Com as bolsas de viagem arrumadas ao lado da porta, a casa passava uma sensação de estranheza. Eles subiram as escadas, como fizeram tantas vezes. Porém pisavam com cuidado e falavam baixo.

Eles abriram as janelas e escutaram o som do mar e os grasnados das gaivotas. O sol ainda brilhava, mas Richard buscou o cobertor do quarto e o esticou sobre a espreguiçadeira dupla.

— Venha!

Os dois se despiram e entraram debaixo do cobertor.

— Como vou dormir sem você?

— E como eu vou dormir sem você?

— Você não pode mesmo vir comigo a Los Angeles?

— Tenho ensaios. Você não pode vir comigo a Nova York?

Susan riu.

— Eu preciso comprar a orquestra? E então você remarca os ensaios?

— Você não consegue comprar a orquestra tão rápido.

— Devo ligar?

— Venha comigo!

Tinham medo da despedida e ao mesmo tempo sua iminência os deixava estranhamente leves. Eles não estavam mais vivendo juntos e ainda não haviam chegado à vida individual, estavam numa terra de ninguém. E assim se amaram, inicialmente um pouco hesitantes, porque se tornaram mais estranhos de novo, e depois com ardor. Como sempre, Susan o observava enquanto isso, absorta, confiante.

Eles foram até o aeroporto no carro de Susan. Clark iria buscá-lo e levá-lo de volta. Informaram um ao outro quando e onde estariam e se era possível falar ao telefone, como se não tivessem um celular através do qual estariam disponíveis a qualquer momento, em qualquer lugar. Descreveram um ao outro o que fariam nos dias e nas semanas até seu reencontro, e às vezes brincavam com como fariam isso e aquilo juntos, no futuro. Quanto mais se aproximavam do aeroporto, maior se tornava a necessidade de Richard de se despedir dizendo algo que fosse acompanhá-la. Mas não teve nenhuma ideia.

— Eu te amo — dizia ele o tempo todo. — Eu te amo.

11

Do interior do avião, ele bem que gostaria de ter visto a casa e a praia outra vez. Mas elas ficavam ao norte e o voo seguia a sudoeste. Ele avistou mar e ilhas, depois Long Island e, por fim, Manhattan. O avião fez uma curva bem aberta até o rio Hudson, e Richard reconheceu a igreja que ficava a poucos passos do seu apartamento.

Havia sido difícil se acostumar ao bairro. O lugar era barulhento e, no começo, no caminho de casa à noite, ao passar pelos garotos descolados e valentões que ficavam sentados nos degraus diante dos prédios ou encostados nos muros, bebendo, fumando e ouvindo música alta, ele também não se sentia em segurança. Às vezes, falavam com ele, que não entendia o que queriam e por que o encaravam de modo desafiador, rindo com desdém quando Richard virava as costas.

Certa vez, eles impediram sua passagem e pediram a caixa da flauta — pensou que quisessem roubar o instrumento, mas desejavam apenas vê-la e ouvi-la. Eles desligaram a música e o silêncio súbito os deixou um pouco constrangidos. Richard também se sentiu constrangido e, mais ainda, com medo. No começo, a flauta soou aguda, porém depois ele tomou mais coragem e relaxou, e os garotos assobiavam a melodia e batiam palmas para marcar o ritmo. Richard tomou uma cerveja com eles. Desde então, era cumprimentado com "hey, pipe" ou "hola, flauta", e respondia, aos poucos conhecendo seus nomes.

Seu apartamento também era barulhento. Ele escutava os vizinhos brigando, agredindo-se e se amando, e conhecia suas preferências na televisão e no rádio. Certa noite, escutou um tiro na casa e durante alguns dias, na escada, encarou todos de modo desconfiado. Quando um vizinho o convidava a uma festa, Richard tentava ligar as pessoas aos sons: a mulher de lábios finos à voz esganiçada, o homem com as tatuagens aos tapas, a filha roliça e o namorado aos ruídos de quando faziam amor. Uma vez por ano, ele retribuía os convites com uma festa própria, na qual os vizinhos, que se odiavam mutuamente, suportavam-se por sua causa. Richard nunca ouviu reclamações sobre o som da sua flauta; ele podia ensaiar de manhã cedo ou tarde da noite e poderia até ter tocado à meia-noite sem perturbar ninguém. Sempre dormia com protetores auriculares.

O bairro foi mudando ao longo dos anos. Jovens casais reformavam casas decadentes e transformavam imóveis vagos em restaurantes. Richard conheceu vizinhos médicos, advogados e bancários, e podia sair para jantar com as visitas num lugar mais arrumado. Seu prédio fazia parte daqueles que permaneciam como estavam; os herdeiros do imóvel brigavam demais para conseguir chegar a um consenso quanto a vendê-lo ou reformá-lo. Mas ele gostava assim. Gostava do barulho. Isso lhe dava a sensação de viver no mundo inteiro, e não apenas num enclave da riqueza.

Richard percebeu que, ao descrever para Susan os dias e as semanas seguintes, tinha deixado de mencionar o segundo oboísta. Eles se encontravam uma vez por semana para jantar no italiano da esquina e conversavam sobre a vida na qualidade de europeus nos Estados Unidos, as expectativas e as decepções profissionais, as fofocas da orquestra e mulheres — o oboísta era de Viena e achava as americanas tão difíceis quanto Richard as havia achado até então. Ele deixara de mencionar também o velho que vivia no sótão do prédio e que às vezes ia até seu apartamento jogar uma partida de xadrez, de um jeito tão criativo e perspicaz que Richard não se importava de sempre perder. Ele não havia contado nada sobre Maria, uma das garotas da rua, que tinha conseguido sabe-se lá como uma flauta e lhe pedido ajuda na embocadura, nos orifícios e na leitura da partitura e que, na hora de se despedir, abraçou-o, colou os lábios aos seus e apertou-se ao seu corpo. Também não havia lhe contado das aulas de espanhol com o professor salvadorenho exilado, que morava uma rua além, nem da academia decadente na qual se sentia bem. Ele tinha descrito a Susan apenas os ensaios e as apresentações da orquestra, o flautista que vez ou outra ensaiava em seu apartamento, os filhos da tia, que depois da guerra emigrara para Nova Jersey com um soldado americano, que estava aprendendo espanhol, mas não com quem, e que frequentava uma academia, mas não qual. Richard não queria ter escondido nada dela, mas aconteceu.

12

O táxi o deixou diante do seu prédio. Estava quente, mães com bebês sentavam-se nos degraus, crianças brincavam de esconde-esconde entre os carros estacionados, velhos abriram cadeiras de armar e trouxeram latas de cerveja, alguns jovens se esforçavam para caminhar como homens, e algumas garotas olharam para ele, rindo.

— Hola, flauta — cumprimentou o vizinho —, de volta da viagem?

Richard olhou para cima e para baixo da rua, sentou-se na escada, colocou a bolsa de viagem ao seu lado e apoiou os braços nos joelhos. Esse era seu mundo: a rua, as casas ajeitadas e as caindo aos pedaços; na esquina, o restaurante italiano no qual se encontrava com o oboísta; na outra esquina, a rua com as mercearias, a banca de jornal e a academia de ginástica; e, sobre as casas, sobressaía a torre da igreja ao lado da qual morava seu professor de espanhol. Richard não tinha apenas se acostumado a esse mundo. Ele o amava. Desde sua chegada a Nova York, não tivera nenhum relacionamento sério com uma mulher. O que o segurava ali era o trabalho, os amigos, as pessoas que viviam na rua e no prédio, a rotina das compras, da ginástica, da refeição sempre nos mesmos restaurantes. Nos dias em que buscava o jornal pela manhã, trocava três frases sobre o tempo com Amir, o dono da banca, depois lia o jornal no café onde aprenderam a lhe servir dois ovos num copo com cebolinha e pão integral tostado, depois ensaiava algumas horas, depois limpava o apartamento ou lavava roupa, depois treinava na academia, depois ensinava algo a Maria e era abraçado por ela, depois comia espaguete à bolonhesa no restaurante italiano, depois jogava uma partida de xadrez e depois ia deitar; nada lhe faltava.

Ele olhou para as janelas do seu apartamento no alto do prédio. A clematite floria; talvez Maria realmente a tivesse regado. Havia começado com vasos, e agora elas se espalhavam diante de várias janelas. Maria também tinha prestado atenção no balde que recolhia as gotas do cano quebrado? Era preciso consertar isso, ele não tivera tempo antes da viagem.

Richard se levantou para subir. Mas se sentou novamente. Pegar a correspondência da caixa, vencer a escada, destrancar a porta, arejar o apartamento, desfazer a bolsa de viagem, verificar a correspondência e responder a um e-mail ou outro, depois tomar um banho quente, colocar a roupa suja no cesto e tirar as peças limpas do armário, então encontrar na secretária eletrônica a pergunta do oboísta se hoje à noite eles iriam se ver e retornar a ligação e aceitar — caso voltasse à sua vida antiga, ela não o largaria mais.

O que havia imaginado? Que poderia levar sua vida antiga para a vida com Susan? Que ele atravessaria a cidade algumas vezes por semana para ir à academia e às aulas de espanhol? Que então encontraria, por acaso, Maria e os garotos? Que o velho do seu prédio iria pegar um táxi, dirigir-se ao apartamento de dois andares na Quinta Avenida e jogar uma partida com Richard no salão, debaixo de um Gerhard Richter autêntico? Que o oboísta se sentiria à vontade num restaurante do East Side? Com razão tinha ocultado as muitas facetas da sua vida que não eram possíveis de serem encaixadas na vida com Susan. Não quis enfrentar o fato de que tinha de abrir mão da vida antiga pela nova.

E daí? Ele amava Susan. Naqueles dias em Cape, ela havia sido sua, e ele se sentiu pleno. Seria sua ali também, e ali também se sentiria pleno. Afinal, os dias em Cape não foram tão maravilhosos simplesmente por estar longe da sua vida! Sua vida ali não podia se intrometer entre os dois apenas porque estava a cerca de três quilômetros da nova vida, que era muito concreta!

Sim, ela podia se intrometer. Ou seja, Richard não podia subir ao apartamento, precisava ir embora, deixar a vida antiga para trás, partir para a nova, ali, agora. Achar um hotel. Acampar no apartamento de Susan, entre escadas de pintor e baldes de tinta. Pedir para alguém buscar seus pertences e levá-los até ele. Mas a ideia de um quarto de hotel ou do apartamento de Susan lhe dava medo e ele já estava com saudades de casa, embora ainda não tivesse partido.

Ah, se ainda estivesse com Susan em Cape! Se o apartamento dela já estivesse pronto e ela estivesse ali! Se um raio atingisse o prédio e o incendiasse!

Richard fez uma aposta consigo mesmo. Caso alguém entrasse no prédio nos próximos dez minutos, ele também entraria; caso contrário, pegaria sua bolsa de viagem e se mudaria para um hotel no East Side. Passados quinze minutos, ninguém ainda havia entrado no prédio e ele continuava sentado na escada. Tentou mais uma vez. Caso nos próximos quinze minutos um táxi vazio passasse pela rua, ele o pegaria e iria até um hotel no East Side; caso contrário, subiria até seu apartamento. Depois de um minuto passou um táxi vazio. Richard não fez sinal para o motorista mas também não subiu.

Confessou a si próprio que não conseguia resolver isso sozinho. Ele estava disposto a confessar a Susan também. Precisava da ajuda dela. Susan tinha de vir até ele e ficar ao seu lado. Tinha de ajudá-lo a desmontar o antigo apartamento e tinha de se mudar com ele para o novo. Depois disso ela poderia ir a Los Angeles. Richard ligou para ela, que estava na sala de embarque em Boston, mas pronta para partir.

— Estou prestes a embarcar no avião para Los Angeles.

— Preciso de você.

— Eu também preciso de você, meu querido! Sinto tanto sua falta.

— Não, eu preciso de você de verdade. Não estou conseguindo lidar com minha vida antiga nem com a nova. Você precisa vir; mais tarde você segue para Los Angeles. Por favor!

O fone estalou.

— Susan? Você está me ouvindo?

— Estou indo para o portão de embarque. Você vem para Los Angeles?

— Não, Susan, venha você para Nova York, estou pedindo.

— Eu gostaria tanto de ir, gostaria tanto de estar com você.

Richard escutou alguém pedir o cartão de embarque dela.

— Talvez possamos nos ver no próximo final de semana, combinamos pelo telefone, tenho de entrar no avião, sou a última. Eu te amo.

— Susan!

Mas ela havia desligado e, quando ele telefonou de novo, ouviu o recado da caixa postal.

13

Escurecia. O vizinho se sentou ao seu lado.

— Problemas?

Richard assentiu.

— Mulheres?

Richard riu e assentiu de novo.

— Eu entendo.

O vizinho se levantou e foi embora. Pouco depois ele voltou, colocou uma garrafa de cerveja ao lado de Richard e pousou a mão em seu ombro.

— Beba!

Richard bebeu, observando a movimentação da rua. As crianças de uns prédios adiante que fumavam, bebiam e ouviam música alta. O traficante à sombra da escada, que distribuía em silêncio papelotes dobrados e embolsava notas de dinheiro. O casal enamorado na entrada do prédio. O último velho que ainda não tinha fechado e levado para cima sua cadeira de armar e que às vezes pegava uma lata de cerveja da bolsa térmica. Ainda estava quente; no ar, não havia indícios que anunciassem a aproximação do outono nessa noite do final de verão, mas a promessa de uma estação que terminaria devagar, suavemente.

Richard estava cansado. Ainda tinha a sensação de que precisava se decidir pela vida antiga ou a nova, que precisava apenas ter o pensamento certo ou a coragem necessária — daí se levantaria sozinho e subiria ou se afastaria dali. Mas a sensação estava cansada, tão cansada quanto ele próprio.

Por que tinha de pegar um táxi e se dirigir a um hotel no East Side justo hoje? Por que não amanhã? Por que não podia ficar em sua vida antiga, até se ajustar à nova? Afinal, seria ridículo se ele não conseguisse trocar a vida antiga pela nova em algumas semanas. Também iria conseguir agora. Se tivesse de ser assim. Mas não tinha. Além disso, caso partisse agora, nada o impediria de voltar amanhã. Se partisse mais tarde, não voltaria mais. A vida nova com Susan o seguraria.

O importante era se decidir. E havia se decidido. Abandonaria a vida antiga e começaria uma nova com Susan. Assim que ele pudesse começar de verdade. Mas ainda não podia. Richard iria fazê-lo quando chegasse a hora. Iria fazê-lo porque tinha se decidido. Ele iria fazê-lo. Só não agora.

Quando se levantou, seu corpo estava doendo. Ele se aprumou e olhou ao redor. As crianças estavam em casa, assistindo à televisão, jogando no computador ou dormindo. A rua estava vazia.

Richard segurou a bolsa de viagem, abriu a porta do prédio, apanhou a correspondência, subiu a escada e destrancou a porta do apartamento. Atravessou os cômodos e abriu as janelas. O balde que recolhia as gotas do cano quebrado estava quase vazio e um buquê de rainhas-margaridas repousava sobre a mesa. Maria. O oboísta perguntava na secretária eletrônica se eles iriam se ver naquela noite. Num cartão-postal, o professor de espanhol mandava lembranças das férias num curso de ioga no México. Richard ligou o computador e depois o desligou; os e-mails podiam esperar. Ele desarrumou a bolsa de viagem, despiu-se e jogou as roupas usadas no cesto.

Estava nu no quarto, escutando os ruídos da casa. Ao seu lado havia silêncio. Uma televisão estava ligada baixinho no andar de cima. Dos andares inferiores chegava a confusão de vozes de uma discussão, até que uma porta foi batida com força. O ar-condicionado zunia em algumas janelas. O prédio dormia.

Richard apagou a luz e se deitou na cama. Antes de adormecer, lembrou-se de Susan, em pé nos degraus do avião, rindo e chorando.

A noite em Baden-Baden

1

Ele levou Therese, porque ela esperava por isso. Porque ela ficava feliz com isso. Porque, em sua felicidade, ela era uma boa companhia. Porque não havia um bom motivo para não a levar.

Era a estreia da sua primeira peça. Ele devia se acomodar no camarote e, no final, ir ao palco e receber os aplausos ou as vaias ao lado dos atores e do diretor. Achava que não merecia ser vaiado por uma apresentação que não havia encenado. Mas ele queria muito estar no palco e ser aplaudido.

Ele reservou um quarto duplo no Brenners Park-Hotel, onde nunca havia ficado antes. Sentia-se feliz pelo luxo do quarto e do banheiro e por conseguir passear pelo parque e tomar *earl grey* e comer um *club sandwich* na varanda antes da apresentação. Eles partiram no início da tarde; apesar do trânsito de sexta-feira, seguiram numa boa velocidade pela estrada e chegaram às quatro em Baden-Baden. Primeiro, ela tomou banho na banheira com acabamento em metais dourados, depois ele. Em seguida, caminharam pelo parque e tomaram, após o *earl grey* e o *club sandwich*, champanhe na varanda. Estarem juntos era agradável e relaxante.

Mas Therese queria mais dele do que ele queria dela e do que poderia lhe dar. Durante um ano inteiro não quis vê-lo por causa disso, mas sentia falta dessas noites a dois com cinema ou teatro e jantar, então se conformou com o fato de elas terminarem num beijo furtivo à porta da casa dela. Às vezes, Therese se aninhava nele no cinema e às vezes ele colocava o braço ao redor dos seus ombros. Às vezes, ela segurava a mão dele ao caminhar, e às vezes ele segurava a mão dela com firmeza. Será que Therese via nisso a promessa de que seria possível haver algo mais entre os dois? Ele não queria saber a resposta.

No teatro, foram cumprimentados pelo diretor, apresentados aos atores e levados ao camarote. Então a cortina se ergueu. Ele não reconheceu sua peça. No palco, a noite na qual um terrorista se esconde na casa dos pais, com a irmã e o irmão, tinha se transformado numa noite grotesca, na qual todos se portavam de maneira ridícula, o terrorista com suas frases, os pais com sua honradez amedrontada, o irmão alpinista social e a irmã moralista. Mas funcionou e, após uma breve hesitação, ele recebeu no palco as palmas ao lado dos atores e do diretor.

Therese não havia lido a peça e estava simplesmente feliz com seu sucesso. Isso fez bem para ele. No jantar após a estreia, ela não parava de lhe sorrir de modo amistoso, tanto que ele, sempre tenso em eventos sociais, esqueceu-se da timidez. Percebeu que o diretor não tinha usado sua peça para o grotesco, mas a interpretado como grotesca. Ele devia aceitar que havia escrito, sem querer e sem saber, uma peça grotesca?

Eles voltaram um pouco bêbados para o hotel. O quarto estava arrumado para a noite, as cortinas, fechadas, e a cama pronta. Ele pediu meia garrafa de champanhe, os dois se sentaram de pijamas no sofá e ele estourou a rolha. Não havia mais nada a dizer, porém não importava. Havia um aparelho de som sobre a cômoda com alguns CDs ao lado, entre eles um de músicas francesas tocadas com acordeão. Therese se aninhou nele, que passou o braço pelos seus ombros. Depois, o champanhe e o CD terminaram e os dois foram para a cama, dando as costas um para o outro após um beijo rápido.

No dia seguinte, demoraram a voltar para casa. Visitaram a galeria de arte em Baden-Baden, pararam num produtor de vinho e foram ao castelo em Heidelberg. A companhia dela era leve novamente. Mas, quando sentia o telefone no bolso da calça, seu bem-estar desaparecia. Ele o tinha desligado — o que havia se acumulado no aparelho?

2

Nada, como notou à noite em casa. Sua namorada Anne não tinha deixado nenhum recado. Não era possível verificar se entre as ligações perdidas havia alguma dela; talvez o número restrito fosse seu, talvez não.

Ele ligou para Anne. Sentia muito por não ter conseguido ligar à noite do hotel. Havia chegado muito tarde. Hoje, saíra cedo e não quis perturbá-la. Sim, e ele tinha esquecido o celular em casa.

— Você tentou falar comigo?

— Foi a primeira noite em semanas que não nos falamos. Senti sua falta.

— Eu também senti a sua.

Era verdade. Ele sentiu que a última noite foi um erro. A proximidade na cama tinha sido demais. Não correspondia a uma proximidade interior, incentivada pelo amor, pelo desejo ou ainda pela necessidade de calor ou medo da solidão. Com Anne, a cama, a noite teriam parecido certas.

— Quando você vem? — perguntou ela, de forma carinhosa e exigente.

— Achei que você viria.

Ela não tinha prometido passar algumas semanas com ele, após o curso que estava ministrando em Oxford? Semanas pelas quais ele tanto se alegrava quanto temia.

— Sim, mas ainda faltam quatro semanas.

— Vou tentar ir não nesse, mas no outro fim de semana.

Anne ficou em silêncio. Quando ele quis perguntar se havia algum problema no outro fim de semana, ela disse:

— Você está diferente.

— Diferente?

— Diferente do normal. Tem algo de errado?

— Nada de errado. Talvez eu tenha comemorado demais depois da estreia. Fui dormir muito tarde e acordei muito cedo.

— O que você fez hoje o dia inteiro?

— Pesquisas em Heidelberg. Quero fazer uma cena se passar lá. — Ele não conseguiu pensar em outra coisa tão rápido. Agora uma cena da próxima peça tinha de acontecer lá.

Ela ficou em silêncio de novo, antes de dizer:

— Isso não nos faz bem. Você aí e eu aqui. Por que não escreve aqui, enquanto estou dando aula?

— Não posso, Anne, não posso. Vou me encontrar com o diretor artístico do teatro Konstanz e o editor da editora do teatro, e prometi a Steffen ajudá-lo na campanha eleitoral. Você acha que eu, diferente de você, posso organizar tudo do jeito que quiser. Mas não posso deixar as coisas pela metade.

Ele ficou irritado com Anne.

— Campanha eleitoral...

— Ninguém obrigou você...

Ele queria dizer que ninguém a havia obrigado a aceitar o curso em Oxford. Mas a pesquisa dela era sobre a teoria feminista do direito, uma área muito restrita, com a qual ela não conseguia nenhuma cadeira fixa, apenas cursos esporádicos. Anne deveria ter ampliado sua área. No entanto ela não queria fazer nada diferente, e a procura pelos seus cursos mostrava que era boa naquilo. Não, ele não queria ser maldoso.

— Precisamos nos organizar melhor. Precisamos conversar quando um quiser algo do outro. Precisamos combinar o que aceitamos e o que rejeitamos.

— Você pode vir já na quarta?

— Vou tentar.

— Eu te amo.

— Eu também te amo.

3

Ele estava com a consciência pesada. Tinha mentido para Anne, ficou irritado com ela, havia sido quase maldoso e estava aliviado pelo fim da conversa ao telefone. Ao sair para a varanda, sentiu o calor e a tranquilidade típicos do verão e se sentou. Às vezes um carro passava na rua, às vezes ele ouvia o som de passos. Também estava com a consciência pesada porque não tinha ligado para Therese e perguntado se ela fizera uma boa viagem e se estava tudo bem em casa.

Depois, arrependeu-se por estar com a consciência pesada. Não devia nada a Therese. Aquilo que ocultara de Anne precisava ser mantido assim porque ela iria reagir de maneira exageradamente enciumada. Suas namoradas anteriores não teriam se incomodado ao saber que ele havia dividido a cama com outra mulher durante uma viagem ou uma visita, desde que fosse somente a cama. Anne ficaria fora de si. Por que ela tinha de fazer tanto escândalo por causa de outra mulher? E o fato de achar que ele escrevia as leis da própria vida sozinho e que estaria sempre à disposição, enquanto ela precisava obedecer às leis da profissão — como não se irritar com isso? Ela havia escolhido um caminho, assim como ele escolhera o próprio.

Estava aliviado pelo fim da conversa pelo telefone e já estava ansioso pela próxima. Os dois se conheciam e se amavam havia sete anos e ainda não tinham conseguido dar uma forma sólida à vida em comum. Anne dispunha de um apartamento e ministrava um curso em Amsterdã, que não garantia seu sustento e do qual poderia abrir mão a qualquer momento para lecionar na Inglaterra, nos Estados Unidos, no Canadá, na Austrália ou na Nova Zelândia. Por isso, ele a visitava aonde fosse e ficava às vezes mais, às vezes menos tempo. Nos intervalos, Anne passava dias ou semanas com ele em Frankfurt, e ele, dias ou meses com ela em Amsterdã. Ele a achava exigente demais em Frankfurt e ela o achava muito mesquinho. Em Amsterdã a tensão era menor, seja porque ela era mais generosa que ele, seja porque ele era mais comedido que ela. Passavam juntos pouco mais de um terço do ano. No restante do tempo, a vida de Anne era nômade, uma vida de malas e hotéis, enquanto a dele transcorria sem maiores agitações — com eventos e reuniões, com associação de escritores e partido, com amigos e, sim, com Therese.

Não que tudo isso lhe significasse muita coisa. Ele se sentia aliviado com todo evento que era cancelado, com todo compromisso postergado, com todo convite e pedido político que não achava o caminho até sua caixa de correio ou de e-mail. Mas se afastar de tudo para ficar com Anne e percorrer o mundo com ela — não, isso era impossível.

Era impossível, embora muitas vezes sentisse falta da sua presença — e de uma maneira dolorosa. Quando ficava feliz e queria dividir a felicidade com ela, quando se sentia triste e seu consolo era necessário, quando não conseguia conversar sobre seus pensamentos e dúvidas. Quando se deitava sozinho na cama. Entretanto, quando estavam juntos, raramente conversavam sobre seus pensamentos e suas dúvidas; no momento do consolo, ela não era tão empática, e na felicidade, não tão entusiasmada quanto ele desejaria. Anne era uma mulher que encarava as coisas de maneira decidida; e, quando a viu pela primeira vez, enxergou nela essa decisão arrebatadora em seu lindo rosto camponês, com muitas sardas e o cabelo ruivo, e gostou dela de imediato. Também gostava do seu corpo pesado, forte, confiável. Adormecer e acordar com ele e encontrá-lo à noite na cama — isso era muito bom tanto quando estavam juntos quanto quando estavam separados e ele fantasiava.

Independentemente da intensidade dos seus desejos, da delícia dos encontros, suas discussões eram destrutivas. Porque ele estava mais acostumado com a vida longe dela que a dois enquanto ela, não. Porque ele não era tão flexível e disponível quanto ela achava que poderia ser. Porque ela não assumia compromissos no trabalho que ele achava que deveria assumir. Porque ela espionava as coisas dele. Porque ele mentia quando as pequenas mentiras pressupunham evitar grandes conflitos. Porque ele nunca fazia nada do jeito que ela julgava certo. Porque muitas vezes ela achava que era tratada sem respeito nem carinho. Quando Anne ficava furiosa, gritava e ele se retraía. Às vezes, em meio à gritaria, um sorriso desajeitado surgia no rosto indefeso dele e ela ficava ainda mais furiosa.

Mas as feridas das discussões saravam mais rápido que as dores da saudade. Depois de um tempo, restavam das brigas apenas a lembrança de que havia por lá uma fonte quente que volta e meia borbulhava, sibilava e soltava vapor, e que poderia chegar a cozinhá-los e queimá-los mortalmente, caso caíssem nela. Talvez algum dia eles também viessem a descobrir que essa fonte quente era apenas um fantasma. Algum dia? Talvez já no próximo reencontro, pelo qual ansiavam e se alegravam!

4

Ele não pegou o avião na quarta, mas apenas na sexta. Na segunda, enquanto jantava no restaurante italiano da esquina, um senhor que tinha pedido uma pizza para viagem se juntou a ele. Os dois começaram a conversar, o outro se apresentou como produtor e eles discorreram sobre temas, peças e filmes. Na hora de ir embora, o outro o convidou para um café em seu escritório na quinta. Era seu primeiro contato com um produtor; ele sonhava com cinema havia tempos, mas nunca soubera de ninguém a quem oferecer seus sonhos. Então, remarcou de quarta para sexta.

Ele não foi para a Inglaterra levando no bolso o contrato para um roteiro ou um tratamento de roteiro, como esperava. De todo modo, o produtor o havia convidado a escrever uma sinopse sobre um tema ou outro sobre os quais eles conversaram. Isso já não era um sucesso? Não sabia, não conhecia os meandros do mundo do cinema. Mas ele embarcou bem-humorado no avião e bem-humorado aterrissou.

Ele não viu Anne e ligou para ela. Uma hora de Oxford a Heathrow, uma hora esperando no aeroporto, uma hora para voltar — tinha de terminar um ensaio e havia ficado presa à escrivaninha. Afinal, ele não iria querer que ela ficasse trabalhando a noite inteira. Não, ele não iria querer isso. Mas achou que Anne poderia ter começado o ensaio com antecedência. Ele não lhe disse isso.

A faculdade havia lhe disponibilizado um apartamento pequeno, de dois andares. Ele tinha uma chave, abriu e entrou.

— Anne!

Subiu a escada e a encontrou na escrivaninha. Ela permaneceu sentada, envolveu a barriga dele com os braços e apoiou a cabeça em seu peito.

— Me dê mais meia hora. Vamos dar uma volta depois? Faz dois dias que não ponho os pés fora de casa.

Ele sabia que meia hora era modo de dizer, desfez a mala, organizou suas coisas e fez algumas anotações sobre a conversa com o produtor. Quando finalmente foram passear pelo parque ao longo do Tâmisa, o sol já estava baixo, o céu brilhava em azul-escuro, as árvores lançavam sombras longas sobre o gramado baixo e os passarinhos já haviam encerrado o canto. Um silêncio misterioso envolvia o parque, como se ele tivesse se afastado dos ruídos do mundo.

Durante um bom tempo, nenhum dos dois falou nada. Então, Anne perguntou:

— Com quem você esteve em Baden-Baden?

O que ela estava perguntando? A noite em Baden-Baden, a conversa ao telefone na noite seguinte, a leve mentira, a consciência pesada — ele achou que tudo isso já era coisa do passado.

— Com quem?

— Por que você acha que eu...

— Liguei para o Brenners Park-Hotel. Liguei para muitos hotéis, mas no Brenners eles me perguntaram se era para acordar os senhores.

De que lado da cama ficava o telefone? Pensar que ela podia ter pedido para que a ligação fosse transferida o deixou em pânico. Mas Anne não fez isso. Como o pessoal do hotel falou? É para acordar os senhores?

— Os senhores. Eles se expressam assim, tanto faz se são várias pessoas ou apenas uma. É só um modo de falar. Por que você não pediu para transferir a ligação?

— Para mim chega.

Ele a envolveu com o braço.

— Nossos problemas de comunicação! Você lembra quando eu escrevi em alemão que queria *"mit dir schmusen"*, afagar você, e que entendeu que eu queria *"schmooze with you"*, enrolar você? Ou quando me disse, em inglês, que viria ao encontro de família *"in principle"*, que entendi como sendo uma confirmação, embora você só estivesse dizendo que iria pensar no assunto?

— Por que você não me contou que ficou no Brenners Park-Hotel? Eu me informei, o hotel estava lotado. Então você deve ter reservado com antecedência. Normalmente, você me diz onde vai passar a noite quando sabe de antemão.

— Eu esqueci. A reserva estava feita havia semanas, na sexta simplesmente entrei no carro e em Baden-Baden verifiquei os papéis com o endereço e o horário da apresentação e o da reserva. Como eu estava atrasado, consegui apenas fazer o check-in e trocar de roupa. Não deu para ligar para você. Depois da peça e da festa, não quis acordá-la.

— Um quarto por quatrocentos euros. Você não costuma gastar tanto.

— O Brenners é especial e passar uma noite lá era um sonho antigo. Eu...

— E você esqueceu que reservou esse sonho antigo? Por que está mentindo para mim?

— Não estou mentindo para você.

Ele lhe contou do estresse das últimas semanas. De que também tinha se esquecido disso e daquilo, além de coisas importantes que gostaria de ter feito.

Anne continuou desconfiada.

— O Brenners é um sonho antigo seu e você chega tão tarde e vai embora tão cedo, sem aproveitar nada do lugar? Isso não faz sentido.

— Não, não faz. Mas eu também não estava fazendo sentido nas últimas semanas.

Ele continuou falando sobre desempenho e estresse, contratos e datas, reuniões e telefonemas. Descreveu essas semanas da sua vida de maneira exagerada, mas não totalmente equivocada, e Anne não tinha motivo nem direito para não acreditar nisso. Quanto mais falava, mais crescia sua confiança. Não era revoltante Anne não acreditar nele e duvidar de tudo, sem motivo nem direito? E não era ridículo que brigasse com ele por causa de uma noite com uma mulher com a qual ele não tinha transado e da qual não se sentia especialmente próximo? Brigar com ele num parque aquecido pelo calor do verão, silencioso como a noite e iluminado pelas primeiras estrelas?

5

Por fim, a discussão perdeu força assim como o carro ficou sem gasolina. Assim como o motor, ele ficou em silêncio, falou algo de supetão, ficou em silêncio de novo e parou de falar de vez. Ambos foram jantar e fizeram planos. Será que eles tinham de passar em Frankfurt as semanas em que Anne estaria com ele? Não poderiam viajar para a Sicília, a Provença ou a Bretanha, alugar uma casa e escrever à mesa, lado a lado?

No apartamento, pegaram o colchão do estrado acabado, mole, deitaram-se no chão e fizeram amor. No meio da noite, ele acordou com o choro de Anne. Ele a abraçou.

— Anne — chamou ele. — Anne.

— Eu preciso saber a verdade, sempre. Não consigo viver com mentiras. Meu pai mentia para minha mãe e a traiu, fez promessas e mais promessas para meu irmão e para mim que nunca cumpriu. Quando eu perguntava o porquê, ele ficava furioso e gritava comigo. Passei a infância inteira sem um chão seguro sob os pés. Você tem de me dizer a verdade para eu sentir que estou pisando em algo seguro. Entendeu? Você me promete?

Durante um instante, ele pensou em dizer a verdade sobre a noite no Brenners Park-Hotel para Anne. Mas que confusão seria armada! E a verdade iria compensar o fato de ter mentido para Anne durante uma hora — não, durante duas horas? E a confissão tardia não tornaria a noite com Therese mais importante do que de fato havia sido? No futuro, sim, no futuro diria a verdade a Anne. No futuro, ele queria e podia lhe prometer isso.

— Tudo bem, Anne. Eu entendo você. Não precisa chorar. Prometo dizer a verdade a você.

6

Três semanas mais tarde eles foram à Provença. Encontraram um hotel antigo, barato, na praça do mercado em Cucuron, e o quarto grande com a varanda grande no andar superior poderia ser deles por quatro semanas, sem problemas. Não havia café da manhã nem jantar ou internet, e as camas só eram arrumadas de vez em quando. Mas solicitaram uma segunda mesa e uma segunda cadeira e conseguiram trabalhar no quarto ou na varanda, lado a lado, como tinham planejado.

Começaram com muito ímpeto. Mas a cada dia o trabalho parecia ficar menos urgente, menos importante. Não porque estivesse quente demais; as paredes e o forro grossos da construção antiga deixavam o quarto e a varanda frescos. O trabalho — no caso dela, um livro sobre a diferença de gênero e direitos equivalentes; no dele, uma peça sobre a crise financeira — simplesmente não tinha graça. Sentar no Bar de l'Etang, junto ao laguinho do vilarejo, quadrado e envolto por um muro, tomar um café espresso e olhar os plátanos e a água tinha graça. Ou ir às montanhas. Ou conhecer novos tipos de uvas numa vinícola. Ou colocar flores no túmulo de Camus no cemitério de Lourmarin. Ou passear sem rumo pela cidade de Aix ou verificar os e-mails na biblioteca. Sem os e-mails, o passeio teria tido mais graça, porém Anne estava aguardando a confirmação de um emprego, e ele, o contrato para uma peça.

— É a luz — comentou ele. — Com essa luz, dá para trabalhar no campo, no vinhedo ou no olival, e talvez até seja possível escrever, mas sobre o amor, o parto e a morte, não sobre bancos e bolsas.

— A luz e o cheiro. Como o perfume de tudo é mais intenso! A lavanda, os pinheiros, o peixe, o queijo e as frutas no mercado. Os pensamentos que coloco na cabeça dos meus leitores, que importância têm comparados a esses perfumes?

— Sim — ele riu —, mas com o perfume no nariz ninguém mais quer mudar o mundo. Seus leitores têm de mudar o mundo.

— Têm mesmo?

Eles estavam sentados na varanda, com os notebooks à frente. Ele a observou com espanto. Anne não queria mudar o mundo e não lecionava e escrevia para que seus alunos e leitores também o quisessem mudar? Não foi por isso que ela se recusou a firmar acordos e adaptar a carreira às necessidades da universidade? Anne olhava por cima dos telhados, com lágrimas nos olhos.

— Eu quero um filho.

Ele se levantou, foi até ela, ajoelhou-se ao lado da cadeira e sorriu.

— Podemos dar um jeito nisso.

— Mas como? Como vou ter um filho levando essa vida?

— Você vem morar comigo. Nos primeiros anos, deixa as aulas e se concentra na escrita. Depois, a gente vê como continua.

— Depois, as universidades não vão mais me convidar. Elas me chamam porque sempre estou disponível. E não sou tão boa em escrever quanto em lecionar. Trabalho há anos no meu livro.

— As universidades vão convidá-la porque você é uma professora incrível. E para que elas não se esqueçam de você nos primeiros anos, talvez não seja má ideia escrever alguns artigos em vez de um livro. Sabe, daqui a alguns anos o mundo vai estar diferente, com novas profissões e cursos; novos cargos para você. Tanta coisa está mudando tão rápido.

Anne deu de ombros.

— Esquece-se também muito rápido.

Ele a envolveu nos braços.

— Sim e não. Você não me contou que a decana em Williams a convidou porque vocês estiveram no mesmo seminário há vinte anos e ela ficou impressionada com você? Ninguém esquece você tão rápido.

À noite, encontraram um restaurante com terraço em Bonnieux, com uma bela vista para o campo. O grande grupo de turistas australianos, que, rindo alegremente, havia ocupado a maioria das mesas, saiu cedo; eles estavam sozinhos na escuridão. E, sob o olhar de Anne, espantado e questionador, ele pediu champanhe.

— A que estamos brindando?

Ela girou a taça entre o indicador e o polegar.

— Ao nosso casamento!

Anne continuou girando-a. Em seguida, encarou-o com um sorriso triste.

— Eu sempre soube o que eu queria. Também sei que te amo. Assim como sei que você me ama. E que quero filhos e os quero com você. E filhos e casamento vêm juntos. Mas hoje foi a primeira vez que conversamos sobre isso. Me dê um tempinho.

O sorriso dela ficou alegre.

— Você quer fazer um brinde ao seu pedido?

7

Alguns dias mais tarde, eles foram para a cama de tarde, fizeram amor e adormeceram. Quando ele acordou, Anne havia saído. Um bilhete dizia que ela tinha ido à biblioteca de Aix verificar seus e-mails.

Isso foi às quatro. E às sete ele estava espantado por ela não ter voltado ainda; às oito, estava preocupado. Embora tivessem trazido os celulares na viagem, os aparelhos permaneciam desligados, dentro da cômoda. Foi verificar, encontravam-se lá. Às nove não aguentava mais ficar em casa e foi até o lago do vilarejo, junto ao qual estacionaram o carro, que continuava parado no lugar de sempre.

Ele olhou ao redor e a viu; ela estava sentada numa mesa diante do Bar de l'Etang, escuro e fechado, fumando. Anne tinha deixado de fumar havia anos.

Foi até lá e ficou parado diante da mesa.

— O que aconteceu? Fiquei preocupado.

Ela não ergueu o olhar.

— Você esteve com Therese em Baden-Baden.

— Como é que...

Nesse instante, Anne o encarou.

— Li os seus e-mails. A reserva do quarto para duas pessoas. O combinado com Therese. A mensagem depois: Foi agradável com você e espero que tenha chegado bem em casa. — Ela chorou. — Foi agradável com você.

— Você olhou meus e-mails? Você também vasculha minha escrivaninha e meu armário? Com que direito...

— Você é mentiroso, infiel, você faz o que lhe convém. Sim, eu tenho todo o direito de me proteger de você. Você não me diz a verdade, tenho de encontrá-la sozinha. — Anne voltou a chorar. — Por que você fez isso? Por que você fez isso comigo? Por que você transou com ela?

— Eu não transei com ela.

Anne gritou com ele.

— Pare de mentir para mim, pare. Você vai com essa mulher a um hotel romântico e divide o quarto e a cama com ela. Está achando que eu sou idiota? Primeiro você acha que sou idiota demais para descobrir suas mentiras e agora que eu sou tão idiota que posso ser convencida do contrário? Seu mentiroso, seu podre, canalha... — Ela tremia de indignação.

Ele se sentou à sua frente. Sabia que não deveria se importar caso janelas se abrissem e pessoas olhassem para fora e rissem deles. Mas se importava, sim. Ser xingado era humilhante o suficiente, ser xingado publicamente era duplamente humilhante.

— Posso falar?

— Posso falar? — Ela o remedou. — O garotinho perguntou para a mamãe se pode falar alguma coisa? Por que a mamãe vive oprimindo o filhinho e não permite nem que ele fale? Não se faça de vítima! Assuma de uma vez a responsabilidade pelo que você diz e faz! Você é um mentiroso e um infiel. Assuma isso pelo menos!

— Não sou nenhum...

Anne lhe deu um tapa na boca e continuou gritando porque percebeu uma repulsa nos olhos dele que a assustou. Ela se curvou para a frente, seus perdigotos atingindo o rosto dele e o fato de ele limpá-los a deixava ainda mais furiosa e descontrolada.

— Você é um lixo, um merda, um nada! Não, você não pode dizer nada. Quando você fala, é para mentir, e, como não aguento mais ouvir mentiras, não aguento mais sua conversa. Entendeu?

— Eu...

— Você entendeu?

— Sinto muito.

— O que você sente? Sente por ser um mentiroso e um infiel? Por ficar com outras mulheres...

— Não fiquei com outras mulheres. O que eu sinto é...

— Quero que você e suas mentiras se danem!

Anne se levantou e foi embora.

Primeiro ele quis segui-la, depois ficou sentado. Lembrou-se do percurso de carro no qual uma namorada lhe confessou que saía com outros homens além dele. Estavam numa estrada sinuosa atravessando a Alsácia, e, após essa confissão, ele simplesmente continuou andando em linha reta, da estrada asfaltada para um caminho na floresta, do caminho na floresta para o meio de arbustos, do meio de arbustos para dentro de uma árvore. Não aconteceu nada, só não era mais possível continuar a viagem. Ele pousou as mãos sobre o volante, a cabeça sobre as mãos e estava triste. Não sentia vontade de atacar a namorada. Esperava que ela lhe explicasse o que havia feito de uma maneira que ele compreendesse. Que ele depois pudesse ficar em paz. Por que Anne não queria ouvir nenhuma explicação?

8

Ele se levantou e foi até o lago. Começou a chover; escutou as primeiras gotas caindo silenciosamente na água e as via formando círculos, antes mesmo de senti-las. Em seguida, estava molhado. A chuva caía forte sobre os plátanos e sobre o cascalho; tão torrencial como se quisesse lavar tudo o que não merecesse ter sentido.

Teria gostado de ficar com Anne na chuva, teria gostado de tê-la abraçado por trás e sentido seu corpo debaixo das roupas molhadas. Onde ela estaria? Será que também estava fora? Será que estava apreciando a chuva tanto quanto ele, e será que compreendia que sua briga boba não tinha sentido para ele? Ou será que havia pedido um táxi e estava arrumando suas coisas no hotel?

Não, quando chegou ao hotel, as coisas de Anne ainda estavam lá. Ela, não. Ele tirou as roupas molhadas e se deitou na cama. Queria ficar acordado, esperá-la, conversar com ela. Mas do lado de fora a chuva caía, e ele, cansado pelo dia e exausto pela briga, adormeceu. No meio da noite, acordou. O luar brilhava no quarto. Anne estava ao lado dele. Deitada de costas, os braços cruzados atrás da cabeça, os olhos arregalados. Ele se apoiou nos cotovelos e a encarou. Ela não olhou para ele, que também se deitou de costas.

— A sensação de que não posso contrariar uma mulher, de que não posso recusar nada que venha dela, de que devo ser atencioso e solícito, de que devo flertar com ela... Acho que isso tem a ver com minha mãe. Eu sempre sinto isso, e me comporto assim de forma automática, gostando da mulher ou não, independentemente se quero algo dela ou não. Por isso, desperto expectativas que não posso concretizar; por um tempo, eu tento mesmo assim, mas depois fico saturado e me retraio ou a mulher fica chateada e se retrai. É um jogo bobo e eu deveria aprender a impedi-lo. Eu deveria conversar com um terapeuta sobre mim e minha mãe? Tanto faz, o objetivo do jogo não é se deitar com a pessoa, ele já está nas carícias. Talvez eu coloque o braço ao redor da mulher ou segure sua mão, mas isso é tudo. Será que o objetivo também tem relação com minha mãe? Não quero ficar devendo nada à mulher, e, se eu me deitar com ela, é o que acontece. Em toda minha vida, só me deitei com mulheres que amava ou pelas quais estava apaixonado. Não amo Therese e também não estou apaixonado por ela. Ficar ao lado dela pode ser agradável, mas de um jeito leve, despretensioso, relaxado, o que entre nós quase nunca é fácil. Mas nunca me perguntei qual o significado disso e se queria deixar você e ficar com ela.

"Essa é uma das coisas que eu queria lhe dizer. A outra é que..."

Anne o interrompeu.

— O que vocês fizeram no dia seguinte?

— Fomos a uma galeria em Baden-Baden, a um produtor de vinhos e ao castelo em Heidelberg.

— Por que você ligou para ela daqui?

— Como assim... — Ele lembrou que tinha reagido desse mesmo modo quando ela lhe perguntou sobre a viagem com Therese e também havia sido interrompido.

— Vi no seu celular. Você ligou para ela há três dias.

— Ela fez uma biópsia por causa de uma suspeita de câncer de mama e eu perguntei como foi.

— Os seios dela... — Anne falou como se balançasse a cabeça. — Ela sabe que você está aqui comigo? Ela sabe que estamos juntos? Há sete anos? O que ela sabe de mim?

Ele não escondia Anne de Therese, mas deixava os detalhes na incerteza. Quando viajava para ficar com Anne, estava indo para Amsterdã, Londres, Toronto ou Wellington para escrever. Mencionava ter encontrado Anne nos lugares e não desmentia que moravam juntos nessas situações mas também não explicava. Ele não conversava com Therese sobre as dificuldades que tinha com Anne, dizendo a si mesmo que isso seria traição. Mas também não falava da felicidade com Anne. Ele dizia a Therese que, embora gostasse muito dela, não a amava mas também não falava que amava Anne. Por outro lado, também não escondia Therese de Anne. Entretanto, nunca tinha lhe contado a frequência com que se viam.

Não era certo, ele sabia disso, e às vezes se sentia como um bígamo que tem uma família em Hamburgo e outra em

Munique. Um bígamo? Era forte demais. Ele não apresentava uma imagem errada a ninguém. Mostrava esboços em vez de imagens, e esboços não são errados, pois são apenas esboços. Por sorte ele tinha dito a Therese que Anne também estaria na Provença.

— Ela sabe que estamos juntos há anos e que nós dois estamos aqui. O que mais ela sabe... Não falo muito sobre você com amigos e conhecidos.

Anne não retrucou nada. Ele não sabia se isso era um bom ou mau sinal, mas depois de um tempo sua tensão diminuiu. Percebeu o quanto estava cansado. Ele lutou para se manter acordado e ouvir o que Anne ainda queria dizer. Suas pálpebras se fecharam e primeiro pensou que conseguiria ficar acordado de olhos cerrados, mas então sentiu que adormecia, não, que havia adormecido e acordado novamente. O que o acordara? Anne tinha dito alguma coisa? Ele se apoiou nos cotovelos novamente; ela estava deitada ao seu lado de olhos abertos, mas de novo não o encarou. A lua não brilhava mais no quarto.

Então Anne falou. O dia já começava a amanhecer do lado de fora; ou seja, ele tinha mesmo adormecido.

— Não sei se consigo relevar o que aconteceu. Mas sei que não consigo relevar o fato de você continuar querendo me fazer acreditar que não aconteceu nada. Parece uma galinha, pia como uma galinha e você quer me convencer de que é um pato? Estou farta das suas mentiras, estou farta, farta. Se é para eu ficar com você, então apenas com a verdade. — Anne afastou o lençol para o lado e se levantou. — Acho melhor somente nos vermos de novo hoje à noite. Eu gostaria de ficar com o quarto e Cucuron só para mim. Por favor, pegue o carro e vá embora.

9

Enquanto Anne estava no banheiro, ele se vestiu e foi embora. O ar ainda estava fresco; as ruas, vazias, nem mesmo o padeiro e o café tinham aberto as portas. Ele se sentou no carro e deu a partida.

Seguiu para as montanhas de Luberon, e, nos cruzamentos e nas bifurcações, simplesmente tomava as direções que prometiam subir mais. Quando não foi possível avançar mais para o alto, estacionou o carro e seguiu marcas de pneus que estavam quase escondidas pela vegetação, ao longo da encosta.

Por que não dizia logo que tinha se deitado com Therese? O que havia nele que tanto o fazia resistir a isso? O fato de não ser verdade? No geral, costumava se sair bem com mentiras quando era necessário evitar conflitos. Por que dificultar as coisas naquele momento? Porque normalmente ele apenas tornaria o mundo um pouco mais aprazível e agora deveria fazer de si mesmo algo pior do que era?

Lembrou-se de quando era criança e fazia algo errado. Sua mãe não o deixava em paz até que ele tivesse confessado as más intenções que o levaram a cometer o ato. Mais tarde, leu sobre o ritual de crítica e autocrítica no Partido Comunista, no qual quem se desviava da linha do partido era pressionado até se arrepender das suas tendências burguesas — era isso que sua mãe havia feito com ele e era isso que Anne estava fazendo agora. Será que tinha procurado a mãe em Anne e a encontrara?

Então, nada de falsa confissão. Devia terminar com Anne. Afinal, eles não brigavam demais? Ele não estava farto dos gritos dela? Farto de ela bisbilhotar seu notebook, seu celular, sua escrivaninha e seu armário? Farto de ela esperar que ele estivesse à disposição quando ela precisasse? Será que a intimidade de Anne também não lhe era excessiva? Apesar de ser ótimo se deitar com ela, isso tinha de carregar tantos sentimentos e importância? Será que com outra isso não poderia ser mais leve, mais lúdico, mais físico? E as viagens? No começo, havia algo de atraente em passar três, quatro semanas no começo de cada ano numa universidade no Oeste americano e, no outono, numa universidade na costa australiana e, nesse meio-tempo, viver diversos meses em Amsterdã, mas agora isso o irritava. Os pãezinhos com arenque fresco vendidos nas barracas de rua de Amsterdã eram deliciosos. Mas e além disso?

Ele passou pela fundação de um estábulo ou celeiro e se sentou. Como era alto ali na montanha! Diante de si, uma encosta tomada por oliveiras se curvava em direção a um vale, mais adiante montanhas baixas, atrás o platô com pequenas cidades, entre as quais uma deveria ser Cucuron. Num dia claro, seria possível enxergar o mar dali? Escutou o canto das cigarras e os balidos das cabras, que procurou com o olhar, em vão. O sol se erguia, aquecendo seu corpo e fazendo o alecrim exalar seu perfume.

Anne. Não importava o que houvesse de errado nela — quando faziam amor à tarde, primeiro com o dia claro e depois outra vez ao crepúsculo, não se viam saciados e não se sentiam saciados, e, quando estavam deitados lado a lado, exaustos, satisfeitos, a conversa surgia espontaneamente. E como gostava de vê-la nadar, num lago ou no mar, compacta, forte e flexível como um leão-marinho. Como gostava de vê-la brincando com crianças e cachorros, distante do mundo e esquecida de si mesma, entregue ao momento. Como ficava feliz quando Anne acompanhava um pensamento seu e, com facilidade e segurança, encontrava o ponto em que ele havia cometido um erro. Como ficava orgulhoso quando estava entre seus amigos ou os amigos dela e ela brilhava com sua inteligência e seu humor. Como se sentia acolhido quando se abraçavam.

Ele se lembrou de um relatório sobre soldados alemães, japoneses e italianos em prisões russas. Os russos tentavam doutrinar os presos e treiná-los no ritual de crítica e autocrítica. Os alemães, acostumados a serem guiados, mas sem guia, participavam do ritual, os japoneses prefeririam ser mortos a colaborar com o inimigo. Os italianos entravam no jogo, porém não levavam o evento a sério, aplaudindo-o e aclamando-o feito uma apresentação de ópera. Será que ele também deveria participar do evento de crítica e autocrítica de Anne sem levá-lo a sério? Deveria confessar, de peito aberto, tudo aquilo que ela queria ver confessado?

Mas confessar não encerraria o problema. Ela iria querer saber como foi possível chegar a esse ponto. Não descansaria até descobrir o que havia de errado com ele. Até ele concordar. E as conclusões serviriam o tempo inteiro como explicações e seriam usadas como acusações.

10

Apenas agora ele percebeu o quanto tinha caminhado e por quanto tempo havia ficado sentado no muro. No caminho de volta, a cada curva esperava encontrar a estradinha e ver seu carro, mas apareceu mais uma curva e depois outra. Quando finalmente chegou ao automóvel e consultou o relógio, era meio-dia e ele estava com fome.

Continuou nas montanhas e no vilarejo seguinte encontrou um restaurante com mesas na calçada e vista para a prefeitura e a igreja. Havia sanduíches e ele pediu um com presunto e um com queijo, além de vinho, água e um café com leite. A garçonete era jovem e bonita e não tinha pressa; relaxada, aceitou a admiração dele e lhe explicou que tipo de presunto ela poderia buscar no açougue da esquina e que tipo de queijo eles serviam. Primeiro ela trouxe o vinho e a água, e antes de os sanduíches chegarem ele já estava um pouco bêbado.

Era o único cliente. Quando a garrafa de vinho acabou, ele perguntou se haveria uma de champanhe no porão. Ela riu, encarando-o de maneira divertida e conspiratória, e, ao se curvar para tirar os talheres da mesa, o decote da blusa revelou um pouco dos seus seios. Ele a acompanhou com o olhar e pediu:

— Traga duas taças!

Ela ria com facilidade. Por ter se levantado e afastado a cadeira para ela se sentar. Por estourar a rolha do champanhe. Por brindar com ela. Por lhe perguntar, de maneira tão cautelosa, sobre a vida de uma mulher atraente num vilarejo isolado nas montanhas. No verão, ela ajudava os avós no restaurante. No resto do tempo, estudava fotografia em Marselha, viajava muito, já havia morado nos Estados Unidos e no Japão e publicado suas fotos. Ela se chamava Renée.

— Fechamos das três às cinco.
— Você tira uma sesta?
— Seria a primeira vez.
— O que é mais agradável no meio do dia que...
— Eu sei de algo. — Ela riu.
Ele retribuiu o sorriso.
— Você tem razão... Eu também.
Ela olhou para o relógio.
— Hoje o restaurante fecha às duas e meia.
— Que bom.

Eles se levantaram e levaram o champanhe. Ele a seguiu pelo salão e pela cozinha. Estava embriagado pela bebida e pela expectativa, e, quando Renée subiu a escada escura diante dele, desejava arrancar as roupas dela. Mas estava com a garrafa e as taças na mão. Ao mesmo tempo, Anne e a briga passaram pela sua cabeça — não havia um princípio segundo o qual, quando somos condenados por um ato que não cometemos, não podemos ser penalizados se, por fim, o cometermos? *Double jeopardy?* Anne o tinha castigado por algo que ele não fizera. Agora ele podia fazê-lo.

Renée também ria fácil na cama. Rindo, ela tirou o absorvente interno e o colocou no chão, ao lado da cama. Fazia amor com a objetividade e a habilidade com as quais se praticam esportes. Ela se tornou carinhosa apenas depois de os dois estarem exaustos, beijou-o e se deixou beijar por ele. Na segunda vez, ela o segurou com mais força que na primeira, mas, ao terminar, logo olhou para o relógio e o mandou embora. Eram quatro e meia. Os avós chegariam logo. E ele não precisava voltar; em três dias, sua estada no lugar abandonado nas montanhas, como ele o chamara, teria acabado.

Renée o acompanhou na escada. De baixo, ele voltou a olhar para cima. Ela estava encostada no corrimão e no escuro era difícil reconhecer a expressão do seu rosto.

— Foi bom com você.
— Sim.
— Eu gosto da sua risada.
— Vá logo.

11

Ele teria gostado de uma tempestade de verão, mas o céu estava azul e fazia muito calor na estrada estreita. Sentado no carro, viu uma Mercedes parar diante do restaurante e um casal idoso desembarcar. Renée saiu pela porta, cumprimentou os dois e ajudou a carregar os mantimentos para o interior da casa.

Andava devagar, para conseguir ver Renée mais um pouquinho no espelho retrovisor. De repente, foi tomado pela saudade de uma vida totalmente diferente, uma vida com o inverno na cidade junto ao mar e o verão no vilarejo na montanha, uma vida de ritmo constante, confiável, na qual os trajetos percorridos eram sempre os mesmos, as camas para se dormir eram sempre as mesmas, as pessoas eram sempre as mesmas.

Ele quis correr por onde tinha corrido pela manhã e não encontrou o lugar. Parou num outro ponto, desceu, mas não conseguiu se decidir se corria, então se sentou numa clareira, arrancou uma folha da grama, apoiou os braços nos joelhos e colocou a grama entre os dentes. Olhou novamente sobre as encostas e as montanhas baixas até o platô. Suas saudades não eram de Renée nem de Anne. Não se tratava dessa ou de outra mulher, mas da constância e da segurança da vida em si.

Sonhou em abrir mão de todas, de Renée, que já não o queria mesmo, de Therese, que só gostava do que era fácil nele, de Anne, que queria ser conquistada, mas não conquistar. Mas daí ele não teria mais ninguém.

À noite, ele diria a Anne o que ela queria ouvir. Por que não? Sim, mais tarde ela sempre voltaria ao que ele tinha dito e usaria a confissão. E daí? Como isso poderia prejudicá-lo? O que, afinal, poderia prejudicá-lo? Ele se sentia invulnerável, intocável, e riu — devia ser o champanhe.

Era muito cedo para voltar a Cucuron e para Anne. Ele ficou sentado e observou o platô. Vez ou outra passava um carro, às vezes buzinava. Vez ou outra ele via algo brilhar no platô — a luz do sol que refletia na janela de uma casa ou no vidro de um carro.

Sonhou com o verão no vilarejo nas montanhas. Renée, Chantal, Marie, ou sabe-se lá como se chamavam, e ele chegariam em maio e abririam o restaurante, nada de almoços, apenas para o jantar, dois ou três pratos, cozinha simples do interior, vinho da região. Alguns turistas iriam aparecer, alguns artistas estrangeiros que tivessem comprado e reformado casas antigas, alguns moradores locais. Cedinho pela manhã ele iria ao mercado fazer as compras, no começo da tarde eles se amariam, mais tarde prepararam juntos a comida na cozinha. As folgas seriam nas segundas e terças. Em outubro, fechariam o restaurante, trancariam janelas e portas e voltariam para a cidade. Na cidade, iriam... Ele não tinha ideia do que fariam na cidade. Uma livraria ou uma galeria de arte? Papelaria? Tabacaria? Uma loja apenas no inverno? Como daria certo? Ele queria mesmo ter uma loja? Abrir um restaurante? Apenas sonhos vazios. O amor no começo da tarde, isso era o que importava, tanto fazia se na cidade junto ao mar ou ao rio ou num vilarejo nas montanhas ou no platô.

Observou o platô, mastigando a folha de grama.

12

Ele chegou às sete em Cucuron, estacionou o carro, não encontrou Anne no Bar de l'Etang e foi ao hotel. Ela estava sentada no balcão, com uma garrafa de vinho tinto sobre a mesa e duas taças, uma cheia e uma vazia. Como ela olhava para ele? Não queria saber. Ele encarou o chão.

— Não quero dizer muita coisa. Eu me deitei com Therese e sinto muito, e espero que você possa me perdoar e que possamos deixar isso para trás. Não hoje, eu sei, nem amanhã, mas logo, e de uma maneira que fiquemos bem. Eu te amo, Anne, e...

— Você não quer se sentar?

Ele se sentou, continuou falando e permaneceu olhando para o chão.

— Eu te amo e não quero perder você. Espero que já não a tenha perdido por algo tão banal. Entendo o quanto isso é importante para você e o porquê. E, como eu tinha condições de saber isso, também deveria ser muito importante para mim e eu não deveria ter feito aquilo. Eu entendo. Mas realmente não tem importância. Eu sei que...

— Ajeite-se primeiro. Você não quer...

— Não, Anne, por favor, me deixe terminar de falar. Eu sei que os homens sempre dizem, assim como as mulheres, que uma escorregadela não é nada demais, que só aconteceu porque houve uma oportunidade ou foi a solidão ou o álcool, que não restou nada, não restou amor, saudade, desejo. Eles se repetem tanto que isso se tornou um clichê. Mas clichês são clichês porque são verdadeiros. Mesmo que uma traição às vezes possa ser diferente, em geral é assim, exatamente como foi comigo. Therese e eu em Baden-Baden, isso não teve nenhuma importância. Você pode...

— Você quer me...

— Logo você vai poder falar o que quiser. Quero apenas dizer que eu entendo se não quiser alguém que não dá importância a uma traição. Mas a parte de mim que considera uma traição banal é pequena. A maior parte é aquela para a qual você é mais especial que tudo no mundo, que te ama, com a qual você ficou por anos. Antes de Baden-Baden eu nunca...

— Olhe para mim!

Ele ergueu o olhar e a encarou.

— Está tudo bem. Eu liguei para Therese e ela confirmou que não aconteceu nada. Talvez você queira saber por que não acreditei em você e por que acredito nela. Pela voz de uma mulher, melhor que pela de um homem, eu sei se a pessoa está mentindo ou não. Ela achou que você não foi honesto em relação a ela e a mim, e, se Therese soubesse há quanto tempo estamos juntos e o grau da nossa relação, não teria insistido tanto em te ver. Mas essa é outra história. De qualquer modo, vocês não dormiram juntos.

— Ah!

Ele não sabia o que dizer. Enxergou fragilidade, alívio, amor no rosto de Anne. Deveria se levantar, ir até ela e abraçá-la. Mas ficou sentado e disse apenas:

— Venha! — E ela se levantou e se sentou em seu colo, apoiando a cabeça em seu ombro. Ele a envolveu com os braços e olhou, por cima da cabeça dela e dos telhados, para a torre da igreja. Será que ele deveria contar da tarde com Renée?

— Por que você está balançando a cabeça?

Porque acabei de decidir contar a você sobre a outra traição que cometi hoje à tarde...

— Acabei de pensar que faltou pouco para nós...

— Eu sei.

13

Eles não falaram mais sobre Baden-Baden, sobre Therese nem sobre verdade e mentira. Não era como se nada tivesse acontecido. Se nada tivesse acontecido, eles teriam brigado, sem nenhum temor. Dessa maneira, tomavam cuidado para um não trombar com o outro. Eles se movimentavam com cuidado. Trabalhavam mais que no começo, e no final ela havia terminado o ensaio sobre diferença de gêneros e direitos equivalentes, e ele, uma peça sobre dois banqueiros que passaram um fim de semana presos num elevador. Quando faziam amor, ambos se mantinham um pouco reservados.

Na última noite, eles estiveram novamente no restaurante em Bonnieux. Do terraço, viram o sol se pondo e como a noite chegava. O azul-escuro do céu se tornou um preto profundo, as estrelas brilhavam e as cigarras cantavam. A escuridão, o brilho, o canto — era uma noite festiva. Mas a despedida próxima os deixava melancólicos. Além disso, o céu estrelado o fazia pensar na lei moral e nas horas com Renée.

— Você está chateada por eu não ter falado mais de você com Therese e de Therese com você?

Anne balançou a cabeça.

— Isso me deixou triste. Mas não estou chateada. E você? Está chateado comigo por ter suspeitado e chantageado você? Sim, foi isso o que eu fiz: chantageei, e, como você me ama, você se deixou ser chantageado.

— Não, eu não estou chateado. Fico com medo pela rapidez com que tudo aconteceu. Mas isso são outros quinhentos.

Ela colocou a mão sobre a dele, mas não o encarou, e se voltou para o campo.

— Por que ficamos assim... Não sei como chamar. Você sabe o que eu quero dizer? Nós ficamos diferentes.

— Diferentes para o bem ou para o mal?

Ela afastou a mão da dele, recostou-se e o observou.

— Também não sei. Perdemos uma coisa e ganhamos outra, não é?

— Perdemos a inocência? Ganhamos sobriedade?

— E se a sobriedade for algo bom e, apesar disso, a morte do amor. E se sem a crença ingênua no outro nada for possível?

— A verdade da qual você diz precisar como um chão sob os pés não é sempre sóbria?

— Não, a verdade à qual me refiro e da qual preciso não é sóbria. Ela é apaixonada, às vezes bonita, às vezes feia, ela pode te fazer feliz e pode te torturar, e ela sempre te liberta. Se você não perceber imediatamente, isso acontece depois de um tempo. — Anne assentiu. — Sim, ela pode realmente te torturar. Daí você xinga e deseja não ter se deparado com ela. Mas então percebe que não é ela quem te tortura, mas aquilo sobre o que ela é a verdade.

— Eu não entendo.

A verdade e aquilo sobre o que ela é verdade — o que Anne queria dizer? Ao mesmo tempo, ele pensava se deveria lhe contar de Renée, agora, porque depois seria tarde demais. Mas por que depois seria tarde demais? E se também fosse possível contar depois, por que precisaria contar?

— Esqueça.

— Mas eu gostaria de entender o que...

— Esqueça. É melhor você me dizer como vamos continuar.

— Você queria um tempinho para pensar sobre o casamento.

— Sim, acho que eu preciso de um tempo. Você não precisa?

— Dar um tempo?

— Dar um tempo.

14

Anne não queria discutir isso. Não, ele não tinha feito nada de errado. Nada que ela pudesse dar um nome. Nada que ela quisesse conversar numa terapia de casais.

A comida chegou. Ela comeu com vontade e ele ficou espetando o garfo no peixe. Quando estavam na cama, Anne não o rejeitou mas também não o desejou, e ele teve a sensação de que ela já havia se decidido e ele perdera.

Na manhã seguinte, Anne perguntou se ele se importava em levá-la ao aeroporto em Marselha. Ele se importava, porém levou e tentou se despedir de um jeito que ela visse sua dor mas também sua disposição de aceitar a decisão. Que tivesse uma boa recordação dele e o quisesse rever e tê-lo de volta.

Depois, ele atravessou Marselha, esperando encontrar Renée subitamente na calçada, mas sabia que não iria parar. Na estrada, pensou como seria sua vida em Frankfurt sem Therese. Em que iria trabalhar. O contrato para uma nova peça pelo qual esperava não tinha chegado. Ele poderia se debruçar sobre a sinopse para o produtor. Mas isso podia ser feito em qualquer lugar. Na verdade, nada o atraía a Frankfurt.

O que Anne tinha dito? Quando você fica frente a frente com a verdade e sente que ela o tortura, não é ela quem tortura, mas aquilo sobre o que é verdade. E ela sempre o liberta. Riu. A verdade e aquilo sobre o que é verdade — ainda não estava claro para ele. E isso de libertar — talvez seja o contrário, talvez seja preciso ser livre para conseguir viver com a verdade. Nada se opunha a fazer uma tentativa de lidar com a verdade. Em algum lugar ele sairia da estrada e se hospedaria num hotel, nas Cevenas, na Borgonha, nos Vosges, e escreveria tudo para Anne.

A casa na floresta

1

À s vezes, ele tinha a impressão de que sua vida sempre havia sido essa. Como se sempre tivesse vivido nessa casa na floresta, no gramado com as macieiras e os sabugueirinhos, com o lago e o salgueiro. Como se ele sempre tivesse tido a esposa e a filha ao redor, recebendo suas despedidas quando partia e sendo recepcionado com boas-vindas ao retornar.

Uma vez por semana elas ficavam diante da casa e acenavam para ele, até não enxergarem mais o carro. Ele seguia para a cidadezinha, buscava a correspondência, levava algo para ser reparado, retirava o que tivesse sido consertado ou encomendado, fazia exercícios para as costas com o fisioterapeuta, ia ao supermercado fazer compras. Ficava mais um tempo por lá, junto ao balcão, antes de começar o caminho de volta, tomava um café, conversava com um vizinho, lia o *New York Times*. Não passava mais de cinco horas longe. Ele sentia falta da proximidade da esposa. E sentia falta da proximidade da filha, que não o acompanhava porque ficava enjoada no carro.

Elas o escutavam de longe. Nenhum outro carro tomava o caminho estreito, de cascalho, que levava até a casa por um vale extenso, cheio de árvores. Elas ficavam novamente diante da casa, de mãos dadas, até ele subir no gramado. Rita se soltava de Kate e saía correndo para se jogar nos braços dele, que mal conseguia desligar o motor e descer do carro.

— Papai, papai!

Ele a segurava, arrebatado pelo carinho com o qual ela enrodilhava seu pescoço com os braços e encostava o rostinho no seu.

Nesses dias, Kate era dele e de Rita. Juntos eles descarregavam o que havia trazido da cidade, trabalhavam na casa ou no jardim, juntavam lenha na floresta, pescavam peixes no lago, preparavam conservas de pepinos ou cebolas, geleia ou *chutney*, assavam pão. Rita, cheia de amor pela família e alegria de viver, corria do pai para a mãe e da mãe para o pai, falando sem parar. Após o jantar, jogavam a três, ou ele e Kate contavam para Rita a história que tinham inventado enquanto cozinhavam, cada qual fazendo um papel.

Nos outros dias, Kate saía de manhã do quarto e sumia em seu escritório. Quando lhe trazia café e frutas, ela erguia o olhar do computador e sorria amistosamente, e, quando ele discutia um problema com ela, Kate se esforçava em compreender. Mas seus pensamentos estavam em outro lugar, e ela também estava longe quando os três se sentavam à mesa, na hora do almoço e no jantar. Até quando se sentava perto dele, depois da história para Rita dormir e o beijinho de boa-noite, e ambos escutavam música ou assistiam a um filme ou liam um livro, os pensamentos de Kate rondavam as personagens sobre as quais ela escrevia no momento.

Ele não se queixava. Saber que ela estava em casa, ver sua cabeça na janela quando ele trabalhava no jardim, escutar seus dedos no teclado do computador quando ficava na soleira da porta, tê-la diante de si no jantar e ao seu lado à noite, senti-la, cheirá-la, escutar sua respiração — isso o fazia feliz. E ele não podia esperar mais dela. Kate havia lhe dito que só conseguia viver escrevendo e ele disse que aceitava.

Da mesma maneira, ele aceitava estar, dia após dia, sozinho com Rita. Ele a acordava, ajudava no banho e na hora de se vestir, tomava café com ela, deixava que o observasse e também ajudasse quando fosse cozinhar, lavar, limpar, nos trabalhos no jardim, na manutenção do telhado, do sistema de aquecimento e do carro. Respondia às perguntas dela. Ele a ensinou a ler, cedo demais. Rolava com Rita pelo chão, embora as costas dele doessem, pois achava que a filha tinha de rolar.

Ele aceitava as coisas como eram. Mas desejava mais tempo juntos em família. Desejava que os dias com Kate e Rita não acontecessem apenas uma vez na semana em sua vida, mas amanhã como hoje e ontem.

Toda felicidade deseja eternidade? Assim como todo prazer? Não, pensava ele, ela quer constância. Quer se manter no futuro e já ter sido a felicidade do passado. Os amantes não fantasiam que já se encontraram quando crianças e que gostaram um do outro? Que brincaram no mesmo parquinho ou que frequentaram a mesma escola ou que passaram férias com os pais no mesmo lugar? Ele não fantasiava nenhum encontro anterior. Sonhava que Kate, Rita e ele criariam raízes ali e que resistiriam a todo vento, a toda tempestade. Sempre e sempre.

2

Mudaram-se para lá havia seis meses. Ele havia começado a procura por uma casa no campo na primavera do ano anterior e passou o verão nessa busca. Kate estava ocupada demais, até para olhar fotos das casas na internet. Ela dizia que queria uma casa nas proximidades de Nova York. Mas não era justamente ela quem queria se afastar das demandas impostas por Nova York? Que não a deixavam escrever nem ficar com a família? Que ela gostaria de rejeitar, mas não podia, porque a vida como escritora famosa em Nova York exigia ser encontrável e estar disponível?

No outono, ele achou a casa: a cinco horas de Nova York, junto à fronteira com Vermont, longe das cidades maiores, magicamente localizada no meio de um bosque, com lago e gramado. Foi até lá sozinho algumas vezes e negociou com o corretor e o proprietário. Então Kate o acompanhou.

Ela havia acabado de passar por dias exaustivos, adormeceu quando eles entraram na estrada, e acordou apenas quando entraram numa estrada secundária. O teto solar estava aberto e Kate enxergou acima de si o céu azul e as folhas coloridas. Ela sorriu para o marido.

— Bêbada de sono, de cores, de liberdade... Não sei onde estou nem aonde estamos indo. Eu me esqueci de onde venho.

A última hora da viagem transcorreu entre a luminosa paisagem de um veranico no outono, inicialmente em estradas secundárias com a faixa amarela pintada na pista, depois em estradas vicinais sem a faixa, e por fim num caminho cheio de buracos que levava até a casa. Quando Kate desceu do carro e olhou ao redor, ele sabia que a esposa tinha gostado da casa. Seu olhar varreu o bosque, o gramado, o lago, acalmou-se ao chegar ao imóvel e ficou preso num detalhe após o outro: a porta debaixo da proeminência do telhado apoiada em duas colunas estreitas, as janelas, nem em sequência reta nem uma sobre a outra, a chaminé torta, a varanda aberta, a construção lateral. Embora carregasse as marcas do tempo, a casa de mais de duzentos anos havia mantido a dignidade. Kate encostou nele e indicou com o olhar as janelas de canto do primeiro andar, duas voltadas para o lago e uma para o gramado.

— Esse é...

— Sim, esse é o seu quarto.

O porão era seco, os pisos eram estáveis. Antes da primeira neve, o telhado foi refeito e um novo aquecimento foi instalado, de modo que o azulejador, o eletricista, o marceneiro e o pintor puderam trabalhar também no inverno. Na mudança, na primavera, as tábuas do assoalho ainda não estavam lixadas, a lareira aberta ainda não tinha sido fechada, os móveis da cozinha ainda não estavam instalados. Mas no dia seguinte ao da mudança, ele guiou Kate até seu escritório já montado. Depois de tudo ter sido descarregado e o caminhão ter ido embora, ele lixou as tábuas do assoalho e, na manhã seguinte, carregou a escrivaninha e as prateleiras para cima. Ela se sentou à escrivaninha, acariciou o tampo, abriu a gaveta e a fechou novamente, olhou para o lago pela janela esquerda e para o gramado pela direita.

— Você colocou a mesa no lugar certo. Não consigo me decidir pela água ou pela terra. Então, quando olho para a frente, olho para a quina. Nas casas antigas, os espíritos entram pelas quinas e não pelas portas.

O quarto do casal e o de Rita eram contíguos ao escritório de Kate, nos fundos da casa ficavam o banheiro e um pequeno cômodo, suficiente apenas para uma mesa e uma cadeira. No térreo, a porta de entrada dava para a área ampla que incluía a cozinha e as salas de jantar e estar, separadas por uma lareira e vigas de madeira.

— Não é melhor que Rita e você troquem? Ela só fica no quarto para dormir e o pequeno cômodo é apertado demais para você escrever.

Ele disse a si mesmo que Kate estava bem-intencionada. Talvez ela estivesse com a consciência pesada, pois enquanto a carreira literária dela estava em ascensão, a sua descendia. O primeiro romance dele, best-seller na Alemanha, tinha encontrado um editor em Nova York e um produtor em Hollywood. Foi assim que conheceu Kate, um jovem autor alemão em turnê de leituras pelos Estados Unidos, aqui e ali ainda sem fazer sucesso, mas promissor, com planos para o próximo romance. Mas por causa do filme, que nunca foi rodado, das viagens com Kate, que logo passou a receber convites do mundo inteiro, e da preocupação com Rita, ele havia feito apenas algumas anotações para o próximo romance. Quando questionado sobre sua profissão, ele continuava dizendo que era escritor. Mas não tinha nenhum projeto, mesmo não o confessando a Kate e às vezes tentando se enganar a respeito disso. Sendo assim, o que ele faria com o quarto grande? Sentir com mais intensidade ainda que estava marcando passo?

Adiou o próximo romance para mais tarde. Caso ainda lhe interessasse. Sua maior preocupação, cada vez mais frequente, era se Rita teria de frequentar a pré-escola. Daí ela não seria mais dele.

3

Claro que ambos os pais amavam Rita. Mas Kate poderia ter imaginado uma vida sem filhos, ele não. Quando ficou grávida, ela agiu como se não fosse nada demais. Ele insistiu que a esposa fosse ao médico e à ginástica para grávidas. Pendurou os ultrassons na parede. Ele acariciava a barriga grande, conversava com ela, lia poemas em voz alta e tocava música para ela, coisas que Kate tolerava com paciência.

Kate amava de maneira objetiva. Seu pai, professor de história em Harvard, e sua mãe, pianista quase sempre em turnês, criaram os quatro filhos com a eficiência usada para administrar um empreendimento. As crianças dispunham de uma boa babá, frequentavam boas escolas, bons cursos de música e de idiomas, e eram apoiadas pelos pais em tudo o que metiam na cabeça. Elas entraram na vida com a consciência de que alcançariam o que gostariam de alcançar, seus maridos ou esposas seriam bem-sucedidos no trabalho, na casa e na cama, e seus filhos os acompanhariam com a naturalidade com que eles próprios acompanharam os pais. Amor era o óleo que lubrificava essa máquina de família.

Para ele, amor e família eram a concretização de um sonho que começou a desejar quando o casamento dos pais, um funcionário público e uma motorista de ônibus, começou a ser tragado cada vez mais para o fundo de um redemoinho de desprezo, gritos e violência. Às vezes, os pais também batiam nele. Mas, quando isso acontecia, ele aceitava como sendo uma reação a uma bobagem que tinha feito. Quando seus pais primeiro berravam um com o outro e depois começavam a se bater, era como se o gelo começasse a quebrar sob seus pés e os das irmãs. Seu sonho com o amor e a família era um gelo espesso sobre o qual era possível pisar com força e até dançar. Ao mesmo tempo, apoiava-se nesse sonho com a mesma intensidade com que ele e as irmãs se apoiavam quando a tempestade começava.

Kate era a promessa desse gelo espesso. Num jantar durante a feira do livro em Monterey, o anfitrião os sentara lado a lado: a jovem autora americana, cujo primeiro romance havia acabado de ser vendido para a Alemanha, e o jovem autor alemão, recém-chegado aos Estados Unidos com o primeiro romance. *If I Can Make It There, I'll Make It Anywhere* — desde que tinha visto seu livro nas livrarias em Nova York, ele se sentia incrível, e relatou com empolgação para a vizinha de mesa seus sucessos e planos. Ao mesmo tempo, era desajeitado como um filhotinho de cachorro. Ela se divertiu e ficou tocada, e lhe passou a sensação de segurança. Ele conhecia e detestava o fato de mulheres mais velhas, bem-sucedidas, sentirem-se atraídas por ele e quererem adotá-lo. Kate simpatizou com ele, e não tinha nem sua idade nem fazia tanto sucesso. O julgamento das pessoas parecia não a incomodar. Quando ele se levantou de repente, para espanto do anfitrião, e a convidou para dançar, ela riu e aceitou.

Ele se apaixonou por Kate nessa noite. Ela adormeceu confusa. Quando se reencontraram na feira do livro em Paso Robles e Kate o levou ao quarto, ele não era o menino desajeitado que ela havia imaginado, mas um homem com uma entrega apaixonada. Ninguém a amara daquela maneira. E, durante o sono, ninguém se aninhara nela, abraçando-a e apertando-a daquela maneira. Era um tipo de amor sem reservas, monopolizador, que Kate não conhecia e que a assustava e excitava. Ao voltarem a Nova York, ele ficou e a cortejou de maneira obstinada e atrapalhada, até que conseguiu se mudar para a casa dela. Seu apartamento era grande o suficiente. Como a vida a dois era boa, eles se casaram depois de seis meses.

A vida a dois se transformou. No início, ambos trabalhavam em mesas lado a lado, em casa ou na biblioteca, e apareciam juntos em eventos. Depois, Kate lançou o segundo livro, que se tornou best-seller. E daí apenas ela aparecia. Após o terceiro livro, Kate começou a viajar o mundo. Ele a acompanhava com frequência, porém não queria mais participar dos eventos oficiais. Embora Kate sempre o apresentasse como o renomado autor alemão, ninguém conhecia seu nome ou seu livro, e ele detestava a cordialidade com a qual era recebido só porque era marido de Kate. Notava o medo que ela sentia da sua possível inveja.

— Não tenho inveja. Você merece o sucesso, eu adoro os seus livros.

A interseção entre as duas vidas se reduziu.

— Assim não dá para continuar — comentou ele. — Você fica longe tempo demais, e, quando está aqui, se sente exausta demais; exausta demais para conversar e exausta demais para o amor.

— Eu também sofro com a agitação. Já estou recusando quase tudo. O que devo fazer? Não posso recusar tudo.

— E como vai ser com o filho?

— Filho?

— Encontrei o teste com as duas marcas.

— Isso não quer dizer nada.

Kate não quis acreditar no primeiro teste de gravidez e fez um segundo. Quando se tornou mãe, inicialmente também não quis acreditar que deveria mudar sua vida, e se portava como antes do parto. Mas, quando ela chegava a casa à noite e pegava a filha no colo, Rita se debatia em seus braços e procurava o pai. Nesse momento, Kate foi assolada pelo desejo de ter outra vida, uma vida com a filha, o marido, a escrita e nada mais. No tumulto do dia seguinte, o desejo desapareceu. Mas ele voltava, mais e mais forte, à medida que Rita crescia, e Kate ficava cada vez mais assustada.

Certa noite, ele falou antes de pegar no sono:

— Não quero mais viver assim.

Subitamente, Kate ficou com medo de perdê-lo e de perder Rita, e a vida com os dois lhe parecia a coisa mais preciosa.

— Eu também não. Não suporto mais as viagens, as leituras, as palestras, os eventos. Quero ficar com vocês, escrever e nada mais.

— Isso é verdade?

— Se eu puder escrever, só preciso de vocês. Não preciso de mais nada.

Eles tentaram viver de um modo diferente. Depois de um ano, chegaram à conclusão de que isso não seria possível em Nova York.

— A vida aqui te consome. Você ama os gramados, as árvores e os pássaros. Vou procurar uma casa no campo para nós.

4

Depois de viverem alguns meses no campo, ele disse:
— Não são apenas os gramados, as árvores e os pássaros. Como as coisas nascem e crescem... A casa está quase pronta, Rita está mais saudável do que na cidade, e as macieiras, que Jonathan e eu podamos, vão ficar carregadas.

Eles estavam no jardim. Ele colocou o braço ao redor de Kate, e ela se encostou no marido.

— Só meu livro que ainda vai demorar a ficar pronto. No inverno ou na primavera.

— Isso vai acontecer logo! E escrever aqui não é mais fácil que na cidade?

— No outono vou estar com uma primeira versão. Você quer ler?

Kate sempre tinha dito que não se devia mostrar a ninguém o que se estava escrevendo, também não se devia falar a respeito, pois dava azar. Ele ficou contente com a confiança da esposa. Ele ficou contente pela colheita das maçãs e do mosto que faria delas. Ele tinha encomendado um tacho grande.

O outono chegou cedo e a geada precoce tingiu o bordo de um vermelho flamejante. Rita não se cansava de observar as cores das árvores nem de como, nas noites frias, o calor do fogo nascia do papel e da madeira na lareira. Ele a deixava amassar o papel, empilhar as madeiras e os cavacos, riscar o fósforo e o segurar. Apesar disso, ela dizia:

— Olhe, papai, olhe!

Tudo continuava um milagre para ela.

Quando estavam os três diante da lareira, ele servia mosto quente de maçã, com uma folha de hortelã para Rita e um pouco de Calvados para Kate e ele. Talvez o responsável pela esposa ceder com mais frequência às investidas dele na cama fosse o Calvados. Talvez fosse seu alívio por ter terminado a primeira versão.

Ele queria ler todos os dias um pouquinho e explicou a Rita que tinha de brincar sozinha por um tempo. No primeiro dia, ela bateu à sua porta orgulhosa depois de duas horas, foi elogiada e prometeu que no dia seguinte ficaria sozinha por mais tempo. Porém no dia seguinte estava feito. Ele tinha se levantado à noite e terminado a leitura.

Os três primeiros romances de Kate descreviam a vida de uma família durante a Guerra do Vietnã. O regresso tardio do filho, que tinha sido feito prisioneiro, para sua amada, que está casada e tem uma filha, e o drama dessa filha, cujo pai não é o homem casado com a mãe, com quem ela cresceu, mas aquele que retornou. Cada romance era independente, mas os três formavam o retrato de uma época.

O novo romance de Kate se passava no presente. Um casal jovem, ambos empregados, ambos bem-sucedidos, que não consegue ter filhos, deseja adotar crianças e as procura no exterior. Nesse processo, sai de uma complicação e entra em outra, enfrenta obstáculos médicos, burocráticos e políticos, encontra ajudantes engajados e negociantes corruptos, cai em situações estranhas e perigosas. Na Bolívia, diante da escolha entre adotar um casal de gêmeos encantadores ou denunciar os criminosos nos bastidores e arriscar a adoção, o casal começa a brigar. As imagens que eles têm de si próprios e dos outros, seu amor, seu casamento — nada se adequava mais. No fim, a adoção fracassa e o futuro que imaginaram é despedaçado. Mas a vida deles está aberta para novidades.

Ainda estava escuro quando ele colocou a última folha na pilha das lidas. Apagou a luz e abriu a janela, respirou o ar fresco e observou a geada sobre o gramado. Havia gostado do livro, que tinha suspense, muita ação e estava escrito com uma leveza inédita em Kate. Os leitores amariam o romance; sofreriam e torceriam durante a leitura e ficariam satisfeitos em fabular o final aberto.

Mas será que Kate havia lhe passado o original por confiança? O casal cuja vida está aberta para novidades — Kate e ele? Ela o estava alertando? Queria lhe dizer que suas vidas antigas não se adequavam mais e que era preciso se preparar para uma outra? Ele balançou a cabeça e suspirou. Isso, não. Mas talvez também fosse algo bem diferente. Talvez ela estivesse comemorando, com o final do livro, o fato de os dois terem iniciado uma nova vida. Eles não eram o casal com a vida despedaçada. Eram o casal cuja vida ficara em pedaços e que tinha iniciado uma nova vida.

Ele escutou os primeiros passarinhos. Depois, clareou; a massa escura do bosque atrás do gramado se transformou em árvores isoladas. O céu ainda não revelava se o dia seria ensolarado ou nublado. Deveria falar com Kate? Perguntar se o original continha uma mensagem para ele? Ela iria franzir o cenho e fitá-lo irritada. Restava a ele chegar a uma conclusão sobre o final da procura do jovem casal. Havia um conflito latente sob a vida que Kate e ele levavam? Kate estava fatigada. Mas como não estar fatigada! Ela quis cumprir o prazo que ela própria havia determinado para a primeira versão e, nas últimas semanas, escreveu noites adentro.

Não, não existia nenhum conflito latente em suas vidas. Desde a briga idiota sobre a feira do livro em Paris, para a qual Kate havia confirmado presença sem falar com ele, e depois cancelado, eles não brigaram mais. Estavam dormindo juntos mais vezes novamente. Ele não sentia ciúmes do sucesso dela. Eles amavam a filha. Quando a três, riam muito e cantavam com frequência. Queriam um labrador preto e tinham falado com um criador sobre a próxima ninhada.

Ele se levantou e se aprumou. Ainda dava para dormir mais uma hora. Despiu-se e subiu com cuidado a escada que rangia. Entrou no quarto na ponta dos pés e ficou parado até Kate, que havia se agitado com o abrir e fechar da porta, voltar a dormir calmamente. Em seguida, foi para debaixo das cobertas ao seu lado e se encostou nela. Não, nenhum conflito.

5

Na próxima vez que foi à cidadezinha, ele fez compras para o inverno. Na verdade, não era necessário; no último inverno, não demorou mais que um dia para as ruas terem sido limpas da neve. Mas as batatas no saco, as cebolas na caixa, o repolho no tonel e as maçãs na prateleira tornariam o porão um lugar aconchegante para Rita. Ela se divertiria em descer, contar as batatas e levá-las para cima.

Ele encomendou as batatas, cebolas e os repolhos na fazenda que ficava no caminho. O fazendeiro perguntou:

— O senhor poderia levar minha filha à cidade e trazê-la de volta depois? Quando vier buscar as suas coisas.

Assim, deu carona à filha de dezesseis anos que queria buscar livros na livraria e encheu o novo vizinho de perguntas curiosas. Sua esposa e ele se encheram da cidade? Estavam à procura de sossego no campo? O que eles faziam na cidade? Ela não parou até descobrir que ele e a esposa escreviam, e achou excitante.

— Como se chama a sua mulher? Posso ler algo que ela escreveu?

Ele desconversou.

Mais tarde, ele se irritou. Por que não dissera que a esposa era tradutora ou webdesigner? Eles não saíram de Nova York para, no campo, cair no turbilhão seguinte ao redor de Kate. E depois descobriu, pelo *New York Times*, a notícia de que em poucos dias seria anunciado o livro do ano. Todos os três de Kate haviam sido considerados para o prêmio. Nesse ano, nenhum livro dela havia sido publicado. Mas apenas nesse ano a crítica tinha reconhecido e aplaudido os três títulos como o retrato de uma época. Ele não conseguia imaginar Kate ausente de uma lista de concorrentes. Se ela recebesse o prêmio, a confusão iria recomeçar.

Ele foi até a livraria e buzinou. A filha do fazendeiro estava com outras garotas junto à entrada; ela acenou e as outras olharam. Na viagem de volta, contou-lhe como as amigas acharam incrível o fato de ele e a mulher serem escritores e morarem nas redondezas. Será que a esposa ou ele poderiam vir algum dia à escola falar sobre a escrita?

Eles já receberam a visita de uma médica, de um arquiteto e de uma atriz.

— Não — respondeu ele, mais rispidamente que o necessário —, não fazemos essas coisas.

Após deixá-la na fazenda, carregar suas coisas e ficar novamente sozinho no carro, ele foi até o mirante pelo qual sempre havia passado e parou no estacionamento vazio. Diante dele, o bosque multicolorido se estendia por um vale largo, voltava a subir mais à frente e continuava iluminado até a primeira serra. Na segunda, as cores esmaeciam, a distância o bosque e as montanhas derretiam junto do opaco céu azul. Uma águia descrevia círculos sobre o vale.

O fazendeiro, que se interessava pela história local, contou-lhe certa vez de um surpreendente início de inverno, em 1876, da neve que caía em meio a um veranico, primeiro esparsa e divertida para as crianças, então cada vez mais intensa, até que tudo estava coberto, fechando a passagem e tornando as casas inalcançáveis. Aqueles surpreendidos pela neve no meio do caminho não tiveram chance, porém, alguns daqueles trancados em casa também morreram de frio. Havia casas distantes de todas as estradas, e apenas na primavera, com o derretimento da neve, alguém conseguiu chegar novamente ao vilarejo.

Ele olhou para o céu. Ah, se nevasse agora! Primeiro bem pouco, permitindo que quem estivesse fora conseguisse chegar em casa, mas depois tão forte que nenhum automóvel conseguisse se mover por dias. E se um galho se quebrasse com o peso da neve e arrancasse as novas linhas telefônicas. E se ninguém informasse a Kate que ela tinha vencido o prêmio nem a convidasse para a entrega, se ninguém pudesse levá-la à cidade, perturbando-a com entrevistas, programas de televisão e recepções. Depois, com o derretimento da neve, o prêmio encontraria seu caminho até Kate e ela não ficaria menos feliz do que agora. Mas a confusão teria passado e seu mundo permaneceria intacto.

Quando o sol se pôs, ele seguiu viagem. Foi da estrada larga para a vicinal e passou pelo caminho de cascalho, subindo o longo vale. Até parar e descer. Ao lado da rua, a três metros de altura, passavam os cabos de telefone, presos em postes novos, ainda claros. Por causa deles algumas árvores tinham sido derrubadas, alguns galhos foram cortados. Mas outras continuavam perto dos cabos.

Encontrou um pinheiro com a ramagem vazia, alto, torto, morto. Ele amarrou a corda ao redor da árvore e no engate para reboque do veículo, acionou a tração quatro por quatro e deu a partida. O motor fez um ruído forte e morreu. Ele deu a partida mais uma vez e mais uma vez o motor fez um ruído forte e morreu. Na terceira tentativa, as rodas giraram em falso. Desceu, tirou da maleta de ferramentas a pá dobrável, ficou cutucando o pé da árvore na terra e chegou a uma pedra, em cujas frestas as raízes se agarravam. Ele tentou soltá-las, e cavou, sacudiu, empurrou. Sua camisa, seu pulôver, sua calça — tudo estava molhado de suor. Se conseguisse enxergar melhor! Escurecia.

Ele voltou a se sentar no carro, acelerou até a corda se retesar, deixou o carro andar para trás e avançou novamente. Avançar, voltar, avançar, voltar — o suor escorria pelos seus olhos e se misturava a lágrimas de ódio pela árvore que não queria cair, e pelo mundo, que não queria deixar Kate e ele em paz. Avançava, voltava, avançava, voltava. Ele esperava que Kate e Rita não estivessem escutando. Esperava que Kate não ligasse para o fazendeiro ou para o supermercado. Ele nunca tinha chegado tão tarde em casa. Esperava que ela não ligasse para ninguém.

Sem nenhum sinal prévio, como uma inclinação gradual, a árvore caiu. Bateu nos cabos logo ao lado de um poste, e árvore e poste desceram até que os cabos estouraram. E se estatelaram no chão.

Ele desligou o motor. Fazia silêncio. Estava exausto, exaurido, vazio. Mas então um sentimento de triunfo cresceu dentro dele. Havia conseguido. Iria conseguir todo o resto também. Quanta força existia em seu interior! Quanta força!

Desceu, desamarrou a corda, guardou-a com a pá e foi embora. De longe, avistou as janelas claras — sua casa. A mulher e a filha estavam diante dela, como sempre, e, como sempre, Rita veio correndo abraçá-lo. Tudo estava bem.

6

Kate lhe perguntou apenas na noite seguinte por que o telefone e a internet não estavam funcionando. Pela manhã e no começo da tarde, ela não deixava que nada perturbasse sua escrita, e se preocupava com os e-mails apenas no final da tarde.

— Vou verificar.

Ele se levantou, foi olhar os plugues e os cabos do telefone e do computador e não encontrou nada.

— Posso ir amanhã até a cidade e chamar um técnico.

— Daí vou perder metade do dia de novo. Espere mais um pouco. Às vezes esses problemas técnicos se resolvem sozinhos.

Após alguns dias, quando o problema não tinha se resolvido sozinho, Kate reforçou:

— E se você for amanhã, pergunte também se há alguma outra rede que podemos acessar aqui. Não dá para ficar sem celular.

Os dois haviam se animado pelo sinal do celular não pegar na casa nem no terreno. Eles não seriam mais encontráveis nem estariam à disposição a qualquer momento. Também não atendiam ao telefone fixo em determinados horários nem tinham uma secretária eletrônica. Não pediam para a correspondência ser entregue, mas iam buscá-la. E agora Kate queria um celular?

Eles estavam deitados juntos na cama e Kate apagou a luz. Ele a acendeu.

— Você quer mesmo que fique novamente igual a Nova York?

Como ela não respondeu, ele não sabia se ela não havia entendido a pergunta ou se não queria respondê-la.

— Quero dizer...

— O sexo em Nova York era melhor do que aqui. Éramos ávidos um pelo outro. Aqui... somos como um velho casal, carinhosos, mas não mais apaixonados. Como se a paixão tivesse acabado.

Ele se irritou. Sim, o sexo havia ficado mais tranquilo, mais tranquilo e mais íntimo. Em Nova York eles muitas vezes se atracaram, ávidos e apressados, e isso tinha seu encanto como a vida ávida e apressada da cidade. O sexo entre os dois era como a vida deles, tanto aqui como lá, e, se Kate sentia falta de avidez e pressa, então era possível que isso não se restringisse somente ao sexo. Será que tinha precisado da tranquilidade somente para terminar o livro? Terminado o livro, teria ela terminado também a vida no campo? Ele não se irritou mais. Estava com medo.

— Eu gostaria de fazer amor com você mais vezes. Eu gostaria de entrar de repente no seu quarto e levá-la nos braços, e você iria colocar seus braços ao redor do meu pescoço e eu iria carregar você até a cama. Eu...

— Eu sei. Não foi o que eu quis dizer. Quando o livro estiver pronto, tudo vai ficar melhor. Não se preocupe.

Kate se aninhou nele e fizeram sexo. Na manhã seguinte, quando ele despertou, ela já havia acordado e o observava. Não falou nada, e ele se deitou de lado e olhou para Kate, em silêncio. Não conseguia ler os olhos dela, não conseguia saber o que ela sentia ou pensava, e tentava não trair seu medo com os olhos. Ontem, não havia acreditado que ela não desejava dizer o que tinha dito, e hoje continuava sem acreditar. Seu medo estava repleto de saudade e desejo. O rosto de Kate com a testa alta, as sobrancelhas arcadas de maneira orgulhosa sobre os olhos escuros, o nariz longo, a boca generosa e o queixo, que liso, inchado ou franzido, expressava seu humor — essa era a paisagem na qual seu amor se sentia em casa. Esse amor se sentia em casa, alegre, quando o rosto se abria e se voltava para ele; com medo, quando se fechava e o rejeitava. Um rosto, pensou ele, nada mais, e isso é toda a variedade de que preciso e que suporto. Ele sorriu. Kate continuava encarando-o em silêncio e séria, mas colocou o braço sobre as costas dele e o puxou para perto de si.

7

No trajeto até a cidade, ele parou junto à árvore e ao poste caídos e aos cabos rompidos. Quando derrapou, os pneus do carro deixaram marcas na rua. Ele as apagou.

Tudo parecia ter acontecido sem querer. Ele podia ir à cidade e alertar a companhia telefônica. Ainda não pesava nenhuma acusação contra ele. Mesmo sem alertar a companhia telefônica, não havia acusação nenhuma. Ele não tinha visto a árvore e o poste caídos nem os cabos rompidos. Como poderia tê-los visto? O técnico, que instalara os cabos e os computadores em sua casa, e a quem ele tinha prometido informar, podia ver o que havia acontecido quando passasse por lá. Ou não.

O técnico não estava em sua oficina. Havia um bilhete pendurado na porta, informando a visita a um cliente e a volta em breve. Porém o bilhete estava amarelado, e as janelas sujas deixavam a dúvida se a oficina ainda funcionava ou se tinha fechado para o inverno ou para férias. Telefones e computadores se espalhavam pelas mesas, cabos, plugues, chaves de fenda.

No supermercado, era o único cliente. O dono veio falar com ele e contou da festa na cidade no próximo sábado. Não gostaria de vir? E trazer a mulher e a filha? Ele nunca havia encontrado Kate e Rita no supermercado nem em nenhuma outra loja ou restaurante. Às vezes eles passavam pela cidade, isso era tudo. O que mais o proprietário sabia sobre eles?

Então ele viu a foto de Kate no *New York Times*. O prêmio era dela. A matéria dizia que ela não havia comparecido à solenidade de entrega, que sua agente tinha recebido o prêmio e que Kate não fora encontrada para se manifestar a respeito.

Será que o dono do supermercado lia o jornal? Será que havia reconhecido Kate na foto? Ele a tinha visto vezes o suficiente quando ela ia à cidade em sua companhia? Será que outras pessoas observaram Kate com mais atenção quando ela ia à cidade em sua companhia e a reconheceram na foto? Ligariam para o *New York Times* e diriam onde Kate poderia ser encontrada? Ou iriam informar o editor do *Weekly Herald*, que circulava semanalmente trazendo anúncios publicitários ao lado de pequenos relatos sobre crimes e acidentes, inaugurações e aberturas, jubileus, casamentos, notícias de nascimento e mortes?

Havia mais três exemplares do *New York Times* sobre o balcão. Ele estava com vontade de levar todos, para que ninguém mais os comprasse e os lesse. No entanto isso teria chamado a atenção do dono. Por essa razão, ficou com apenas um. E mais uma pequena garrafa de uísque, que o proprietário embalou num saco de papel pardo. No caminho para o carro, ele passou por cavaletes azuis empilhados e fitas de isolamento, com as quais a polícia iria fechar a rua principal para a festa da cidade. Foi mais uma vez à oficina do técnico e novamente não o encontrou. Ele podia dizer que tinha tentado.

A correspondência que tirou do escaninho ficou sem ser analisada. Ele a colocou no forro aberto do quebra-sol. Retornou ao mirante, estacionou e bebeu. O uísque ardia na boca e na garganta, ele engasgou e soltou um arroto. Olhou para o saco de papel pardo com a garrafa na mão e pensou nos sem-teto que ficam sentados, bebendo, nos bancos do Central Park com seus sacos pardos. Porque não tinham conseguido dar conta do seu mundo.

Da última vez que esteve sentado ali, o bosque ainda reluzia colorido. Hoje as cores estavam opacas, gastas pelo outono e abafadas pela névoa. Ele abaixou a janela e respirou o ar gelado, úmido. Tinha criado tanta expectativa em relação ao inverno, o primeiro inverno na nova casa, as noites junto à lareira, fazer artesanato e cozinhar juntos, a coroa do Advento e a árvore de Natal, maçãs cozidas e vinho quente. E em relação a Kate, que teria mais tempo para ele e para Rita.

Também em relação aos amigos de Nova York, que eles queriam finalmente convidar no inverno. Os amigos de verdade, Peter e Liz, Steve e Susan, não a corja do pessoal de agências, editoras e imprensa, com quem se encontravam em eventos e festas quaisquer. Peter e Liz escreviam, Steve lecionava e Susan desenhava joias — eram os únicos com os quais tinham conversado seriamente sobre os motivos da mudança para o campo. Também eram os únicos a quem deram o novo endereço.

Sim, eles tinham seu novo endereço. E se viessem porque leram o *New York Times* e souberam que a notícia ainda não havia chegado a Kate, desejando que fossem os mensageiros?

Ele tomou mais um gole. Não podia ficar bêbado, tinha de manter as ideias em ordem, e pensar no que tinha de fazer. Ligar para os amigos? Dizer que Kate sabia do prêmio, só não queria entrar na confusão? Os amigos conheciam Kate, sabiam como ela gostava de comemorar seus feitos. Não acreditariam nele e iriam exatamente por isso.

O pânico tomou conta dele. Se amanhã os amigos aparecessem diante da sua porta, depois de amanhã Kate estaria em Nova York e tudo começaria de novo. Se não quisesse isso, teria de pensar numa saída. Com qual mentira seria possível manter os amigos longe?

Ele desceu do carro, esvaziou a garrafa e a lançou nas árvores, descrevendo um grande arco. Em sua vida, sempre tinha sido assim: quando precisava escolher, as alternativas eram ruins. Entre a vida com a mãe e a com o pai, quando ambos finalmente se separaram. Entre uma faculdade que ele tinha de pagar e que lhe consumiria todo o tempo livre e um trabalho que odiava e que lhe deixaria tempo livre para escrever. Entre a Alemanha, onde sempre se sentiu um estrangeiro, e os Estados Unidos, onde continuava estrangeiro. Ele queria finalmente ter cartas tão boas nas mãos quanto os outros. Queria poder escolher entre boas alternativas.

Ele não ligou para os amigos. Foi para casa, falou da visita infrutífera ao técnico e que tentaria de novo no dia seguinte, se necessário procurando outro técnico na cidade vizinha e na companhia telefônica. Kate estava irritada, não com ele, mas com a vida no campo, cuja infraestrutura não se comparava à de Nova York. Quando percebeu que isso o machucava, ela contemporizou:

— Vamos investir na infraestrutura e levantar um poste na montanha atrás da casa. Temos dinheiro para isso. Daí vamos ficar um pouco mais independentes dos técnicos e da companhia telefônica.

8

Ele acordou no meio da noite. Faltava pouco para as duas. Levantou-se em silêncio e, entre as cortinas, olhou pela janela. O céu estava claro e, mesmo sem a lua, o gramado, o bosque e o caminho eram facilmente reconhecíveis. Com um movimento certeiro, ele pegou suas roupas da cadeira e saiu do quarto na ponta dos pés, descendo a escada que rangia. Vestiu-se na cozinha, o casaco acolchoado sobre o jeans e o pulôver, um gorro de lã na cabeça e botas nos pés. Estava frio do lado de fora; ele havia enxergado a geada sobre o gramado.

A porta da casa abriu e fechou sem fazer barulho. Os poucos passos até o carro foram vencidos novamente na ponta dos pés. Ele colocou a chave na ignição e destravou o volante. Em seguida, postou-se ao lado da porta aberta e empurrou o veículo do gramado até o caminho. Foi difícil e ele ofegava e suava. Não se ouvia nada do carro sobre o gramado. No caminho, o cascalho rangia sob as rodas e o ruído lhe parecia infernal. Mas logo o caminho se inclinou e o carro ganhou velocidade. Ele pulou para dentro e depois de algumas curvas, já fora do alcance da audição, ligou o motor.

No trajeto até a cidade, alguns carros vieram no sentido oposto, mas, pelo que pôde perceber, nenhum conhecido. Na cidade, havia luz em poucas janelas; eram prédios, e ele imaginou a mãe junto à cama do filho doente ou o pai preocupado com os negócios ou o idoso que não conseguia mais dormir.

Na rua principal, todas as janelas estavam escuras. Ele a percorreu e não viu ninguém, nenhum bêbado num banco, nenhum casal de namorados numa entrada. Passou pela delegacia; também estava escura, e diante do estacionamento com as duas viaturas de polícia havia uma corrente. Ele desligou os faróis, deu ré bem devagar e parou ao lado dos cavaletes azuis empilhados e da fita de isolamento. Esperou para ver se havia alguma movimentação, desceu em silêncio e carregou cuidadosamente três cavaletes e duas traves na caçamba. Voltou a entrar sem fazer barulho, esperou novamente por um tempo e andou com os faróis desligados até deixar a cidade.

Ligou o rádio. "We Are The Champions" — ele amava essa música quando era garoto e havia tempo que não a ouvia. Cantou-a em voz alta. E foi tomado por uma sensação de triunfo novamente. Tinha conseguido novamente. Havia mais nele do que os outros conseguiam ver. Do que Kate conseguia ver. Do que sua autoconfiança em geral lhe assegurava. Mais uma vez ele conseguira arranjar as coisas de uma maneira que ninguém poderia acusá-lo de nada. Um engano, uma brincadeira — quem poderia saber como o caminho tinha sido interditado? Quem poderia saber?

Ele seguia dirigindo, pensando onde montaria a interdição. O caminho para sua casa era perpendicular à estrada, fazia uma curva fechada e depois seguia quase em paralelo com a estrada. Se a interdição ficasse logo no desvio, chamaria atenção demais; na curva seria perfeita.

Foi tudo muito rápido. Parou depois da curva, montou os cavaletes e colocou as traves sobre eles. O caminho estava interditado.

Ainda antes de subir o aclive diante da casa, ele desligou o motor e apagou a luz. O impulso era suficiente. O carro deslizou, em silêncio e no escuro, do caminho até o gramado. Eram quatro e meia.

Ele ficou sentado, ouvindo. Escutou o vento nas árvores e, às vezes, o ruído de algum animal ou um galho sendo quebrado. Mas não vinha nenhum barulho da casa. Logo amanheceria.

Kate perguntou:
— Onde você estava?

Mas não despertou. Na manhã seguinte, quando Kate comentou ter ficado com a impressão de que ele tinha saído do quarto e voltado à noite, ele deu de ombros e explicou:

— Fui ao banheiro.

9

Nos dias seguintes, ele estava feliz. E havia um pouquinho de medo mesclado à felicidade. O que aconteceria se o delegado encontrasse a interdição, se um vizinho a visse e a denunciasse, se não fosse possível manter os amigos a distância? Mas não veio ninguém.

Uma vez por dia tirava uma trave, empurrava um cavalete para o lado e passava com o carro. Ele foi novamente à oficina fechada. Foi à cidade vizinha e encontrou um técnico, mas não o chamou. Também não ligou para a companhia telefônica. A sensação de retirar e colocar a trave e empurrar o cavalete para lá e para cá era boa. Como se ele fosse o senhor de um castelo, que abria e fechava o portão.

Voltava para casa das suas viagens o mais rápido possível. Kate queria ficar na escrivaninha dela e ele queria aproveitar seu mundo: a segurança de que Kate estava sentada no andar de cima, escrevendo, a alegria de ter Rita por perto, a estabilidade das rotinas domésticas. Como o Dia de Ação de Graças se aproximava, ele contou a Rita dos velhos peregrinos e dos índios, e eles fizeram um desenho grande, no qual todos comemoravam juntos: os peregrinos, os índios, Kate, Rita e ele.

— Eles vêm nos visitar? Os velhos e os índios?

— Não, Rita, eles morreram faz tempo.

— Mas quero que alguém venha aqui!

— Eu também. — Kate estava à porta. — Estou quase acabando.

— O livro?

Ela assentiu.

— E, quando eu terminar, vamos fazer uma festa. E convidar os amigos. E minha agente e minha editora. E os vizinhos.

— Quase acabando... Como assim?

— No final da semana. Você não está contente?

Ele foi até ela e a abraçou.

— Claro que estou contente. É um livro fantástico. Vai receber resenhas incríveis, a Barnes & Noble vai fazer pilhas gigantescas na seção de best-sellers e vai se tornar um filme excelente.

Kate ergueu a cabeça do ombro dele, foi um pouco para trás e sorriu.

— Você é maravilhoso. Foi tão paciente. Você cuidou de mim e de Rita, da casa e do jardim, entra dia, sai dia, sempre igual e você nunca se queixou. Agora a vida vai voltar ao normal, eu prometo.

Ele olhou pela janela para o jardim que ficava atrás da cozinha, para a pilha de lenha e a de adubo. O lago estava um tantinho congelado na margem, logo eles poderiam patinar no gelo. Isso não era normal? Do que ela estava falando?

— Segunda-feira vou à cidade. Tenho de ir ao cyber café e, além disso, telefonar. Vamos comemorar o Dia de Ação de Graças com os amigos?

— Não podemos convidá-los assim de véspera. E o que a Rita vai fazer entre tantos adultos?

— Todos vão gostar de ler para Rita ou brincar com ela. Ela é tão maravilhosa quanto você.

O que ela estava dizendo? Ele era maravilhoso como a filha?

— Também posso perguntar a Peter e a Liz se eles querem trazer os sobrinhos. Provavelmente os pais vão querer ficar com eles no feriado, mas não custa perguntar. E minha editora tem um filho da idade de Rita.

Ele não estava mais escutando. Kate o tinha traído. A promessa havia sido terminar no inverno ou na primavera, mas em vez disso ela queria acabar agora. Em alguns meses a agente teria entregado o prêmio em casa, sem alvoroço, tomando uma taça de champanhe. Agora toda a balbúrdia por causa do prêmio iria começar, apenas com um pouco de atraso. Ele podia fazer algo a respeito? O que teria feito até o final do inverno ou o início da primavera? Será que teria conseguido convencer Kate a aguardar o conserto da instalação do telefone e se satisfazer com ele trazendo seus e-mails do cyber café da cidade? Ela confiava nele em relação ao correio convencional, por que não com os e-mails? Talvez tivesse começado a nevar, não parando mais, como em 1876, e eles teriam passado o inverno escrevendo, lendo, brincando, cozinhando, dormindo, sem se interessar pelo mundo lá fora.

— Vou subir. Nós três vamos começar fazendo a nossa festa no domingo, certo?

10

Era para ele desistir? Mas Kate nunca estivera tão calma e nunca tinha escrito com tanta tranquilidade quanto no último semestre. Ela precisava da vida ali. Rita também. Ele não entregaria seu anjo ao trânsito, ao crime e às drogas da cidade. Se conseguisse fazer mais um filho com Kate, ou, melhor mais dois, ele daria aulas em casa. Com um, o empreendimento lhe parecia pedagogicamente duvidoso, mas com dois ou três era OK. Talvez com um também já fosse OK. Afinal, ele não cuidaria melhor de Rita do que uma escola ruim?

No domingo, Kate levantou cedo e terminou no final da tarde.

— Terminei — avisou ela, correndo escada abaixo, dando uma das mãos a Rita e a outra a ele, e dançaram juntos ao redor das pilastras de madeira. Em seguida, Kate amarrou um avental. — Vamos cozinhar? O que temos em casa? Vocês estão com vontade de comer o quê?

Enquanto cozinhavam e comiam, Kate e Rita eram de uma leveza inacreditável, rindo de tudo e de todos. A dor é a saudade do riso — era assim que sua avó alertava os netos das lágrimas que se seguiam ao riso descontrolado e assim ele queria também alertar Kate e Rita. No fim, porém, ele achou que seria desmancha-prazeres e desistiu. Mas estava ficando cada vez mais abatido. A leveza das duas o machucava.

— Uma história, uma história — pedia Rita após o jantar.

Kate e ele não pensaram em nenhuma enquanto cozinhavam, mas na verdade bastava um começar e o outro prosseguir, e que ambos prestassem atenção. Hoje ele ficou se esquivando até ter acabado com a vontade de Kate e Rita de ouvir a história. Quando se sentiu mal por isso, não conseguiu mudar o clima. Além do mais, era hora de Rita dormir.

— Vou colocá-la na cama — disse Kate.

Ele escutou Rita rindo no banheiro e pulando na cama Quando tudo ficou em silêncio, esperou que ela o chamasse para um beijo de boa-noite. Mas ela não o fez.

— Rita dormiu imediatamente — explicou Kate, quando se sentou ao seu lado. Ela não falou nada sobre o humor soturno dele. Ainda estava inebriada e o pensamento de que não percebia que ele estava mal o deixava pior ainda. Kate estava radiante como havia tempos não ficava; as maçãs do rosto coravam e os olhos brilhavam. E com que segurança se movimentava para lá e para cá! Ela sabe o quanto é bonita, que é bonita demais para a vida no campo e que seu lugar é em Nova York. Ele pensou nisso e perdeu a coragem.

— Vou amanhã cedo depois do café até a cidade. Você quer que eu traga alguma coisa?

— Não dá. Prometi a Jonathan ajudar no conserto do teto do celeiro, e vou precisar do carro. Você tinha dito que terminaria no fim de semana, e daí pensei que você poderia ficar com Rita amanhã.

— Mas eu disse que queria ir à cidade amanhã.

— O que eu quero não conta?

— Não foi isso que eu disse.

— Pareceu.

— Sinto muito. — Ela não queria briga, e sim resolver o problema. — Deixo você no Jonathan e continuo com o carro até a cidade.

— E Rita?

— Levo comigo.

— Você sabe que ela fica enjoada no carro.

— Então eu a deixo com você; até Jonathan são apenas vinte minutos.

— Vinte minutos de carro são vinte minutos demais para Rita.

— Rita passou mal duas vezes e foi tudo. Ela andava de táxi em Nova York sem problemas e veio até aqui de carro. Essa é uma ideia fixa sua, de que ela não pode andar de carro. Vamos tentar...

— Você quer fazer uma experiência com Rita? Será que ela vai ficar enjoada ou será que vai conseguir? Não, Kate, você não vai fazer experiências com minha filha.

— Sua filha, sua filha... Rita é minha filha também. Fale nossa filha ou Rita, mas não dê uma de pai preocupado, que precisa proteger a filha da mãe malvada.

— Não estou dando uma de nada. Eu me preocupo mais com Rita que você. Se eu digo que ela não vai andar de carro, ela não vai andar de carro.

— Por que não perguntamos a ela amanhã? Rita sabe muito bem o que quer.

— Ela é uma criança pequena, Kate. E o que vai acontecer se ela quiser ir e ficar enjoada?

— Então eu a pego no colo e a trago para casa.

Ele apenas balançou a cabeça. Kate estava sendo tão teimosa que ele sentiu como se tivesse mesmo de consertar o teto do celeiro com Jonathan. Ele se levantou.

— E que tal aquela meia garrafa de champanhe que está na geladeira? — Ele a beijou no alto da cabeça, trouxe a garrafa e duas taças e serviu a bebida. — A você e ao seu livro!

Kate se esforçou para sorrir, ergueu a taça e bebeu.

— Acho que vou dar mais uma olhadinha no meu texto. Não espere por mim.

11

Ele não esperou e foi sozinho para a cama. Mas ficou acordado até ela se deitar ao seu lado. Estava escuro, ele não disse nada, continuou com a respiração regular, e, depois de Kate ficar um bom tempo deitada de costas, como se estivesse pensando se devia acordá-lo e conversar, ela virou de lado.

Na manhã seguinte, ao acordar, a cama ao lado dele estava vazia. Escutou Kate e Rita na cozinha, vestiu-se e desceu.

— Papai, posso andar de carro!

— Não, Rita, você passa mal. Vamos esperar até você ficar maior e mais forte.

— Mas mamãe disse...

— Mamãe quis dizer mais tarde, não hoje.

— Não me diga o que eu quis dizer. — Ela se conteve ao falar. Mas, subitamente, a contenção acabou e Kate gritou com ele. — Você só está falando merda! Você diz que quer ajudar Jonathan com o celeiro, mas dorme até tarde? Você diz que quer esquiar com Rita no inverno, e acha andar de carro perigoso demais? Você quer me transformar numa Amélia, que espera paciente até o marido permitir que ela use o carro? Ou vamos agora os três e deixo você no Jonathan ou eu e Rita vamos sozinhas.

— Eu quero transformar você numa Amélia? O que eu sou, se não a versão masculina de Amélia? Só um escritor fracassado? Que vive à sua custa? Que cuida da filha, mas não pode decidir nada? Babá e faxineira?

Kate havia readquirido o autocontrole. Ela o observou com a sobrancelha erguida.

— Você sabe que não estou querendo dizer nada disso. Vou sair agora... Você vem junto?

— Você não vai!

Mas ela colocou o casaco e os sapatos, ajudou Rita a fazer o mesmo e foi até a porta. Quando ele se postou diante da porta de entrada, obstruindo a passagem, Kate pegou Rita no colo e foi para a varanda. Ele hesitou, foi atrás de Kate, alcançou-a, segurou-a. Nesse momento, Rita começou a chorar e ele soltou a mulher. Seguiu Kate quando ela atravessou o gramado até o carro.

— Por favor, não faça isso!

Kate não respondeu. Ela se sentou no banco do motorista e colocou Rita no do passageiro, fechou a porta e ligou o carro.

— No banco da frente não!

Ele quis abrir a porta, mas Kate a travou. Ele bateu na porta, segurou a maçaneta, queria segurar o carro. Kate deu a partida. Ele correu ao lado, viu que Rita estava ajoelhada no banco e que o fitava assustada, com o rosto inundado por lágrimas.

— O cinto de segurança — gritou ele. — Coloque o cinto em Rita! — Mas Kate não reagiu, o carro tomou velocidade e ele teve de soltá-lo.

Correu atrás do carro, porém não conseguiu mais alcançá-lo. Kate não estava andando rápido, mas mesmo assim escapava dele. A cada trecho entre duas curvas a distância entre eles aumentava. Depois, o carro sumiu e ele o escutou cada vez mais longe.

Ele continuou correndo. Tinha de correr atrás do carro, mesmo não conseguindo alcançá-lo. Tinha de correr — para manter a mulher, a filha, sua vida. Tinha de correr para não voltar para a casa vazia. Tinha de correr para não ficar parado.

    Chegou um momento em que não podia mais correr. Ele se curvou para a frente e apoiou as mãos nos joelhos. Quando se acalmou e deixou de ouvir a própria respiração, escutou o carro já muito distante. Ele se ergueu, mas não conseguiu enxergá-lo. O ruído longínquo permanecia, silenciando aos poucos, e ele esperou que fosse cessar. Em vez disso, houve um estrondo. Depois o silêncio.

    Ele voltou a correr. Imaginou o carro batido contra uma trave e um cavalete ou contra uma árvore, porque Kate ainda tinha conseguido desviar o volante, viu as cabeças ensanguentadas de Kate e Rita no para-brisa estourado, Kate indo trôpega até a estrada com Rita nos braços, carros que passavam sem se importar, escutou Rita gritando e Kate soluçando. Ou será que ambas estavam presas e não conseguiam sair, e a qualquer momento a gasolina iria pegar fogo e explodir o carro? Ele continuou correndo, embora as pernas não quisessem mais levá-lo e sentisse como se o peito e o baço estivessem sendo perfurados por agulhas.

    Então ele viu o carro. Graças a Deus, não estava em chamas. Estava vazio, não se via Kate nem Rita em lugar nenhum, nem no carro nem na estrada. Ele esperou, acenou, mas não recebeu carona. Voltou até o carro, viu que tinha atropelado trave e cavalete e que o cavalete havia amassado de tal maneira o chão do carro e o para-choque que não dava mais para andar. A porta estava aberta e ele se sentou no banco do motorista. O para-brisa não estava destruído, mas sujo de sangue, não do lado do motorista, mas do passageiro.

A chave estava na ignição, porém, ao dar a marcha a ré, ele carregou o cavalete junto. Amarrou o cavalete com uma corda numa árvore, foi para trás e voltou para a frente, para trás e para a frente, muitas vezes. Isso lhe pareceu uma punição pelo dano na linha telefônica, e, quando o carro finalmente se soltou do cavalete, ele estava totalmente exausto, como antes. Conduziu o carro com as traves e os cavaletes e foi até o hospital. Sim, a mulher e a filha foram levadas até lá fazia meia hora. Ele pediu para lhe mostrarem o caminho.

12

Os corredores eram mais agradáveis que aqueles que ele conhecia dos hospitais alemães — largos, com poltronas de couro e arranjos de flores. No elevador, um cartaz anunciava que o hospital tinha sido eleito novamente o hospital do ano, pela quarta vez consecutiva. Pediram que ficasse numa sala de espera, o médico logo iria chegar, ele se sentou, levantou-se, observou as fotografias coloridas nas paredes, achou deprimentes as ruínas de templos cambojanos e mexicanos, sentou-se. Depois de meia hora, a porta se abriu e o médico o cumprimentou. Era jovem, cheio de vida, alegre.

— Sorte no azar. Sua esposa colocou o braço direito na frente da sua filha — ele esticou o braço direito —, e, quando sua filha bateu nele com força, sofreu uma fratura. Mas a fratura é simples e talvez isso tenha salvado a vida da menina. Além disso, sua mulher está com três costelas quebradas e um traumatismo por efeito chicote. Mas isso vai melhorar.

Ficaremos com ela apenas por alguns dias. — O médico riu.
— É uma honra ter a vencedora do prêmio de livro do ano como paciente, e foi uma alegria especial para mim comunicar essa boa notícia a ela. Eu a reconheci imediatamente, mas quase não tive coragem de comentar sobre isso com ela. E ela não sabia de nada ainda e ficou contente.

— E minha filha?

— Ela sofreu um corte na testa, mas já suturamos e agora está descansando. Vamos tomar conta dela durante a noite, e, se tudo correr bem, amanhã o senhor poderá levá-la para casa.

Ele assentiu.

— Posso ver minha esposa?

— Eu acompanho o senhor até lá.

Kate estava num quarto individual. Pescoço e braço direito imobilizados. O médico deixou os dois sozinhos.

Ele aproximou uma cadeira da cama.

— Parabéns pelo prêmio.

— Você sabia. Você esteve quase todo dia na cidade e você lê o *New York Times* quando está por lá. Por que não disse nada? Já que você não é um escritor de sucesso eu também não posso ser?

— Não, Kate, eu queria apenas manter o nosso mundo. Não sou invejoso. Você pode escrever quantos best-sellers...

— Eu não me acho melhor que você. Você merece o mesmo sucesso e sinto muito por esse mundo não ser justo e não dá-lo a você. Mas não posso deixar de escrever por causa disso. Não posso me anular.

— Se anular como eu? — Ele balançou a cabeça. — Eu não queria que a confusão começasse de novo, as entrevistas, os programas de televisão e as festas e sei lá mais o quê. Que as coisas voltassem a ser como antes. Esses seis meses aqui nos fizeram tão bem.

— Não suporto me ver reduzida a uma sombra que some pelas manhãs na escrivaninha e à noite fica sentada ao seu lado diante da lareira e que brinca de família uma vez por semana.

— Não ficamos sentados diante da lareira, nós conversamos, e não brincamos de família, somos uma.

— Você sabe o que eu quero dizer. Aquilo que fui para você nos últimos seis meses qualquer mulher que se ocupa sozinha, não fala muito e gosta de carinho à noite poderia ser também. Não posso viver com um homem que de tanto ciúme só permite que sobre isso de mim. Ou que ame apenas isso.

— Do que você está falando?

— Vamos deixar você. Vamos nos mudar...

— Vocês? Você e Rita? Rita, de quem eu troquei as fraldas, dei banho, para quem fiz comida e ensinei a ler e a escrever? De quem cuidei enquanto estava doente? Nenhum juiz vai dar a guarda de Rita a você.

— Depois do seu surto de hoje?

— Meu surto... — Ele balançou novamente a cabeça. — Não foi um surto. Eu só tentei bloquear tudo, o telefone, a internet e também a rua.

— Foi um surto, e o motorista que me trouxe até aqui vai avisar o delegado.

Ele estava sentado com as costas arqueadas e a cabeça baixa. Nesse instante, aprumou-se.

— Consertei nosso carro, vim com ele até aqui e o bloqueio não existe mais. Tudo o que o delegado vai conseguir descobrir é que você andou com nossa filha sem cadeirinha e sem cinto de segurança. — Ele olhou para a mulher. — Nenhum juiz vai deixar Rita com você. Você vai ter de ficar comigo.

Como Kate olhou para ele? Cheia de ódio? Não era possível. Limitada. Não eram as costelas e o braço quebrados que lhe doíam. O que lhe doía era que ele havia acabado com suas esperanças. Não queria acreditar que suas contas não fechavam sem ele. Estava na hora de ela finalmente aprender. Ele se levantou.

— Eu te amo, Kate.

Com que direito ela olhava decepcionada para ele? Com que direito ela lhe disse:

— Você ficou maluco.

13

Ele foi à cidade pela via principal. Bem que gostaria de ter devolvido as travas e os cavaletes de maneira discreta, mas a festa da cidade tinha passado e as pilhas estavam arrumadas.

Do supermercado ele ligou para a companhia telefônica e avisou sobre a fiação arrebentada. Ela prometeu enviar uma equipe de manutenção ainda à tarde.

Em casa, foi de cômodo em cômodo. No quarto, afastou as cortinas e abriu as janelas, ajeitou a cama e dobrou o pijama e a camisola. No escritório de Kate, ficou parado junto à porta. Ela havia arrumado o cômodo; a escrivaninha estava vazia, à exceção do computador, da impressora e de uma pilha de papéis impressos, e os livros e os papéis que ela colocara no chão estavam de volta às prateleiras. Kate parecia não ter encerrado apenas um livro, mas uma parte da sua vida, e ele ficou triste. O quarto de Rita tinha um aroma de menininha; fechou os olhos, cheirou o ursinho de pelúcia que ele não tinha permissão para lavar, seu xampu, seu suor. Na cozinha, colocou louças e panelas na máquina de lavar e deixou o resto como estava: o pulôver, como se Kate pudesse entrar a qualquer hora e vesti-lo, as tintas, como se Rita logo fosse se sentar à mesa e continuar seu desenho. Ele sentiu frio e aumentou a temperatura do aquecedor.

    Foi até a porta. Nenhum juiz tiraria Rita dele. Na pior hipótese, a advogada certa conseguiria uma pensão generosa para ele. Então viveria sozinho com a filha ali nas montanhas. Então Rita cresceria com uma mãe que vivia a cinco horas de carro de distância. Kate insiste em levar as coisas até o final? Que aguarde então o que a espera.

    Ele olhou para a floresta, para o gramado com as macieiras e os sabugueirinhos, para o lago com os salgueiros. Nada de patinação no lago congelado? Nada de descer de trenó, juntos, a ladeira do outro lado da margem? Embora Rita conseguisse viver emocionalmente bem sem a mãe e ele se virasse financeiramente sem Kate, não queria perder o mundo que no verão havia lhe parecido às vezes ter sido sempre o seu, e que continuaria sendo para sempre.

    Ele pensaria num plano para levar a vida. Impossível não dar certo sem as boas cartas que tinha na manga! Amanhã buscaria Rita. Em alguns dias, Rita e ele estariam diante do hospital, esperando Kate. Com flores. Com um cartaz escrito "Bem-vinda!". Com o amor deles.

    Foi até o carro, descarregou travas e cavaletes e os levou para os fundos da casa, no lugar onde serrava e cortava lenha para a lareira. Ele trabalhou até escurecer, tirou os pregos dos cavaletes e serrou e cortou as travas em pedaços menores. Com a luz que vinha da cozinha, arrumou a madeira numa pilha; tirou uma parte daquela que já havia armazenado para o inverno e colocou a pilha nova no meio.

Ele carregou madeira velha e nova num cesto e o levou à lareira. O telefone tocou; era a companhia telefônica avisando que a linha estava funcionando novamente. Ele ligou para o hospital e soube que Kate e Rita estavam dormindo e que não havia motivo para se preocupar.

O fogo começou a arder. Ele se sentou diante dele e observou a madeira ser tomada pelas chamas, tornar-se brasa e desabar. Num pedaço azul era possível ler "LINE", parte da inscrição "POLICE LINE DO NOT CROSS". O fogo derretia a tinta, borrava a escrita e a consumia. Dali a algumas semanas, era assim que ele queria se sentar com Kate e Rita diante da lareira. Kate leria "NOT" ou "DO" num pedaço de madeira e se lembraria do dia de hoje. Ela entenderia o quanto ele a amava e iria se aproximar e se aninhar nele.

O estranho na noite

1

— Você me reconheceu, não foi?

Mal se sentou a meu lado, puxou conversa. Era o último passageiro; as comissárias fecharam as portas atrás dele.

— Nós estivemos... — Nós estivemos junto dos outros passageiros no bar da sala de espera. A chuva batia contra o vidro, o voo de Nova York a Frankfurt tinha sido adiado várias vezes, e passávamos o tempo e a irritação com champanhe e histórias de voos atrasados e oportunidades perdidas.

Ele não me deixou terminar de falar.

— Vi nos seus olhos. Conheço esse olhar: primeiro questionador, depois cheio de certeza, então decepcionado. Como é que você sabe... Que pergunta idiota, minha história apareceu em todos os jornais e canais de televisão.

Olhei para ele. Devia ter por volta de cinquenta anos, era alto e magro, tinha um rosto inteligente, agradável, muitos fios grisalhos em meio ao cabelo preto. No bar, não se destacou com nenhuma história; só me lembro do seu terno de bom caimento, com vincos delicados.

— Sinto muito. — Não sei por que falei que sentia muito. — Não o reconheci.

O avião decolou e rapidamente ganhou altitude. Gosto dos minutos em que as costas ficam pressionadas contra o encosto, a barriga gela e o corpo sente que está voando. Através da janela enxerguei o mar de luzes da cidade. Depois, o avião fez uma curva aberta, passei a ver somente o céu, e por fim o mar — refletindo a luz da lua — estava sob mim.

Meu vizinho de assento riu baixinho.

— Volta e meia alguém vinha falar comigo e eu negava. Agora eu quis pegar o touro pelo chifre, mas não tem touro nenhum. — Ele continuou rindo e se apresentou. — Werner Menzel. Que tenhamos um bom voo!

Durante o aperitivo, trocamos amenidades, no jantar assistimos a filmes diferentes. Nada me preparava para que, assim que as luzes da cabine fossem apagadas, ele se virasse para mim.

— Você está muito cansado? Sei que não tenho o direito de perturbá-lo, mas se puder lhe contar a minha história... Não é muito demorada. — Ele hesitou, voltou a rir baixinho. — Sim, vai demorar muito, mas eu lhe seria muito grato. Sabe, até agora quem contou a minha história foi a mídia. Mas não era a minha história, era a história dela. Minha história ainda não existe. Primeiro preciso aprender a contá-la. E qual a melhor maneira de fazer isso senão contando a um estranho, alguém que nunca ouviu falar dela, o estranho da noite?

Não sou daqueles que não conseguem dormir no avião. Mas não quis ser antipático. Além disso, havia uma delicadeza irônica na maneira como ele falou do estranho da noite, que me tocou e me seduziu.

2

— A história começa antes da Guerra do Iraque. Eu tinha assumido um posto no Ministério da Economia e fui convidado para participar de um grupo de jovens colegas do Ministério do Interior, do Ministério das Relações Exteriores e da universidade. Um grupo de leitura e discussão. Naquela época, esses salões estavam novamente na moda em Berlim. Nós nos encontrávamos a cada quatro semanas às oito, debatíamos, esvaziávamos uma garrafa de vinho ou duas e muitas vezes as namoradas chegavam às onze, no caminho para casa, vindas do trabalho, do concerto ou do teatro, desdenhando da seriedade com que tratávamos os livros e da alegria das nossas conversas intermináveis. No final, com frequência ficava realmente muito animado.

"Às vezes nossos diplomatas nos convidavam para suas recepções; não as relevantes, mas aquelas com escritores e artistas estrangeiros. Primeiro eu ficava com a minha namorada junto das pessoas que já conhecíamos. Depois percebemos que as outras pessoas ficavam contentes quando íamos falar com elas. Claro, havia aquelas que eram importantes demais para se interessarem pela gente e aquelas que fingiam interesse. Eram exceções. Eu nunca teria imaginado. Dá para se divertir muito nas recepções.

"Eu deveria ter percebido... Percebi que o adido da embaixada do Kuwait flertava com a minha namorada. Eu deveria ter evitado o contato por causa disso? Ele flertava brincando, mais admirava a beleza dela do que agia abertamente. É assim que flerto também, quando aprecio uma mulher: para fazer com que ela saiba disso, não para conquistá-la. Minha namorada retribuiu o flerte; ela não o encorajou propriamente, apenas demonstrou sua alegria pelos elogios."

Ele tinha se apoiado no braço do assento ao falar. Agora, recostava-se.

— Ela era maravilhosa. Como eu amava seus cabelos loiros! Suas mechas claras e escuras, as ondulações que caíam sobre seus ombros, a luz que fazia seu rosto brilhar. "Meu anjo", era como eu queria chamá-la o tempo todo. "Meu anjo." E o porte dela! — Escutei-o rir baixinho novamente. — Você sabe como as mulheres podem ser cruéis consigo mesmas. Talvez suas panturrilhas fossem mesmo um pouco grossas demais, mas eu gostava delas. Elas davam firmeza à sua beleza loira. Combinavam com o avô camponês e o pai ferroviário e com o fato de ela ser uma médica decidida. Eu também gostava que a ligação entre seu nariz e seu lábio superior fosse, por um capricho da natureza, um pouco curta demais, deixando muitas vezes uma frestinha da boca aberta. Isso dava a ela a expressão de estar encantada, como uma criança que admira o mundo. Mas, quando se concentrava e fechava os lábios, seu rosto mostrava todo o seu ar decidido. Ah, e como ela andava... Você conhece a música que diz "*Elle ne marche pas, elle danse*"?

Ele assobiou de leve uma melodia.

— Não deveríamos ter aceitado o convite do adido. Mas minha namorada gostava de viajar para países distantes, e eu, que não gosto de viajar... Não é curioso? Eu não gosto de viajar e teria preferido não viajar naquela época, e agora, como viajei no passado, tenho de viajar por minha vida. Quero dizer, eu devia a ela a viagem e estava contente por não sermos turistas idiotas. Teríamos alguém para trocar ideias e um local aonde nos dirigir. Ninguém nos alertou, por que iriam? Aceitamos o convite e pegamos um avião para o Oriente.

"Ficamos hospedados num hotel e não no bairro de casas com quintais e jardins onde o adido morava com seu clã. Para mim, já era suficiente ele nos dar atenção. Estávamos sempre indo a algum lugar em sua companhia, muitas vezes também com seus irmãos e amigos. Fomos ao deserto, aos campos de petróleo e saímos para o mar com os pescadores, visitamos a universidade e o parlamento e apostamos e ganhamos na corrida de camelos. Não foram aventuras, mas férias de gente rica; a infraestrutura se parece com a da Flórida, os restaurantes contam com cozinheiros franceses, os piqueniques são feitos em mesas com toalhas, servidos em pratos de porcelana e talheres de prata, e andávamos em carrões. Era impressionante. Mas eu me sentia aliviado por à noite estarmos na nossa suíte. Ou por assistir ao nascer do sol da nossa varanda. Fosse no mar do Norte ou no Mediterrâneo, já havíamos visto o sol se pôr no mar diversas vezes, mas nunca nascer."

3

Ele pousou a mão sobre meu braço.

— Você é muito paciente. Vamos tomar um vinho tinto? Eles tinham Bordeaux, mas o pinot noir do Russian River Valley é melhor.

Não esperou minha resposta. Chamou a comissária e a convenceu a nos deixar a garrafa inteira. Ele parecia vigoroso, como se a lembrança e o relato o rejuvenescessem.

— Certa manhã não puderam nos buscar e resolvemos pegar um táxi. No ponto, dois senhores que tomaram o café da manhã a duas mesas de nós, e com quem tínhamos trocado jornais, nos perguntaram se queríamos carona até a cidade. Entramos no carro, minha namorada na frente, eu atrás, saímos e num semáforo vermelho o motorista me pediu para que eu jogasse rapidamente uma carta numa caixa de correio. Por que para mim, você vai se perguntar, por que ele não pediu para o outro homem ou saiu ele mesmo do carro? O outro homem mancava, eu logo havia percebido, e o motorista estava do lado esquerdo, a caixa ficava no lado direito, eu quase poderia tê-la alcançado do carro e jogado a carta através da janela. Então desci, o semáforo ficou verde e o carro andou. Havia muito trânsito e pensei que o motorista não queria parar, então ele daria uma volta no quarteirão e logo estaria de volta.

Ele não continuou falando. Apagou a luzinha que, do alto, iluminava nossos assentos. Será que ele queria esconder sua dor? Eu não falei nada, mas peguei sua mão e a apertei por um instante.

— Sim, ele não voltou. Eu fiquei parado lá e depois de meia hora liguei para o adido, que ligou para o ministro, e o ministro chamou a polícia imediatamente, que fechou as ruas, reforçou os controles dos aeroportos e avisou a guarda costeira. Fui levado à central de polícia e me mostraram centenas de fotos. Não reconheci nenhum dos dois homens. O embaixador alemão e sua esposa me buscaram e me levaram para sua casa; não queriam me deixar sozinho naquela situação. Todos eram atenciosos, simpáticos, esforçados.

"Na primeira noite, não dormi. Mas o novo dia renova nossa coragem, e me levantei cheio de esperança. Nos outros dias, também me levantei cheio de esperança. Até que tive de aceitar que a situação era grave. O embaixador me contou o que sabia sobre o tráfico de mulheres europeias no Oriente Próximo. Ao voltar à Alemanha, li tudo o que encontrei a respeito. Antigamente havia um ponto de transbordo, se quiser chamar assim, onde as mulheres sequestradas eram vendidas e onde era possível tentar recuperar a própria mulher num leilão. Hoje se fazem, secretamente, vídeos das mulheres; os interessados os veem na internet, dão seus lances e encomendam pelo computador. Apenas então a mulher é sequestrada. Quando o marido ou namorado avisa a polícia, todas as pistas já foram apagadas.

"Você vai querer saber o que acontece com as mulheres. Estamos falando de mulheres de altíssimo nível e de preços altíssimos. Quando elas colaboram, tudo corre bem. Caso contrário, elas mudam de mãos algumas vezes e acabam num bordel em Mombaça."

Tentei me colocar na situação dele. Como sentir a perda da mulher amada quando só podemos esperar que ela esteja se sentindo bem nos braços de outro? Que só voltará quando nem mais um marinheiro bêbado em Mombaça a quiser? Por quanto tempo se fica de luto? Por quanto tempo se espera?

4

— Um ano mais tarde estourou a guerra no Iraque. Eu não pensava que isso tivesse alguma relação comigo. Mas, no Kuwait, as famílias ricas ficaram com medo e fugiram para Los Angeles ou Cannes ou Genebra ou onde quer que tivessem casas.

"Em Genebra ela escapou. Pulou da janela, escalou a cerca, parou um carro na rua e me ligou imediatamente pelo celular do motorista. Tomei o voo seguinte para Genebra. Como estava com medo de ser procurada e encontrada, ela não queria ficar sozinha, e o motorista, um estudante universitário, levou-a à sala de leitura da biblioteca da universidade. Ela ficou sentada lá até eu chegar.

"Você conhece a biblioteca da Universidade de Genebra? Uma construção imponente com uma sala de leitura como que saída de um livro ilustrado da virada para o século XX. Ela estava no meio da primeira fila, vestida de maneira chamativa, maquiada, perfumada. Quando cheguei à sua mesa, estava de cabeça baixa. Toquei seu braço e ela ergueu os olhos e gritou. Só então me reconheceu."

O piloto anunciou uma turbulência pelos alto-falantes e nos alertou a manter os cintos afivelados. As comissárias passavam pelo corredor, verificando se as orientações do piloto estavam sendo seguidas, acordavam aqueles que tinham adormecido e cujas mantas escondiam a área do cinto e recolhiam copos.

Meu vizinho de assento parou de falar e acompanhou a movimentação.

— Eles estão falando sério. Nunca vi as comissárias acordando os passageiros da primeira classe. — Ele me olhou. — Você tem medo de problemas durante o voo? Ou acredita em Deus? Que a mão d'Ele está sempre lá para segurá-lo? Eu não acredito em Deus. Não acredito em Deus e não sei se ainda acredito na justiça e na verdade. Antigamente, eu pensava que quem não tem muito tempo de vida diz a verdade. Mas talvez aqueles com a menor expectativa de vida sejam os maiores mentirosos. Se eles não se expuserem agora, então quando o farão? A verdade... O que é a verdade, para a qual o juiz não dá nenhum atestado? E a mentira, que pode expor alguém? O que é a verdade, quando ela fica apenas vagando pelas cabeças e não é fixada de modo adequado? — Ele riu novamente seu riso baixo, suave. — Me desculpe, estou um pouco confuso. Fico com medo com problemas durante o voo, e o que está acontecendo agora cheira a problema. Mas vou parar de falar como Pilatos ou Raskólnikov. Senão você vai se perguntar por que é obrigado a me ouvir.

Então foi como se uma grande mão pegasse o avião e começasse a brincar com ele. Ela o balançava, deixava cair, segurava de novo, deixava cair de novo. Meu corpo estava preso pelo cinto de segurança, mas parecia que meus órgãos haviam saído do lugar; coloquei a mão sobre a barriga e os segurei. Do outro lado do corredor, uma mulher vomitou, à minha frente um homem chamou por socorro, atrás de mim bagagens caíam. Apenas quando o avião tornou a voar suavemente veio o medo, que valia para o que tinha acontecido e para o que ainda poderia acontecer. O fim ainda não havia chegado. O avião desceu mais uma vez e a gravidade deu mais um tranco no corpo e nos órgãos.

5

— Foi assim quando ficamos juntos de novo. Com trancos e turbulências. Era como um veneno. Às vezes, as coisas fluíam com tranquilidade, mas não confiávamos um no outro. Ficávamos nos espionando, até um dos dois não aguentar mais. Então passávamos a nos tratar com frieza e rispidez, com gritos e grosserias.

Ele já estava falando outra vez? Do quê? "Com trancos e turbulências"? Como assim?

— Era essa a sensação. Como a tempestade que balança o nosso avião. Uma força mais poderosa que nós. Nos abraçamos na sala de leitura e eu a abracei durante a noite inteira, tanto essa primeira como as noites seguintes, e fomos morar juntos, algo que não tínhamos ousado fazer antes, e pensamos que daria tudo certo. Mas ela não quis se deitar comigo. Inicialmente achei que estava traumatizada, como depois de um estupro, e que precisava de tempo, cuidado e carinho, mas então passei a me perguntar se ela ainda me amava. Será que uma parte do seu coração havia ficado com o adido? Será que no fim das contas o tempo com ele não havia sido tão ruim?

— Com o adido?

— Sim, foi ele quem ordenou o sequestro.

— O adido? Ele foi condenado?

— Para conseguir pegar o avião de Genebra para Berlim, ela precisava de um documento de identidade provisório, e fomos ao embaixador alemão em Berna e relatamos tudo a ele. O embaixador conversou com a polícia suíça e ela disse que devíamos falar com a polícia alemã. Na Alemanha, a polícia nos disse que ela só poderia se reportar à polícia suíça. Ninguém queria um conflito político com o Kuwait. Poderíamos ter chamado jornais e revistas; depois de uma reportagem no *Bild* e uma entrevista na *Stern*, talvez a polícia e o Ministério das Relações Exteriores tivessem feito algo. Mas não queríamos ficar à mercê da mídia.

— Você suspeitava da sua namorada, embora ela...

— Embora ela tivesse escapado? — Ele assentiu algumas vezes. — Entendo sua pergunta. Eu mesmo me perguntei isso diversas vezes. Mas sofrer um ataque, um sequestro, passar por exploração, pode ter seu encanto sexual, tanto para mulheres quanto para homens. Eles haviam flertado um com o outro. Ela não queria passar a vida no harém do adido. Então, teve de fugir. Mas isso não quer dizer que ela não tivesse tido a experiência sexual de sua vida. O fato de ela ter se negado a mim e de eu suspeitar também não era tudo. Ela também suspeitava de mim. Eu a havia posto em perigo com a viagem ao Kuwait, e depois do sequestro eu não tinha feito tudo o que estava ao meu alcance.

As luzes da cabine se acenderam e as comissárias foram cuidar do vômito do outro lado do corredor, do passageiro que lamentava a minha frente e das bagagens caídas às minhas costas. Meu vizinho de assento voltou a falar, mas eu estava escutando o ruído dos motores, que parecia estranho, e parei de prestar atenção nele. Até que o ouvi falar:

— Mas ela estava morta.

— Morta?

— Eram apenas dois andares, e eu achava que ela havia quebrado alguma coisa, as pernas, um braço. Mas estava morta. Bateu com a cabeça.

— Como...

— Eu a empurrei, mas ela havia me batido. Eu queria apenas afastá-la, não queria receber mais tapas. Sei que não devia tê-la empurrado. Não devíamos ter brigado. Mas naquela época brigávamos muito; na verdade não fazíamos outra coisa. Também não foi a primeira vez que nos agredimos fisicamente. Mas foi a primeira vez na varanda e minha namorada era alta, e a balaustrada, baixa. Ainda agarrei seus braços e tentei segurá-la, mas ela bateu nas minhas mãos.
— Ele balançou a cabeça. — Acho que ela não sabia o risco que corria nem o que estava fazendo. Mas não sei. E se ela preferisse morrer a deixar que eu a salvasse?

6

Segurei novamente sua mão e a apertei. Como alguém pode viver com uma dúvida dessas? Depois, porém, não era apenas o ruído dos motores que me soava estranho.

— Você não disse que a história dela apareceu em todos os jornais e canais de televisão? Afinal, a mídia não se interessa por quedas de varandas!

Ele não se apressou em responder.

— Ainda tinha o assunto do dinheiro.

— Dinheiro?

— Bem — ele falou devagar e preocupado —, o adido havia contado a ela que a tinha comprado de mim. Ela não acreditou nisso, mas ficou remoendo a ideia, e por isso às vezes me perguntava sobre o assunto e às vezes conversava com a amiga a respeito. Após sua morte, a amiga contou à polícia.

— Isso é tudo?

— A polícia achou o dinheiro na minha conta. Quando os três milhões entraram, tentei imediatamente transferi-los de volta. Mas o depósito tinha sido feito em dinheiro, em Cingapura, Délhi ou Dubai, e não podia ser estornado.

— Alguém simplesmente transferiu três milhões para sua conta?

Ele suspirou.

— Quando nos conhecemos, às vezes o adido fazia graça e se portava como o beduíno que vive de acordo com seus costumes. Ah, mulher loira bonita. Trocar mulher? Camelos, aceita? Eu entrava no jogo e nós negociávamos e barganhávamos. Fixamos o preço do camelo em três mil e eu pus o preço de mil camelos na minha namorada. Era um jogo.

Eu não estava acreditando nos meus ouvidos.

— Um jogo? No qual você disse OK, sorrindo, e concordou? E quando viajou para o Kuwait não ficou com medo de que o jogo se tornasse sério?

— Medo? Não, eu não tive medo. Eu estava um pouquinho curioso em saber se ele continuaria jogando e garantiria os mil camelos ou iria me oferecer cavalos de corrida ou carros esportivos. Me empolgava, não dava medo. — Ele pousou novamente a mão no braço. — Sei que cometi um erro terrível. Mas você iria me entender, caso conhecesse o adido. Estudou na Inglaterra, culto, divertido, conhecedor do mundo... Eu realmente pensei que estávamos jogando um inofensivo jogo intercultural.

— Mas quando sua namorada sumiu... Ou, pelo menos, quando o dinheiro chegou, você sabia quem estava com ela. Quando chegou?

— Ao voltar do Kuwait ele estava na minha conta. O que eu devia fazer? Ir ao Kuwait e pedir ao adido para pegar o dinheiro de volta e devolver minha namorada? E se ele risse da minha cara, ir me queixar ao emir? Pedir ao nosso ministro das Relações Exteriores para falar com o emir? Contratar alguns sujeitos da máfia russa e revirar com eles o lugar onde o adido morava e onde supostamente a mantinha presa? Sei que um homem de verdade, que ama sua mulher, iria buscá-la de qualquer jeito. Se para isso ele tem de se sacrificar, então vai se sacrificar. Melhor morrer de forma digna que viver na covardia. Também sei que com os três milhões eu teria dinheiro suficiente para arranjar russos, armas, helicóptero e todo o resto que fosse necessário. Mas isso é coisa de cinema. Não é o meu mundo. Eu não consigo. Os sujeitos da máfia russa iriam simplesmente arrancar o dinheiro de mim, as armas estariam enferrujadas e o helicóptero viria com uma falha mecânica.

7

Eu tinha me esquecido dos motores. Porém o piloto também ouvira o som estranho e talvez tenha visto algumas luzinhas se acenderem e alguns ponteiros se mexerem. Da cabine, anunciou que em uma hora pousaríamos em Reykjavik. Não havia motivos para se preocupar; conseguiríamos chegar a Frankfurt com o possível probleminha, mas por segurança o piloto iria pedir que fizessem uma revisão na aeronave em Reykjavik.

O anúncio inquietou os passageiros. Nenhum motivo de preocupação? Mas então por que ele iria pousar, visto que podíamos seguir viagem? Será mesmo que podíamos seguir viagem? A situação não era perigosa? Outros começaram a trocar entre si o que sabiam sobre Reykjavik e a Islândia, sobre os verões claros e os invernos escuros, os gêiseres e as ovelhas, os pôneis e o musgo. Encostos foram colocados na posição vertical, mesas e monitores foram fechados, comissárias foram chamadas. Os passageiros se tornaram corajosos, barulhentos, ocupados. Até que alguém descobriu que saía fumaça de uma das turbinas. A notícia correu de boca em boca e quem a transmitia se calava depois. Em pouco tempo, o avião estava em silêncio.

Meu vizinho de assento sussurrou:

— Talvez um raio da tempestade tenha acertado a turbina. Ouvi dizer que isso acontece com frequência.

— Sim — sussurrei também. Achei que havia escutado a turbina estalar, como se quisesse, em vão, triturar algo que tivesse entrado nela. Como se estivesse machucada e exausta, sem forças. Eu sentia medo, e ao mesmo tempo o ruído da máquina ferida mexeu comigo como se ela fosse uma pessoa.

— O que você fez com o dinheiro?

— Eu sei que não devia ter tocado nele, que devia tê-lo deixado lá. Mas levo jeito com dinheiro. Sempre investi um pouco e sempre fui mais rentável que qualquer fundo, qualquer índice. — Ele ergueu os braços, desculpando-se. — Agora eu tinha dinheiro de verdade. Agora podia finalmente ir fundo. Em três anos, fiz com que os três milhões se tornassem cinco. Quem ganharia com o dinheiro parado? Ninguém. Você conhece a parábola das moedas emprestadas? Do lorde que dá a cada um dos seus três servos dez moedas e depois do seu retorno gratifica os dois servos que trabalharam com o dinheiro e castiga aquele que o deixou parado? Quem tem, recebe, e quem não tem, perde o que tem. É assim.

"Mas diante do tribunal percebi que ninguém compreendia isso. — Ele balançou a cabeça. — Os juízes falavam comigo como se eu tivesse realmente vendido a minha namorada. Se não fosse isso, por que eu teria pegado o dinheiro e trabalhado com ele? Como se eu a tivesse assassinado. Será que ela havia descoberto tudo e estava me ameaçando ou chantageando? O promotor ficou devendo somente as provas. Até que a vizinha apareceu."

8

Eu não via a turbina e a fumaça preta, mas não parava de ouvir os estalos. Até que eles cessaram. Ao mesmo tempo, um suspiro perpassou o avião, um suspiro dos passageiros que conseguiam ver a turbina que até já havia expelido fogo.

Meu vizinho de assento tremia e se segurava nos braços da poltrona.

— Não consigo me controlar, tenho medo de avião, embora já tenha perdido a conta das vezes que dei a volta ao mundo. Não fomos criados para voar pelos céus e cair de dez mil metros de altura sobre a terra ou o mar. Ao mesmo tempo, minha cabeça está totalmente OK com a morte numa queda. Sabemos que a hora chegou, tomamos mais uma taça de champanhe, nos despedimos da vida e bum, acabou. — Ele tinha voltado a sussurrar, mas ergueu a voz no "bum" e bateu uma palma. A comissária veio e ele pediu champanhe. — Você também quer?

Balancei a cabeça.

Após ter sido servido pela comissária, ele voltou a falar.

— Sabe, eu só me sinto confortável numa casa nova, num bairro novo, quando conheço as pessoas do local. Quando sei da vida da jornaleira e não preciso dizer a ela pelas manhãs o que quero. Quando conheço tão bem o farmacêutico que ele me dá o remédio controlado sem receita. Quando o restaurante italiano um pouco adiante prepara para mim um prato que não está no cardápio.

"A vizinha que consegue olhar da varanda dela para a minha é uma senhora idosa que tem dificuldade para andar e mais ainda para carregar peso. Eu já a ajudei muitas vezes com a escada e com as compras. Gosto dela e ela também gosta de mim. Durante o processo, ela me ligou e me chamou em casa para me dizer que talvez estivesse enganada, mas diante do tribunal só ia poder dizer o que viu, e que para ela pareceu que não apenas empurrei a minha namorada como também a pressionei contra a balaustrada. Ela estava muito constrangida e se desculpou comigo e me assegurou de que achava que tudo se resolveria. Havia sido eu mesmo que briguei com a minha namorada naquela noite? Ela não conseguia me reconhecer.

"Que chance meu advogado tinha diante do júri contra uma adorável velhinha, ex-professora, de mente alerta e clara, que ainda por cima gostava de mim? Além disso, surgiu ainda um antigo amigo da minha namorada, um famoso jornalista, que fez com que o caso ganhasse as manchetes e eu aparecesse como o mau da história. Você conhece esses amigos antigos que as mulheres às vezes têm? Da escola ou até do jardim de infância? Que não a conquistam, mas que acompanham toda a sua vida com pequenos atos de devoção e submissão? De modo que a mulher se pergunta por que o parceiro não é tão devoto e submisso? Ele não gostava de mim, mesmo não sabendo nada sobre o caso. O fato de minha namorada e eu estarmos juntos era o suficiente.

"Eu não queria ir para a cadeia. Como tinha sido acusado apenas de homicídio culposo, não estava com a prisão preventiva decretada e meu dinheiro não havia sido confiscado. Transferi tudo para as ilhas Virgens e me despedi da Alemanha na noite anterior ao testemunho da velhinha."

Eu não conseguia sossegar.

— Você amava sua namorada? Na sua história, ela nem nome tem.

— Ava. A mãe dela idolatrava Ava Gardner. Sim, eu a amava. Ela era linda, nunca tínhamos problemas, quero dizer, até os problemas realmente complicados começarem a aparecer. Ir com ela a uma recepção ou a uma pré-estreia ou apenas ao restaurante, andar com ela no conversível pela cidade ou atravessar o campo, passear com ela pelo mercado, tirar férias com ela num hotel na praia... Éramos um casal que chamava a atenção e gostávamos disso. Soa um pouco superficial? Soa não à paixão, mas à vaidade? Não era superficial. Nós dois gostávamos da boa vida. Ambos gostávamos de quando o mundo era belo e podíamos entrar, belos, no belo mundo. Não apenas gostávamos, amávamos com paixão. Nossa paixão era diferente, sem lançar ao céu gritos de alegria, sem afligir-se até a morte, sem tempestade e ímpeto. Mas era uma paixão autêntica, profunda.

— Por que você não partiu quando as coisas deixaram de ser belas? Por que você não liberou Ava?

— Eu também não entendo. Quando ela começou a me interrogar, me acusar e me julgar, eu simplesmente não conseguia deixar barato. Tinha de me defender, também tinha de atacá-la. Eu queria que ela me respeitasse.

— Você queria que ela pedisse desculpas?

— Ela queria que eu pedisse desculpas.

Esperei, mas ele não respondeu à minha pergunta. Antes de eu conseguir me decidir se repetia a pergunta ou se a deixava para lá, o avião aterrissou com suavidade na pista de Reykjavik.

9

A comissária nos deu as boas-vindas em Reykjavik e informou que eram duas da manhã. As pistas de pouso estavam livres, os prédios, escuros, e o avião logo chegou ao seu *finger*. Fomos orientados a levar nossas bagagens de mão; talvez prosseguíssemos em outra aeronave.

Mesmo nessa situação a etiqueta foi mantida; nós, passageiros da primeira classe, descemos, enquanto os das outras duas classes aguardavam. Na sala de espera, que foi aberta especialmente para nós, os passageiros da primeira classe se juntaram aos da executiva. No bar, reuniram-se novamente os passageiros da primeira classe que em Nova York também estiveram em torno do bar. Não havia champanhe e quem não estava contando a história de um acidente ou quase acidente aéreo ouvia desinteressado as histórias dos outros. Por que se interessar por perigos dos quais os outros haviam escapado?

Mais uma vez meu vizinho de assento estava mudo. Eu olhava para ele às vezes, que sorria de volta, e seu sorriso era silencioso e suave como sua risada. Fora isso, eu prestava atenção nas histórias. Até que um copo se estilhaçou no chão. O narrador interrompeu seu relato, os ouvintes viraram a cabeça. Ele tinha deixado o copo cair. Mas não se curvou em direção aos cacos nem limpou as manchas da calça. Ficou imóvel.

Fui até ele e coloquei as mãos em suas costas.

— Posso ajudá-lo?

Ele teve dificuldade em me perceber e responder alto.

— Ele... Ele é...

Ele pressentiu os olhares dos outros e parou de falar. Um garçom veio, varreu os cacos e limpou o vinho. Eu queria levar meu vizinho de assento até a janela, onde estava mais calmo. Porém ele se negou com uma voz estranhamente queixosa.

— Não, para a janela não. — Olhei ao redor. Também estava calmo onde ficavam os jornais.

— Devo chamar um médico?

— Um médico... Não, um médico não vai conseguir me ajudar. — Ele respirou fundo algumas vezes. Depois disso, conseguiu se controlar de novo. — Lá, junto à janela, o homem de terno claro... Eu sabia que ele estava me seguindo, mas pensei que eu estava um ou dois voos à sua frente. Ele atirou em mim há dois anos. Não sei se queria me acertar e tive sorte ou se foi apenas para me mandar um recado.

— Ele atirou em você? Você prestou queixa?

— Os hospitais chamam a polícia quando recebem feridos a bala. Eu o descrevi e olhei muitas fotografias, mas foi em vão. Na Cidade do Cabo, onde isso aconteceu, os tiros são comuns e a polícia achou que talvez eu tivesse simplesmente ido aonde não devia. Mas eu sabia. O que teria adiantado contar à polícia?

Esperei para ver se ele me contaria a história.

— Quando deixei a Alemanha, voei para lá e para cá até finalmente ficar na Cidade do Cabo. Se você tem dinheiro e sabe se movimentar pelos lugares certos, é possível ter sossego na África do Sul. Aluguei a casa do caseiro de um vinhedo na periferia da Cidade do Cabo, o mar de um lado, parreirais do outro, um pequeno paraíso. Mas depois de alguns meses recebi uma carta. Ele não precisava ter se colocado como remetente no verso do envelope, não era necessário. A história que me enviou dizia tudo. A mulher de um xeique foge com outro homem. Ela era sua preferida, a menina dos olhos, jovem e bonita. O xeique está triste, mas, embora seja um homem orgulhoso, tem um coração grande e entende que a mulher que ama está seguindo o próprio coração. Anos mais tarde, o novo marido mata a mulher num acesso de raiva. O xeique, que tolerou sua propriedade ter seguido os próprios caminhos, não tolera o fato de outro destruí-la. Então, encomenda a morte do novo marido.

"No dia seguinte, ao sair do terreno e chegar à rua de carro, o homem de terno claro estava do outro lado. Ele sempre usa um terno claro e esses ternos são sempre um pouco grandes demais. Sua aparência podia ser lamentável e ridícula. Mas sua postura, seus movimentos e seu caminhar emanavam uma ameaça, e ele não parecia lamentável e ridículo, mas perigoso. Pelo retrovisor, enxerguei-o atravessando a rua e entrando num carro. Pouco depois vi que seu carro seguia o meu."

10

Ele deu alguns passos até uma cadeira, virou-a de tal modo que o homem de terno claro não conseguisse vê-lo, sentou-se, colocou os braços sobre os joelhos, cruzou as mãos e deixou a cabeça tombar. Busquei outra cadeira e me sentei diante dele.

— Então ele atirou em você na Cidade do Cabo?

— Nas semanas seguintes, eu o revi o tempo todo. Ele se apoiava no poste diante do restaurante onde eu comia e estava na frente da livraria de onde eu estava saindo. Quando entrei numa livraria e ele não estava lá, encontrei-o sentado no ônibus diante de mim ao erguer o olhar do jornal. Eu tinha o mar à minha porta e todas as manhãs e noites dava um passeio pela praia. Quando, certa vez à noite, eu o vi caminhando em minha direção na praia, passei a ficar em casa. Mas às vezes era preciso sair, e ele atirou em mim enquanto eu fazia compras na Cidade do Cabo. À luz do dia, no meio da rua.

"Depois de alguns dias no hospital, recomecei a voar, mudando de direção o tempo todo e finalmente achei que tinha conseguido escapar. Ele precisou de um ano inteiro para me reencontrar."

Olhei para o homem de terno claro. Ele direcionou seu olhar a mim, como se brincasse comigo daquela brincadeira de criança em que é preciso sustentar o olhar do outro sem piscar. Após um tempo, desviei os olhos.

Meu vizinho de assento sorriu.

— Que ano! Eu amo o mar e encontrei novamente uma casa na praia, dessa vez na Califórnia. Nos Estados Unidos, com dinheiro e sabendo se movimentar, também é possível passar despercebido e incólume. Primeiro, achei irritante não poder usar meus cartões de crédito; eles deixam rastros. Mas, quando não se tem pressa, também dá para viver sem eles. O locador também preferia dinheiro vivo no lugar do de plástico; ele provavelmente não declarava a quantia no imposto de renda.

"Você conhece a costa ao norte de São Francisco? Em certos pontos rochosa e áspera, então novamente arenosa e suave, o Pacífico menos amistoso e mais implacável que qualquer outro mar, as montanhas que se debruçam sobre o mar envoltas na neblina das manhãs e, depois, ao sol do meio-dia e à noite, brilhando douradas com sua grama seca marrom. É como se o mundo se recriasse em sua beleza a cada dia. Minha casa ficava na encosta, tão abaixo da rua que eu não conseguia escutar o trânsito, e tão próxima do mar que o som das ondas me acompanhava de manhã até a noite, não alto e agressivo, mas baixinho e aconchegante. Ah, e o pôr do sol! Eu gostava principalmente daqueles em vermelho e cor-de-rosa, pinturas de um colorido superlativo. Mas também fico emocionado com os mais contidos, nos quais o sol mergulha, opaco e em meio à névoa, no mar, sumindo sem deixar rastros."

Ele riu baixinho, entre irônico e constrangido.

— Comecei a me entusiasmar? Sim, com certeza. Eu poderia me entusiasmar muito mais: com o ar vigoroso, salgado, e com as tempestades e os arco-íris sobre o mar e com o vinho. E com Debbie, que era jovem e loira e que não andava pela vida, mas dançava. Ela era o fantasma de Ava, mas, enquanto os fantasmas sobre os quais lemos querem o mal dos viventes, Debbie queria o meu bem. Ela morava a meia hora de distância, tinha uma casa na montanha, um cavalo e um cachorro e fazia ilustrações para livros infantis. Ela era boa. Possuía uma percepção do momento, assim como as crianças. Ela vivia o instante, e sem ela eu não teria aproveitado meu último ano em liberdade da maneira como aproveitei.

— Seu último ano em liberdade?

Ele apontou com a cabeça para o homem de terno claro.

— Depois de um ano, ele estava novamente diante da entrada do meu terreno. Eu poderia tê-lo assassinado... Ah, sim, eu tinha arranjado armas e aprendido a atirar; mirando rápido, conseguia acertar alvos distantes. Mas então chegaria um outro. Pensei que o adido talvez se satisfizesse caso eu fosse julgado na Alemanha e aceitasse o veredicto, sem contestá-lo. Talvez depois viesse a bonança.

— Você quer se apresentar?

— Estou indo para a Alemanha para isso. Se possível, não quero ser preso logo no controle de passaportes no aeroporto. Gostaria primeiro de ver minha mãe e conversar com meu advogado. É melhor ser levado ao juiz na companhia do advogado para se apresentar do que ser preso pela polícia e indiciado. Ainda não sei como... — Ele se dirigiu a mim com seu sorriso suave e em voz baixa. — Você quer me emprestar seu passaporte? Somos parecidos o suficiente. Você diz que sua carteira foi roubada e vai passar por algumas chateações, mas nada terrível. O terrível de se ter a carteira roubada é refazer todos os documentos, porém você não precisa se preocupar. Depois de alguns dias você vai encontrar sua carteira na sua caixa de correio.

Apenas olhei para ele.

— A ideia veio de maneira súbita demais? Sinto muito. E que tal nós dois tirarmos um cochilo? — Ele olhou ao redor. — Tem uma poltrona livre perto da janela e uma perto da chapelaria. Você sabe que vou deixar a da janela para você e ficar com a outra, certo? — Ele se levantou. — Boa noite. Obrigado por me ouvir. — Ele pegou sua mala junto ao bar, tirou o casaco e o chapéu da chapelaria, sentou-se, colocou as pernas sobre a mala, cobriu-se com o casaco e puxou o chapéu para cima do rosto.

11

Aproximei-me da janela. Do lado de fora, o dia estava claro. O sol tinha nascido, vermelho, e agora estava totalmente amarelo diante do céu branco. Tenho um velho sonho de viajar para São Petersburgo no verão e conhecer a noite branca. Aqui passei minha noite branca. Mas, em vez de olhar para a água, pontes, pessoas flanando e casais enamorados, eu via esteiras rolantes vazias, *fingers* escuros e construções de concreto. Nenhum avião, nenhum carro, nenhuma pessoa em trânsito.

A sala de espera tinha ficado silenciosa. Ninguém via televisão, ninguém estava junto ao bar bebendo, ninguém conversava. Alguns haviam aberto o computador, outros um livro. Muitos tentavam dormir, alguns se esticaram no chão. Fui até o balcão de recepção e perguntei se havia informações sobre o prosseguimento do voo. A jovem escutara que estavam disponibilizando um avião em Frankfurt. Ele não chegaria antes das oito; com certeza ainda demoraria quatro horas até seguirmos viagem.

Voltei, afastei a poltrona vazia da luz da janela, trouxe-a até a sombra da parede e me sentei. Aqui o homem de terno claro não conseguiria me ver. Antes disso, todas as vezes que eu olhava para ele, seus olhos pousavam em mim.

Talvez esteja na hora de eu me apresentar. Meu nome é Jakob Saltin, estudei física, especializei-me em gestão do tráfego e sou diretor do Instituto de Ciência do Fluxo do Tráfego na Universidade de Darmstadt. Quantos trens necessitam de quantas plataformas? Quantos carros precisam de quantas pistas? O que gera o congestionamento e o que fazer para evitá-lo? Onde é preciso haver semáforos e onde eles não devem ser posicionados? Estão regulados da melhor maneira possível? É uma ciência fascinante. Mas ela é sóbria como todas as ciências e assim como eu.

Não leio mais a grande literatura — quando encontraria tempo para isso? Mas há anos li uma história na qual um viajante relata a outro viajante que havia matado a própria esposa. Ela tinha um amante — será que ele também o matou? De qualquer maneira, ele havia agido por desespero e paixão, a música e o álcool tinham subido à sua cabeça. Não tenho certeza do álcool, mas da música. Se me lembro bem, o viajante apenas ouviu o outro. O outro não lhe pediu nada.

Meu vizinho de assento testou sua história comigo. Em breve ele teria de contá-la à polícia, ao promotor e ao juiz e queria saber seu efeito. Como aparecia nela. O que era preciso ressaltar e o que era melhor ocultar. Será que ele escolheu justamente a mim como ouvinte por termos alguma semelhança no porte físico, no rosto e na idade? Será que ele estava com a intenção de pedir meu passaporte desde o começo? E me comover de tal modo com sua história que eu não conseguiria recusar o pedido?

Mas não. O voo estava lotado; ele não pôde escolher o assento nem a mim como ouvinte. Por que eu estava tão desconfiado? Ele tinha dito que a máfia russa não fazia parte do seu mundo — e o meu não inclui recepções diplomáticas em Berlim, piqueniques no deserto do Kuwait, casas caras no litoral da África e dos Estados Unidos e especulação com mulheres, camelos e milhões. Ele não sabia quantas vezes já dera a volta ao mundo — eu nunca dei e não teria sentado na primeira classe caso a executiva não estivesse lotada e eu não ganhasse um upgrade. Não conheço o mundo onde se desenrolam as histórias do meu vizinho de assento. Será que o conheço? Será que ele assassinou a namorada?

Para nós, cientistas do fluxo do tráfego, acidentes são apenas mais um parâmetro. Não sou cínico mas também não sou sentimental. Sei que também existem acidentes na espécie humana. Há pessoas que são feitas unicamente de avidez pelo dinheiro rápido e pela vida fácil. Reconheço esse tipo de gente em alguns alunos e colegas, na economia e na política. Não, meu vizinho de assento não era assim. Ele não estava em busca de uma vida fácil, mas da beleza na vida. Não era ávido por dinheiro, mas brincava com ele.

Ou será que não havia diferença nisso? O difícil na vida é saber quando temos de nos ater a nossos princípios e quando podemos abrir mão deles. Sei disso quando se trata de meu *métier*. Mas e do restante?

Em seguida, adormeci. Não dormi profundamente; eu escutava quando uma mala tombava, quando um celular tocava alto e quando alguém erguia a voz. Às sete e meia, fomos informados pelo alto-falante que um avião pousaria dentro de uma hora e nos levaria a Frankfurt. E que um café da manhã havia sido servido na mesa do bufê.

Meu vizinho de assento veio até mim.

— Vamos?

Fomos até o bufê, servimo-nos de café e chá, croissants e iogurte e nos sentamos a uma mesa.

— Você conseguiu dormir?

Conversamos de forma polida sobre o dormir em viagens e a qualidade das poltronas nas salas de espera.

Ao sermos convidados a embarcar no avião, seguimos juntos. Havia pessoas nos corredores, as lojas tinham aberto e os painéis e os alto-falantes anunciavam chegadas e partidas. O aeroporto havia despertado.

12

No voo de Reykjavik até Frankfurt também nos sentamos lado a lado. Não conversamos muito. Ele me perguntou por esposa e filhos. Sou de poucas palavras quando o assunto é minha mulher, que morreu, e minha filha, que me deixou. Que minha mulher ainda estaria viva e minha filha ainda estaria comigo se eu tivesse sido melhor para as duas — como contar isso? Mas talvez não fosse verdade e eu estivesse me culpando sem necessidade.

Esperei para ver se ele me pediria o passaporte mais uma vez. Não gosto de ser imiscuído nos problemas pessoais de estranhos. Resolver os problemas do tráfego já me é suficiente. Eles exigem toda minha dedicação e valem essa dedicação; se fossem resolvidos, o mundo seria um lugar melhor. Sinto orgulho de ter desenvolvido um projeto de tráfego para o México que desafogou os congestionamentos antes diários e permitiu que o lugar, que estava sufocando, voltasse a respirar. Ou que poderia ter alcançado esses resultados, caso os políticos o tivessem implantado corretamente.

Mas meu vizinho de assento já não era um estranho. Eu havia me sentado ao seu lado no escuro, esvaziado com ele uma garrafa de pinot noir, escutado sua história, visto como ele ficava animado, emocionado e transtornado, tinha apertado sua mão e colocado a minha sobre suas costas. Eu estava decidido a lhe dar meu passaporte.

Porém ele não pediu novamente e não o forcei. Estávamos sentados no andar superior, última fileira, e quando o avião chegou à sua posição de parada junto ao *finger*, em Frankfurt, fomos os primeiros a chegar ao andar inferior e os primeiros junto à porta. Quando o sinal de abri-las foi dado, ele me abraçou. Na verdade, não aprecio muito a cultura contemporânea de beijinhos e abraços. Mas retribuí seu abraço; dois homens se encontraram, dois estranhos na noite, conversaram, não deram um ao outro tudo de que dispunham, mas se aproximaram. Talvez eu tenha retribuído o abraço de maneira especialmente carinhosa porque havia bebido champanhe e estava um pouco alto.

Então a porta se abriu e meu vizinho de assento não arrastou sua mala, mas levantou-a e saiu correndo. Não o encontrei mais nas dependências do aeroporto. Também não o vi no controle de passaportes. Ele havia sumido.

13

Com meu passaporte. Quando fui pegar minha carteira, na hora de mostrar o documento, ela não estava mais lá; seu lugar cativo é no bolso interno esquerdo de minha jaqueta e, quando ela não está lá, não está em lugar nenhum. Sei onde ficam minhas coisas.

Durante o voo, tanto minha jaqueta quanto a dele ficaram aos cuidados da comissária; em algum momento, meu vizinho de assento deve ter pedido a sua, dando meu número de assento. Recebeu minha jaqueta e retirou a carteira. Ele não queria arriscar que eu recusasse seu pedido.

A polícia foi simpática. Eu falei que tinha mostrado o passaporte em Nova York e que desde então não o tinha mais usado. Que não fazia ideia de onde pude ter perdido a carteira ou de onde ela pôde ter sido roubada. Um policial me acompanhou de volta ao avião, do qual os passageiros ainda desembarcavam, e procurei em vão minha carteira no assento, nos compartimentos de bagagem e no roupeiro dos comissários. Em seguida, tive de ir a um posto policial. Felizmente, havia uma foto minha na página da universidade na internet e tinha gente no escritório do diretor da área; confirmaram que eu falava a verdade.

Tomei um táxi. Apenas quando chegamos a Darmstadt, mas ainda sem chegar à minha casa, lembrei que só tinha o dinheiro que estava no bolso, pouco para uma corrida tão longa. Eu disse isso ao motorista e também que tinha dinheiro suficiente em casa. Mas ele não confiou em mim, exigiu o que eu tinha e, sob reclamações e palavrões, expulsou-me do carro.

Estava muito calor, mas não abafado. Após a noite e a manhã nos aviões e nas salas de espera, no posto policial e no táxi, achei o ar revigorante, embora fosse apenas o ar urbano de Darmstadt, que cheira a gasolina nos semáforos vermelhos e a óleo quente diante das lanchonetes turcas. Eu me sentia melhor a cada passo; estava extasiado pela sensação de ter conseguido algo. O quê? Eu não saberia dizer. Porém não tinha importância.

Além disso, ninguém estava interessado naquilo que eu não conseguia dizer. Teria sido diferente se minha esposa estivesse me esperando em casa ou se eu soubesse que minha filha me ligaria à noite e me daria as boas-vindas e perguntaria sobre minhas impressões da viagem.

Cheguei à minha casa no começo da tarde. Minha pequena casa tinha um jardinzinho. Abri a espreguiçadeira e me deitei. Levantei-me mais uma vez e busquei uma garrafa de vinho e uma taça. Bebi, peguei no sono e despertei — e a sensação boa de ter conseguido fazer alguma coisa persistia. Imaginei meu vizinho de assento passando com meu passaporte pelo controle, tocando a campainha na casa da mãe, abraçando-a e tomando chá com ela. E falando com seu advogado e se dirigindo ao juiz.

14

Na manhã seguinte minha vida continuou. As últimas semanas do semestre são especialmente cheias; além de seminários, aulas e reuniões, há ainda provas, além daquilo que eu tinha deixado de fazer por causa da conferência em Nova York. Eu estava sem tempo de pensar em meu vizinho de assento e em o que tinha me contado. Sim, ele era um sujeito interessante, assim como o que tinha me contado. No geral, porém, tudo não havia passado de uma noite, uma noite bem mais curta pelo fuso de seis horas, prolongada um pouco na parada em Reykjavik, mas no todo uma noite curta.

Depois de uma semana, minha carteira chegou pelo correio. Não fiquei espantado, tinha confiado nele. Mas estava aliviado; senti um pouco a falta dos cartões de débito e de crédito.

Encontrei o bilhete que meu vizinho de assento havia metido no bolso interno esquerdo de minha jaqueta apenas semanas mais tarde. "Preferiria não ter pegado sua carteira. Você foi um companheiro maravilhoso. Mas preciso dela e você não precisa do problema de se decidir em aceitar ou não meu pedido. Será que você vem me visitar na prisão?"

Nesses dias, os jornais já haviam noticiado que ele havia se apresentado e que o processo logo seguiria seu curso. Quando falavam sobre o processo, sempre se referiam também à senhora idosa que supostamente vira meu vizinho de assento não apenas empurrar sua namorada como também forçá-la por sobre a balaustrada. Ela não havia aparecido diante do júri; sumiu poucos dias após ele ter se apresentado. Mas seu depoimento na polícia foi lido. Eu achava que depoimentos protocolados, irrefutáveis, eram mais perigosos para o acusado que um depoimento diante do tribunal, que o advogado de defesa pode desmontar. Mas na verdade é o contrário. É mais difícil pôr em dúvida uma testemunha que acusar um policial de não ter perguntado isso ou aquilo e, consequentemente, ter recebido e protocolado um depoimento unilateral e sem valor.

Ela havia desaparecido poucos dias depois de o meu vizinho de assento ter se apresentado. Eu não conseguia aceitar isso. Será que ele... Não, era inimaginável. Há tantos motivos para uma pessoa idosa sumir de repente. Ela pode ter se aproximado demais de um barranco durante uma caminhada e caído, pode ter se perdido e tombado, exausta, pode ter sofrido um infarto na casa de veraneio e não ser encontrada por meses e anos. Essas coisas volta e meia acontecem.

Meu vizinho de assento recebeu oito anos — algumas pessoas consideraram a pena muito severa, e outras, muito branda. O tribunal não aceitou a hipótese de homicídio culposo nem o condenou por assassinato, mas por homicídio privilegiado no desespero de um conflito torturante, de longa duração, com uma escalada súbita.

Não quero me meter. Minha área é o tráfego, não o direito penal. Avalio como é possível salvar do infarto o trânsito de uma cidade. A decisão sobre a culpa é dos juízes, que entra dia, sai dia, não fazem outra coisa.

Mas o veredicto não me convenceu. Na verdade, há algo de verdadeiro quando se diz que quem tira uma vida dá a sua. Prendê-lo por toda a vida não faz sentido. Qual a relação da vida numa cela com a vida que já não existe mais? Visto que existem erros de julgamento, a pena de morte é proibida — sei disso. Mas oito anos? Era uma pena ridícula. Quem penaliza dessa maneira não confia no próprio julgamento. Quem penaliza dessa maneira deveria declarar a inocência do outro.

Pensei em visitá-lo na prisão. Mas as visitas em hospitais já são difíceis para mim. Quando o doente me dá pena, não encontro as palavras certas, e quando ele não me dá pena é que não as encontro mesmo. Melhoras — assim nunca está errado. O que se deseja a um preso?

15

Depois de cinco anos ele apareceu diante de minha porta. Era verão novamente, um fim de tarde quente. Peguei sua bolsa, conduzi-o ao jardim, abri duas espreguiçadeiras e busquei dois copos de limonada.

— Desde quando você está livre?

Ele se espreguiçou.

— Como é bonito aqui! As árvores, as flores, o cheiro do gramado podado, o canto dos pássaros. É você mesmo quem corta a grama? Foi você quem plantou as hortênsias? Ouvi dizer que a cor das hortênsias varia de acordo com os minerais do solo. Não é surpreendente que a hortênsia cor-de-rosa cresça ao lado da hortênsia azul aqui no seu jardim? Desde quando estou livre? Desde ontem. Passei os últimos anos em liberdade condicional e recebi uma ou outra imposição, mas nada que me impediria de voar por alguns dias aos Estados Unidos e dar uma olhada no meu dinheiro. — Ele riu. — De alguma maneira você está no meu caminho para os Estados Unidos.

Olhei para ele. No rosto, não consegui encontrar nenhuma marca dos anos anteriores. O cabelo estava grisalho, mas não o envelhecia, e sim o tornava mais atraente. Sua conversa era tão agradável quanto antes, ele se movimentava com a mesma tranquilidade e se sentava com o mesmo relaxamento.

— Foi ruim?

Ele voltou a sorrir, e seu sorriso era calmo e suave como antes.

— Organizei a biblioteca, li o que sempre quis ter lido, e pratiquei esportes. Me meti com gente com a qual não queria ter me metido. Mas isso não é imperioso quando estamos entre pessoas?

— E o que aconteceu com o homem de terno claro?

— Ontem ele não estava em frente à prisão. Espero que basta seja realmente basta. — Ele respirou fundo. — Você sabe que devolvo aquilo que pego emprestado. Você pode me ajudar? Não é fácil economizar na prisão e eu não sabia para quem mais pedir dinheiro para a passagem de avião. Minha mãe morreu pouco depois do processo.

— A senhora idosa que o havia observado... — Simplesmente saiu. Eu não sabia como continuar.

— Se assassinei a testemunha de acusação? — Ele me fitou com um desdém amigável, leniente. — Por que você pensa tão mal a meu respeito? Por que você pensa primeiro em assassinato e não que eu tenha comprado a velhinha com dinheiro? Para ela sumir não na cova, mas nas ilhas Baleares ou nas Canárias? — Ele balançou a cabeça. — Você acha que poderia ter impedido a morte? Que deveria ter impedido a morte? Você tem razão, surgem perguntas quando uma morte acontece. — Ele continuava a olhar com desdém. — Mas não sei dizer se houve uma morte. Devo dizer a você que nada aconteceu. Veja, assim não vamos avançar.

Não, assim não avançamos.

— De quanto dinheiro você precisa?

— Cinco mil euros. — Devo ter feito uma expressão de espanto, pois ele explicou, sorrindo: — Acho que você compreende que sou velho demais para ficar numa lata de sardinhas e dormir em albergues.

— Posso fazer um cheque para você. — Levantei-me.

— Você consegue me dar o dinheiro vivo? Não sei se consigo descontar um valor tão alto sem aviso prévio.

Era pouco antes das seis e os bancos estavam fechados. Mas, com meu cartão de débito e os de crédito, seria possível juntar a quantia.

— Então vamos.

— Não tem pressa. Passou pela minha cabeça que talvez eu também possa desfrutar da sua hospitalidade por alguns...

Ele estava torcendo para eu não o deixar terminar a frase. Para eu convidá-lo como hóspede por alguns dias. E por que não? Embora eu não goste de bagunça em casa, tenho um quarto e um banheiro de visitas e a desordem que meus hóspedes fazem é ajeitada depois pela faxineira e não percebo nada. Fico contente em ter alguém à noite com quem possa beber e conversar; é melhor que ficar sozinho. Mas não reagi imediatamente.

— Passaríamos alguns bons dias juntos. Mas infelizmente não vai dar. Tenho de partir, e quanto mais cedo, melhor. Você poderia me levar ao aeroporto?

Levei-o de carro ao aeroporto, saquei cinco mil euros de diversos caixas eletrônicos e dei para ele. Nós nos despedimos, dessa vez não com um abraço, mas com um aperto de mão. Eu deveria convidá-lo para me visitar mais uma vez? Não consegui me decidir rápido o bastante.

— Tudo de bom!

Ele sorriu, assentiu e foi embora.

16

Acompanhei-o com o olhar até ele sumir no meio da confusão de gente. Em seguida, atravessei a rua para sair do aeroporto, fui até o estacionamento e peguei o elevador para o terraço. Não encontrei meu carro imediatamente, e quando o encontrei estava sem as chaves. O céu tinha se fechado, soprava um vento frio. Parei de procurar e fiquei em pé, olhando os outros estacionamentos, os hotéis, o aeroporto e os aviões que levantavam voo ou aterrissavam. Logo meu vizinho de assento estaria num dos aviões prestes a decolar.

Esse foi o fim do nosso encontro. Quando nos despedimos pela primeira vez, não me preocupei em saber se nos veríamos de novo. Agora sabia que isso não iria acontecer. Será que algum dia eu encontraria uma carta com um cheque na minha caixa de correio?

Eu estava com frio. Aquilo que passava a sensação tão agradável em sua companhia, de repente se tornou ruim; aquilo que foi tão próximo e caloroso, de repente estava estranho e distante. Durante sua narrativa, o fato de eu ter torcido com ele, ter me sentido acuado com ele. De eu ter lhe dado meu passaporte, caso ele não o tivesse tirado de mim, e meu quarto de visitas, caso ele não tivesse fugido. De eu ter me alegrado por ele ter conseguido enganar a polícia ao entrar no país, visitar a mãe e se aconselhar com seu advogado. De eu ter acreditado, contra qualquer bom senso, que a morte da sua namorada havia sido uma fatalidade, e o sumiço da velhinha, um mistério.

O que eu tinha feito? Por que me permiti acreditar nele? Por que permiti que ele me usasse? Só por que ele tinha um sorriso calmo e suave, era agradável no convívio e usava um terno de bom caimento, levemente amarrotado? O que havia de errado comigo? Onde tinha ficado minha sobriedade, que me torna um observador atento, um pensador claro e um bom cientista, e da qual me orgulho? No geral, tenho uma boa intuição no que diz respeito às pessoas. Confesso que tive ilusões em relação à minha esposa, no começo. Mas logo percebi que por trás do rosto bonito e do jeito simpático não havia nada, nenhum pensamento, nenhuma força, nenhum caráter. E, por mais que eu achasse minha filha um doce e por mais que a amasse, logo percebi, quando ela ficou maiorzinha, que ela só queria receber e que não mostrava disposição nem resultados.

Não, era incompreensível eu ter me deixado enganar por esse homem.

E eu ter demorado tanto para finalmente... Será que minha razão só tinha voltado por que um vento frio estava soprando? Será que se o calor tivesse se mantido eu ainda...?

Observei o avião decolar, um jumbo da Lufthansa. A caminho dos Estados Unidos? Talvez ele tivesse conseguido rapidamente uma passagem e se encontrasse dentro desse avião. Será que estava magoado de não estar voando de primeira classe, mas de executiva?

Por um momento, o sol que estava se pondo atravessou as nuvens e fez o avião reluzir. Como se estivesse em brasa, como se quisesse se consumir numa bola de fogo e se estilhaçar. Não restaria nada de Werner Menzel e nada de minha teimosia.

O sol desapareceu por trás das nuvens e o avião subiu mais, fez uma curva e entrou em sua rota. Encontrei a chave, entrei no carro e fui para casa.

O último verão

1

Ele se lembrou do seu primeiro semestre como professor em Nova York. Como estava contente: quando o convite chegou, quando conseguiu o visto no passaporte, quando subiu no avião em Frankfurt e desceu no calor do JFK com a bagagem, quando pegou um táxi para a cidade. Também tinha gostado do voo, embora as fileiras fossem apertadas, e os bancos, estreitos; quando estavam voando sobre o Atlântico, enxergou ao longe outro avião, e ficou com a impressão de estar sentado no deque de um navio que enxerga no mar aberto outro navio.

Já estivera antes em Nova York, como turista, visitando amigos, como convidado de conferências. Agora vivia no ritmo da cidade. Ele fazia parte dela. Dispunha de um apartamento próprio, como todos; o imóvel ficava próximo ao centro, não muito distante do parque e do rio. Como todos, tomava o metrô pelas manhãs, apresentava o bilhete, atravessava a catraca e vencia as escadas até a plataforma, espremia-se num vagão, não conseguia se mexer nem virar a página do jornal e depois de vinte minutos se espremia para sair do vagão. À noite, encontrava um assento livre no metrô, terminava de ler o jornal e comprava o que precisasse na vizinhança onde morava. Ele podia ir a pé ao cinema e à ópera.

O fato de não pertencer realmente à universidade não o incomodava. Os colegas não discutiam com ele o que tinham para discutir entre si, e ele — que ficaria apenas um semestre — não era levado tão a sério pelos estudantes quanto os outros professores com os quais teriam de se encontrar ano após ano. Mas os colegas eram simpáticos, e os alunos, atentos; sua aula era um sucesso, e da janela da sua sala via uma igreja gótica de arenito vermelho.

Sim, tinha ficado contente, já antes de partir e até depois do regresso. Mas na verdade ele estava infeliz por lá. Seu primeiro semestre em Nova York foi o primeiro semestre no qual ele não precisou lecionar numa universidade alemã — ele gostaria de ter aproveitado essa liberdade em vez de dar aulas novamente. Seu apartamento em Nova York era escuro, o ar-condicionado fazia tanto barulho nos fundos que era preciso usar protetores auriculares para conseguir dormir. Nas muitas noites em que jantou sozinho em restaurantes baratos ou assistiu a filmes ruins, ele se sentia solitário. Em seu escritório, o ar-condicionado soprava ar seco em seu rosto, até que seus seios paranasais ficaram cheios de pus e ele precisou operar. A operação foi terrível, e quando ele acordou da anestesia não se viu numa cama hospitalar, mas numa espreguiçadeira numa sala com outros pacientes em espreguiçadeiras, e pouco mais tarde recebeu alta, com a cabeça doendo e o nariz sangrando.

Ele não se sentia responsável pela infelicidade. Queria ser feliz. Queria ser feliz porque tinha conseguido sair da pequena cidade universitária alemã para a grande Nova York e fazia parte dela. Queria ser feliz porque tinha desejado tanto essa felicidade e agora ela havia aparecido — ou aquilo que ele imaginava serem seus ingredientes. Às vezes, dava para ouvir uma voz baixinha que anunciava essa dúvida pela felicidade. Mas ele a emudecia. Quando criança, na escola ou na faculdade, ele sofria ao ter de partir para uma viagem e deixar seu mundo e seus amigos. O tanto que teria perdido, caso sempre tivesse ficado em casa naquela época! Por isso, em Nova York, ele disse a si mesmo que seu destino era superar as dúvidas a fim de descobrir a felicidade onde ela a princípio não parecia estar.

2

Neste verão chegou novamente um convite para Nova York. Ele tirou o envelope da caixa de correio e o abriu no caminho para o banco no qual lia sua correspondência. A Universidade de Nova York, com a qual ele se relacionava havia vinte e cinco anos, convidava-o para a realização de um seminário na primavera seguinte.

O banco ficava junto ao lago, numa parte do terreno separada do resto por uma ruazinha e pela casa. Quando eles compraram a casa, sua esposa e os filhos do casal ficaram incomodados com a rua. Eles se acostumaram com ela. Desde o começo, ele havia gostado da casa, pois era um pequeno reino particular, do qual podia abrir e fechar a porta. Quando recebeu a herança, reformou o antigo ancoradouro e ampliou o madeiramento do telhado. Esse fora seu local de trabalho em muitos verões. Mas nesse verão preferiu se sentar no banco, que era seu esconderijo: do ancoradouro e do píer, onde os netos gostavam de brincar, ele não era visto. Quando nadavam para longe, aí sim o viam e vice-versa, então trocavam acenos.

Na primavera seguinte ele não lecionaria em Nova York. Nunca mais iria lecionar em Nova York. Sua vida lá, que com o passar dos anos se tornou uma parte natural da vida — de modo que ele não se perguntava mais se era feliz ou infeliz em Nova York —, havia ficado para trás. Como havia ficado para trás, seus pensamentos retornaram ao primeiro desses semestres.

Confessar a si mesmo que estava infeliz naquela época em Nova York não seria ruim caso isso não levasse à confissão seguinte. Ao retornar de Nova York, ele conheceu uma mulher num acidente; os dois trombaram com as bicicletas, quando andavam de maneira descuidada — ele considerava um belo modo de se conhecer. Durante dois anos se encontraram, foram à ópera, ao teatro e saíram para jantar, algumas vezes chegaram até a viajar por alguns dias, e volta e meia ela passava a noite na casa dele ou ele na casa dela. Ele a considerava suficientemente bonita e suficientemente inteligente, gostava de tocá-la e ser tocado por ela, e pensava que finalmente tinha chegado lá. Mas, quando ela se mudou por causa da profissão, o relacionamento rapidamente se tornou cansativo e terminou. Apenas então ele aceitou estar aliviado. Que já havia achado os dois primeiros anos cansativos. Que muitas vezes teria ficado mais feliz se tivesse permanecido em casa, lendo e escutando música, em vez de encontrá-la. Ele a encontrava porque pensava, outra vez, que possuía todos os ingredientes para a felicidade e que tinha de ser feliz.

Como foi com as outras mulheres da sua vida? Com seu primeiro amor? Ficou feliz quando Barbara, a garota mais bonita da turma, foi com ele ao cinema, deixou que lhe comprasse um sorvete, que a acompanhasse até em casa e que fosse beijada diante da porta. Ele tinha quinze anos e esse foi seu primeiro beijo. Alguns anos mais tarde, Helena o levou para a cama e funcionou já da primeira vez; ele não gozou muito rápido, ela também gozou, e até a manhã seguinte deu a ela o que um homem pode dar a uma mulher, ele com dezenove anos e ela com trinta e dois. Ficaram juntos até ela se casar em Londres com um advogado de trinta e cinco, com o qual — descobriu mais tarde — já estava noiva havia tempos. Naquela época ele estava fazendo provas, com resultados muito melhores do que esperava, tornou-se assistente, escreveu ensaios e livros e virou professor. Ele estava feliz — ou será que mais uma vez apenas queria ser feliz? Será que pensava novamente que tinha de ser feliz por que tudo estava nos eixos? Será que a felicidade que sentia era apenas os ingredientes dela? Às vezes ele se perguntava se a vida não seria diferente num outro lugar, então reprimia o questionamento. Assim como tinha reprimido ser a vaidade que o fazia cortejar Barbara e servir Helena, e que com frequência considerava que agir em nome da vaidade era exaustivo.

Ele não arriscava pensar em sua felicidade no casamento e com a família.

Queria se alegrar pelo céu azul, pelo lago azul, pelo verde dos gramados e da floresta. Ele amava a paisagem não por causa dos Alpes a distância, e sim por causa da ondulação suave com a qual as montanhas próximas se erguiam e o lago se aninhava entre elas. Ao longe, uma garota estava sentada num barco com um garoto; ele remava e ela estava com as pernas pendendo sobre a água. As gotas que caíam do remo brilhavam ao sol, e as ondas suaves formadas pelo barco e pelos pés da garota continuavam por um bom tempo sobre a superfície lisa. As crianças — deviam ser Meike, a filha mais velha do seu filho, e David, o filho mais velho da sua filha — não conversavam. Desde que o carro dos correios passara, nada mais tinha atrapalhado a calma da manhã. Sua esposa lhe preparava o café em casa; logo os netos viriam chamá-lo.

Então pensou que não deveria considerar negativa, e sim positiva, a noção de quão enganadora havia sido sua felicidade. O que poderia haver de melhor para alguém que deseja se despedir da vida do que essa noção? Queria partir porque os últimos meses que lhe restavam seriam terríveis. Não que ele não conseguisse suportar dores. Só partiria quando elas se tornassem insuportáveis.

Mas ele não conseguia encarar essa noção de modo positivo. A ideia de um verão em grupo, seu último verão, tinha sido a ideia de um último momento de felicidade em grupo. Não precisou se esforçar muito para convencer os dois filhos a passar quatro semanas com as famílias na casa do lago, mas um pouco de esforço foi necessário. Também teve de convencer um pouquinho a esposa; ela preferia ter ido com ele à Noruega, de onde vinha a avó dela e onde nunca estiveram. Agora ele havia reunido a família, além de um velho amigo, que viria passar alguns dias. Imaginara que o último momento de felicidade em grupo tivesse sido bem-ordenado. Agora se perguntava se outra vez havia reunido apenas os ingredientes de uma receita de felicidade.

3

— Vovô!

Ele escutou uma voz de criança e passos infantis rápidos, que caminhavam sobre a rua e o gramado. Era Matthias, o filho mais novo da sua filha, o mais jovem entre seus cinco netos, um garotinho vigoroso de cinco anos, de cabelo loiro e olhos azuis.

— O café da manhã está pronto.

Quando Matthias viu o barco com seu irmão e sua prima, ele os chamou novamente e ficou pulando no píer de um lado para o outro, até eles atracarem.

— Vamos apostar uma corrida?

As crianças saíram em disparada e ele as seguiu devagar. Um ano atrás ainda teria participado, alguns anos antes teria ganhado. Mas vê-los correr a subida na sua frente e depois os maiores ficando para trás, pois queriam ver o menorzinho ganhar, foi mais gostoso que participar. Sim, ele havia imaginado dessa forma o último verão em grupo.

Ele também imaginara como iria partir. Um médico amigo seu havia lhe arranjado o coquetel que as organizações de apoio à eutanásia dão aos seus integrantes. Coquetel — ele gostava da denominação. Nunca sentiu um apreço por coquetéis e nunca havia experimentado um; o primeiro também seria o último. Também gostava da denominação "anjo da morte" para o integrante da organização que traz o coquetel ao moribundo; ele seria seu próprio anjo da morte. Sem nenhum alarde, quando a hora tivesse chegado, ele se levantaria da reunião das noites na sala de jantar, sairia, tomaria o coquetel, lavaria e guardaria os frascos e se sentaria novamente na sala. Ele ficaria ouvindo as conversas, adormeceria e morreria, as pessoas o deixariam dormir e o encontrariam morto na manhã seguinte, e o médico constataria um ataque cardíaco. Uma morte indolor e pacífica para ele, uma despedida indolor e pacífica para os outros.

Mas a hora ainda não havia chegado. A mesa estava posta. No início do verão, ele a havia trazido para fora e imaginado que à cabeceira se sentaria com a esposa; ao seu lado a filha com o marido; ao lado da esposa, o filho com a mulher; e nas outras cadeiras, os cinco netos. Os outros, porém, não se importavam com essa ordem e se sentavam onde dava. Hoje o único lugar vago era entre a nora e o filho de seis anos dela, Ferdinand, que se afastou visivelmente da mãe, acabrunhado.

— O que aconteceu? — Ferdinand, porém, balançou a cabeça sem dizer nada.

Ele amava os filhos, o genro e a nora e os netos. Gostava de tê-los por perto, suas atribulações, suas conversas e suas brincadeiras, até seu barulho e suas brigas. O que mais gostava era de se sentar no canto do sofá e se deixar levar pelos pensamentos, estar entre eles e, ao mesmo tempo, estar sozinho. Ele também apreciava trabalhar em bibliotecas e cafés; conseguia manter a concentração quando ao lado papéis farfalhavam, pessoas conversavam e caminhavam. Às vezes jogava bocha com os outros, acompanhava com a flauta quando tocavam música ou fazia uma observação em suas conversas. Todos reagiam surpresos, inclusive ele próprio, ao perceber que estava junto deles no jogo, na música ou na conversa.

Além disso, amava a esposa. "Claro que amo minha esposa", teria dito caso alguém lhe perguntasse. Era bom quando ela se sentava perto dele no canto do sofá. Melhor ainda era vê-la entre os outros. Em meio aos jovens, ela parecia nova como se fosse outra vez a estudante do primeiro semestre que ele conheceu na época das provas finais. Ela não possuía refinamento nem malícia, não tinha nada daquilo que tornava Helena desejável e desagradável. Para ele, era como se o amor pela esposa o purificasse daquilo que havia sobrado da relação com Helena: a experiência de usar e ser usado. Eles se casaram, também porque ela concluiu sua formação e se tornou professora. Os dois filhos vieram rápido e a mulher logo voltou à escola por meio período. Ela conseguia dar conta de tudo com facilidade: dos filhos, da escola, do apartamento na cidade e da casa no campo, às vezes o acompanhando, com os filhos, por um semestre em Nova York.

Não, ele disse a si próprio, não precisava ter receios ao refletir sobre a felicidade do seu casamento e da sua família. Estava tudo em ordem. Assim como os primeiros dias do verão em grupo; os netos passavam os dias juntos, os filhos e o genro e a nora aproveitavam o tempo de que dispunham, e a esposa trabalhava feliz no jardim. David, de quatorze anos, estava apaixonado por Meike, de treze — ele percebia isso, os outros pareciam não ver. O tempo estava bom, céu de brigadeiro, disse a mulher, rindo, e a trovoada na segunda noite foi uma trovoada de brigadeiro; ele estava sentado na varanda, emocionado com o negrume das nuvens, os raios e os trovões e, por fim, pelo aguaceiro libertador.

Ainda que ele novamente estivesse apenas juntando os ingredientes para uma receita de felicidade, ainda que a felicidade desse último verão em grupo ocultasse uma infelicidade, qual era o problema? Ele nunca descobriria.

4

À noite, quando estavam deitados na cama, ele perguntou à esposa:

— Você foi feliz comigo?

— Estou contente por estarmos aqui. Na Noruega não estaríamos mais felizes.

— Não, quero dizer, se você foi feliz comigo.

Ela se aprumou e olhou para ele.

— Em todos os anos em que fomos casados?

— Sim.

Ela voltou a se deitar.

— Não lidei bem com o fato de você se ausentar tanto. De ficar tanto tempo sozinha. De ter de criar os filhos sozinha. Quando Dagmar saiu de casa, aos quinze anos, e ficou fora por seis meses, você estava presente, mas se retraiu em desespero e me deixou sozinha. Quando Helmut... Mas do que eu estou falando? Você sabe muito bem quando eu estava melhor ou pior. Afinal, sei isso de você. Quando as crianças eram pequenas e eu recomecei na escola, você não recebeu muita atenção. Você gostaria que eu tivesse participado mais do seu trabalho. Que eu lesse o que você tivesse escrito. Você gostaria de ter se deitado mais vezes comigo. — Ela se virou de lado e lhe deu as costas. — Eu gostaria de ter trocado mais carícias com você.

Depois de um tempo, ele escutou uma respiração tranquila. Isso queria dizer que não havia mais nada a ser dito?

Seu quadril esquerdo doía. A dor não era forte, mas contínua e uniforme, parecendo querer se tornar crônica. Ou será que já havia se tornado crônica? Na hora de subir as escadas, sua perna e seu quadril esquerdos já não pareciam pesados havia dias, ou melhor, semanas? Já não havia um tempo que ele sentia uma fraqueza superada com força extra e uma dor lancinante? Ele não tinha se preocupado com isso. Após ter superado a escada, a dor passava. Mas por causa disso a dor lancinante ao subi-la poderia ter sido também a mensageira da dor que agora sentia e que lhe dava medo. A cintilografia óssea não havia apontado alta atividade metabólica no quadril esquerdo?

Ele não se lembrava mais. Não queria ser daqueles doentes que sabem tudo a respeito de sua doença, que se informam na internet e com livros e conversas, constrangendo seus médicos. Quadril esquerdo, quadril direito — ele não prestou atenção quando o médico lhe relatou quais ossos já estavam comprometidos. Ele pensou que iria perceber por conta própria.

Também se virou para o lado. O quadril esquerdo ainda doía? Agora era o direito? Ele prestou atenção. Ele também ouviu pela janela aberta o vento nas árvores e o coaxar dos sapos no lago. Avistou estrelas no céu e pensou que elas não são douradas nem resplandecem, mas brilham duras e frias feito pequenos e distantes pontos de néon.

Sim, o quadril esquerdo doía. Mas também o direito. Quando prestava atenção nas pernas, a dor estava presente, assim como quando se fixava nas costas, na nuca e nos braços. Onde quer que prestasse atenção, a dor o aguardava para dizer que agora ela morava ali. Que a dor estava em casa.

5

Ele dormiu mal e se levantou cedo. Foi até a porta na ponta dos pés, então a abriu e fechou com cuidado. Os pisos, as escadas, as portas, tudo rangia. Na cozinha, fez chá e levou a xícara para a varanda. Clareou. Os pássaros começaram a fazer barulho.

Vez ou outra ele ajudava a esposa na cozinha, na hora de colocar a mesa ou lavar a louça. Nunca havia posto uma refeição à mesa sozinho. No passado, quando a mulher precisava viajar, o café da manhã era suspenso e ele saía para almoçar e jantar com os filhos em restaurantes. No passado, porém, ele não tinha tempo. Agora, sim.

Encontrou o manual de culinária do Dr. Oetker na cozinha e o trouxe até a varanda. Com a ajuda de um livro, até ele — o filósofo especialista em filosofia analítica — teria de ser capaz de fazer panquecas para o café da manhã. Até ele? Justamente ele! "Aquilo que pode ser descrito também pode acontecer", ensina Wittgenstein no *Tractatus logico-philosophicus*.

Mas não havia nenhuma panqueca no livro de culinária. Será que a panqueca tinha outro nome? O que não pode ser nomeado também não pode ser encontrado. O que não pode ser encontrado também não pode ser cozinhado.

Ele encontrou o crepe, leu o que tinha de fazer e calculou os ingredientes para onze pessoas. Em seguida, pôs-se a trabalhar na cozinha. Precisou procurar um bocado até juntar 688 gramas de farinha, 11 ovos, pouco mais de um litro de leite, pouco mais de um terço de litro de água, quase meio quilo de margarina, açúcar e sal. Ficou irritado porque a quantidade de açúcar e sal não estava descrita. Como dividir sal, como dividir açúcar em quatro e depois multiplicar por onze? Também ficou irritado por não ter encontrado orientação sobre como separar as claras das gemas e batê-las em neve. Ele gostaria de fazer as panquecas ou os crepes delicados e fofos. Mas conseguiu peneirar, bater e misturar sem que se formassem pequenos grumos.

Quando foi pegar a frigideira do armário, ela escorregou da sua mão e caiu tilintando sobre o chão de pedra. Ele a ergueu e prestou atenção na casa. Depois de alguns segundos, escutou os passos da esposa na escada. Ela chegou de camisola à cozinha e observou ao redor.

É agora, pensou ele. Ele a abraçou. Ela estava tensa. Eu também devo estar passando essa tensão, pensou ele. Quanto tempo se passou desde que nos abraçamos pela última vez? Ele a segurou, e, embora ela não tivesse se deixado abraçar de verdade, colocou os braços ao redor dele.

— O que você está fazendo na cozinha?

— Panquecas. No momento estou fritando o número zero. Frito as outras quando todos estiverem sentados à mesa do café. Sinto muito por ter acordado você.

Ela olhou para a mesa, na qual ainda havia farinha, ovos, margarina e a tigela com a massa.

— Você que fez isso?

— Quer provar o número zero?

Ele soltou a esposa, acendeu o fogão e colocou a frigideira sobre a chama; consultou o livro, aqueceu 150 gramas de margarina, colocou um pouco de massa na frigideira, tirou a panqueca semipronta e a levou a um prato; aqueceu mais margarina, colocou de volta a panqueca virada na frigideira e, por fim, apresentou-a dourada à mulher.

Ela comeu.

— Tem gosto de panqueca de verdade.

— É uma panqueca de verdade. Ganho um beijo?

— Um beijo? — Ela o fitou com espanto. Quando foi, pensou ele novamente, que nos beijamos pela última vez? Devagar, ela soltou o garfo e o prato, foi até ele junto ao fogão, deu-lhe um beijo no rosto e ficou parada ao seu lado, como se não soubesse o que devia fazer em seguida.

Nesse instante, Meike apareceu à porta e olhou questionadora para os avós.

— O que está acontecendo?

— Ele está fritando panquecas.

— Vovô está fritando panquecas? — Ela não acreditava. Mas lá estavam os ingredientes, a tigela com a massa, a frigideira, meia panqueca sobre o prato e o avô de avental. Meike deu meia-volta, subiu correndo a escada e bateu às portas.

— O vovô está fritando panquecas!

6

Nesse dia, ele não se refugiou no banco do lago. Buscou uma cadeira no ancoradouro e se sentou no píer. Abriu um livro, mas não leu. Ficou observando os netos.

Sim, David estava apaixonado por Meike. Como ele tentava impressioná-la, como se esforçava em parecer relaxado em cada postura e em cada movimento, como se certificou de que ela assistiu ao mergulho que ele deu com uma cambalhota, como se vangloriava dos livros que tinha lido, dos filmes que tinha visto, como falava com indiferença niilista sobre seu futuro! Meike não percebia ou estava brincando com David? Ela não parecia impressionada e não dava a David mais de sua atenção e alegria que aos outros.

Os sofrimentos do primeiro amor! Ele percebeu a insegurança de David e sentiu novamente a insegurança que o torturara havia mais de cinquenta anos. Naquela época, ele também queria ser tudo. Isso às vezes parecia verdade e depois parecia não ser nada. Naquela época, também pensava que, se Barbara visse quem ele era e o quanto a amava, ela também o amaria — mas ele não conseguia mostrar quem era nem dizer que a amava. Também procurava, naquela época, um compromisso em cada pequeno gesto de atenção e de confiança, embora soubesse que Barbara não lhe prometia nada. Ele também se refugiava, naquela época, numa indiferença heroica, na qual não acreditava em nada, não esperava nada e não precisava de nada. Até que o desejo o tomasse de assalto novamente.

Ele sentiu pena do neto — e de si. Os sofrimentos do primeiro amor, as dores do crescimento, as decepções da vida adulta — gostaria de dizer algo que encorajasse ou consolasse David, porém não sabia o quê. Mas será que podia ao menos ajudá-lo? Ele se ergueu e se sentou, com as pernas cruzadas, junto aos dois no píer.

— Sério, vovô, eu não colocava fé em você fazendo panquecas.

— Descobri o prazer em cozinhar. Vocês dois mais velhos me ajudam amanhã? Não quero ficar muito pretensioso, mas eu devo conseguir fazer um espaguete à bolonhesa e salada com a ajuda de vocês.

— E de sobremesa musse de chocolate?

— Se estiver no livro de receitas do Dr. Oetker.

Em seguida, continuaram sentados, mudos. Ele havia interrompido a conversa deles e não sabia como reiniciá-la a três.

— Então vou indo. Amanhã às onze? Primeiro fazer as compras e depois cozinhar?

Meike sorriu para ele.

— Beleza, vovô, mas a gente ainda se vê.

Ele voltou à sua espreguiçadeira. Matthias e Ferdinand haviam encontrado um lugar raso no lago, a poucos metros da margem, e traziam todas as pedras que encontravam pela frente para construir uma ilha. Ele procurou a irmã de doze anos de David e Matthias.

— Onde Ariane está?

— No seu banco.

Ele se levantou novamente e foi até o banco. O quadril esquerdo doía. Com um pé sobre o banco e o livro sobre o joelho, Ariane estava lendo; ela o ouviu se aproximar e ergueu os olhos.

— Tudo bem eu me sentar aqui?

— É claro. Posso me sentar também?

Ela tirou o pé do banco, fechou o livro e escorregou para o lado. Ariane viu que ele lia o título: *O destino bate à sua porta.*

— Estava na estante de vocês. Talvez não seja para mim. Mas prende a atenção. Pensei que a gente iria fazer mais coisas juntos. Mas David só quer saber de Meike e Meike, de David, mesmo que ela fique fazendo de conta que não é verdade e que ele não perceba.

— Você tem certeza?

Ela olhou para o avô, precoce e compassiva, e assentiu. Ariane vai se tornar uma mulher bonita, pensou ele, e a imaginou certo dia tirando os óculos, soltando o cabelo e realçando os lábios.

— Então com David e Meike é assim. Vamos fazer algo nós dois?

— O quê?

— Podemos visitar igrejas e castelos ou um pintor que eu conheço, ou um mecânico de caminhões, que tem uma oficina que parece de cinquenta anos atrás.

Ela pensou. Depois, levantou-se.

— Bom, vamos visitar o pintor.

7

Após uma semana, sua esposa quis saber:

— O que está acontecendo? Se esse verão está correndo bem, então todos os outros correram mal; e, se todos os anteriores correram bem, esse não está assim. Você não lê mais e não escreve mais. Só fica perambulando com os netos e ontem foi até o jardim e disse que queria podar a cerca viva. Quando existe uma chance de me tocar, você me toca. Sério, é como se não pudesse tirar as mãos de mim. Não estou dizendo que não pode me tocar. Você pode... — Ela enrubesceu e balançou a cabeça. — De todo modo, tudo está diferente e eu quero saber o motivo.

Eles estavam sentados na varanda. Os filhos e o genro e a nora passavam a noite com amigos, e os netos já estavam na cama. Ele havia acendido uma vela, aberto uma garrafa de vinho e servido a mulher e a si mesmo.

— Tomar vinho à luz de velas... Isso também é novidade.

— Não é hora de eu começar com isso? Com isso e com os netos e os filhos e a cerca viva? De eu saber novamente como é bom tocar você? — Ele colocou o braço ao redor da esposa. Mas ela o repeliu.

— Não, Thomas Wellmer. Assim não. Não sou uma máquina que você pode ligar e desligar. Imaginei que nosso casamento seria diferente, mas parece que não podia ser assim e por isso me adaptei àquilo que dava para ser. Não vou entrar num estado de espírito que vai passar daqui a poucas semanas. Prefiro podar minha cerca eu mesma.

— Há três anos larguei a universidade. Sinto muito por ter demorado tanto tempo até entender a liberdade da aposentadoria. Na universidade, a aposentadoria não significa um fim tão radical quanto num órgão público; ainda há os pós-graduandos, um seminário para ministrar, uma comissão para participar e ficamos com a impressão de que é preciso escrever o que sempre se quis, mas nunca havia tempo. É como desligar o motor e deixar o carro andar em ponto morto. Se a rua ainda for um pouco íngreme...

— Você é o carro que a aposentadoria desligou o motor. E quem é a rua íngreme?

— Todos que me trataram como se o motor ainda estivesse ligado.

— Então preciso tratar de você de uma maneira especial. Não como se o motor ainda estivesse ligado, mas desligado. Então...

— Não, você não tem de fazer nada. Depois de três anos o carro parou de andar.

— ... E agora você se ocupa dos netos e poda a cerca viva?

Ele riu.

— E não tiro as mãos de você.

Estavam sentados lado a lado, e ele percebeu o ceticismo da esposa. Ele o percebia no ombro dela, no braço, no quadril, na coxa. Se voltasse a colocar o braço ao seu redor, talvez ela não o repelisse — os dois haviam conversado e ouvido o que o outro tinha a dizer. Mas ela esperaria até que ele tirasse o braço de novo. Ou será que depois de um tempo iria encostar a cabeça em seu ombro? Assim como ela o envolvera com os braços na hora das panquecas, não por cumplicidade, não como combinado, mas só por fazer?

8

Ele a cortejou. De manhã, levava o chá na cama; quando ela estava trabalhando no jardim, ele vinha com refresco; ele podou a cerca viva e cortou a grama; resolveu cozinhar todas as noites, em geral auxiliado por Ariane; estava à disposição dos netos quando eles se entediavam; ficava atento para o estoque de suco de maçã, água mineral e leite não acabar. Todos os dias convidava a esposa para passear, apenas os dois. No começo ela queria voltar rapidamente para casa e para o trabalho, mas depois permitiu que ele ampliasse os percursos e às vezes segurasse sua mão — até ela precisar da mão porque queria erguer, colher ou examinar algo. Certa noite foram até o restaurante na outra margem do lago, que ostentava uma estrela e onde lhes serviram o jantar num gramado sob árvores frutíferas. Eles observaram a água, cintilante à luz do sol que ainda brilhava à noite feito metal derretido, chumbo com um toque de bronze, lisa, até que dois cisnes aterrissaram batendo as asas.

Ele colocou a mão esquerda sobre a mesa.

— Você sabe que os cisnes...

— Eu sei. — Ela colocou a mão sobre a dele.

— Quando voltarmos para casa, quero me deitar com você.

Ela não retirou a mão.

— Você ainda se lembra de quando nos deitamos pela última vez?

— Antes da sua operação?

— Não, foi depois. Achei que já dava de novo. Você me disse que eu estava tão bonita quanto antes e que amava o novo seio da mesma forma que amava o antigo. Mas então tive de ir ao banheiro e vi a cicatriz vermelha, então percebi que não era possível e que tudo não passava de um esforço; eu me esforcei e você se esforçou. Você reagiu com compreensão e delicadeza, dizendo que não queria me pressionar. Que eu deveria dar um sinal quando estivesse pronta. Mas, quando não lhe dei nenhum sinal, você concordou, e fez o mesmo. Depois percebi que não era diferente antes da operação e que desde aquela época nada mais acontecia se eu não desse nenhum sinal. Eu não queria mais dar nenhum sinal.

Ele assentiu.

— Anos perdidos. Não consigo dizer o quanto lamento por eles. Naquela época, eu pensava que era necessário me afirmar para mim mesmo e para os outros, tornando-me reitor ou secretário de Estado ou presidente da associação, e, como você não participava disso, eu me senti traído. Mas você tinha razão. Se olho para trás, vejo que os anos não têm importância. Eles foram apenas barulhentos e passaram rápido.

— Você tinha uma amante?

— Ah, não. Com exceção do trabalho, não permiti que nada nem ninguém se aproximasse de mim. De outro modo, eu não teria conseguido.

Ela riu baixinho. Por estar se lembrando do seu ímpeto por trabalhar naquela época? Por estar aliviada por ele não ter tido nenhuma amante?

Ele pediu a conta.

— Você acha que ainda conseguimos?

— Estou com tanto medo quanto da primeira vez. Ou até mais. Não sei como vai ser.

9

Não deu em nada. A dor veio em meio ao abraço. Ela explodiu no cóccix e emitiu suas ondas para costas, quadris e coxas. Foi pior que a pior das dores que ele havia sentido até então. Ela exterminou seu desejo, sua percepção, seu pensamento. Ela o transformou em seu ser, algo que não podia se desprender dela, que não podia nem mesmo sonhar em se livrar dela. Sem querer ou até sem notar, ele gemeu alto.

— O que foi?

Ele rolou de costas e pressionou as mãos contra a testa. O que deveria dizer?

— Acho que estou passando pela pior crise de ciático que já tive.

Com esforço, ele se levantou. No banheiro, tomou uma Novalgina que o médico lhe receitara para as crises. Ele apoiou os braços na pia e se olhou no espelho. Embora estivesse se sentindo como nunca tinha se sentido antes, seu rosto era o mesmo de sempre. O cabelo loiro escuro com as têmporas e as mechas grisalhas, os olhos que faiscavam entre cinza e verde, o rosto marcado pela ruga profunda sobre o nariz e do nariz até a boca, os pelos que nasciam das narinas e que ele cortaria amanhã, a boca fina — era bom dividir a dor com o rosto conhecido e assegurar a ele e a si mesmo que ainda havia vida naquele cachorro velho. Quando as dores diminuíram, ele voltou ao quarto.

Sua esposa tinha adormecido. Ele se sentou na beirada da cama, com cuidado para que ela não acordasse. As pálpebras dela tremiam. Será que ainda não estava dormindo completamente? Será que sonhava? Com o que estaria sonhando? Conhecia tão bem o rosto dela. Tanto o rosto jovem que lá habitava quanto o velho. O infantil, animado, inocente, e o cansado, amargo. Como os dois rostos diferentes se suportavam um ao outro?

Ele permaneceu sentado. Não queria provocar sua dor. A dor havia lhe mostrado que não apenas estava em casa em seu corpo como também que era a dona. Agora ela havia se retraído para um quarto nos fundos, mas deixara as portas abertas para estar a postos caso o respeito que lhe era devido não fosse honrado.

O cabelo da mulher tocou nele. Estava tingido de castanho e crescia grisalho e branco — a luta contra o envelhecimento, um embate após o outro, uma batalha perdida, mas sem jogar a toalha. Se a esposa não tingisse o cabelo, ela se pareceria com uma sábia índia idosa, com seu nariz adunco, seus ossos malares salientes, suas rugas e seus olhos. Ele nunca descobrira se os olhos dela eram inescrutáveis pelos seus sentimentos serem muito profundos ou muito vazios. Nunca descobriria.

Ela se desculpou na manhã seguinte.

— Sinto muito. O champanhe, o vinho, a comida, a interrupção do nosso momento junto na cama quando estava ficando bom, seu ciático... Foi um pouco demais. Eu simplesmente adormeci.

— Não, sou eu que peço desculpas. O médico me disse que posso ter dores no ciático e então devo tomar comprimidos. Não imaginei que fossem tão fulminantes e que pudessem aparecer numa hora tão errada. — Ele estava com medo de se deitar de lado e esticou o braço.

Ela apoiou o braço em seu ombro.

— Tenho de preparar o café da manhã.

— Não, não tem.

— Tenho sim.

Ela estava apenas brincando. Queria o mesmo que ele. Ele pediu à sua dor que ficasse no quarto dos fundos nessa manhã, nessa hora.

— Você fica por cima?

10

Quando eles desceram, os outros já haviam quase terminado de tomar o café da manhã. Ariane olhou para os avós como se soubesse por que estavam tão atrasados. Ariane, de doze anos? Ele e a mulher enrubesceram. Em seguida, como se quisesse mostrar a todos que havia algo entre os dois, ela lhe deu um beijo.

Por volta da hora do almoço, ele buscou o velho amigo na estação. O trem entrou e parou, e, como a composição era muito alta para a plataforma ou a plataforma era muito baixa para a composição, seu amigo teve de dar um pulinho. Ele o fez com um sorriso resignado, como se estivesse pronto para cair, e, em vez de uma breve visita a um velho amigo, o que se anunciava era uma longa estada num hospital.

Resignado, como se o jogo tivesse terminado antes de começar, e ao mesmo tempo cheio de um charme jovial, como se dissesse que as coisas são assim, mas tanto faz — ele sempre foi desse jeito. Foi dessa forma que cursou a universidade, sem muito esforço e ambição, mas simpático com todos e querido por todos, também entre aqueles que lhe aplicavam provas, e mais tarde entre aqueles que o empregaram. Tornou-se um advogado bem-sucedido e que devia seu sucesso tanto ao seu conhecimento técnico quanto à maneira como lidava com contratantes, partes contrárias e juízes. Ele usava seu charme. Usava seu charme também com mulheres e filhos de amigos; eles o amavam, embora uma ou outra esposa dos seus amigos quisesse o marido para si, longe dos velhos companheiros.

O filho Helmut gostava especialmente do amigo; quando criança, viajara às vezes com o pai e ele durante as férias, as férias dos homens. No inverno esquiavam — e, quando ele não queria ou não aguentava mais, o amigo, que descia a pista de jeans e casaco, levava-o entre as pernas. Para o garotinho, o amigo de casaco escuro esvoaçante que o levava em segurança até o vale era um herói feito o Batman. Mais tarde, aconselhou-lhe nos estudos e na carreira. Sem ele, Helmut não teria decidido se tornar advogado. Ele teria gostado de ir à estação. Mas as viagens da estação para casa e, na noite seguinte, da casa para a estação, eram as únicas oportunidades para ambos os amigos estarem a sós.

No percurso, conversaram sobre aposentadoria, famílias, verão. Então o amigo perguntou:

— E como vai o câncer?

— Vamos até lá em cima — ele apontou para a montanha à qual a rua conduzia — e dar uma caminhada.

Ele tinha se perguntado algumas vezes se devia revelar suas intenções ao amigo. Eles não mantinham segredos entre si, e passaram a falar com mais facilidade sobre o câncer quando ambos dividiram o mesmo destino; os dois foram diagnosticados com câncer há anos, moléstias diferentes e de evolução diferente, mas ambos necessitando de operação, radiação e quimioterapia. Mas como o amigo iria encarar a família uma vez que soubesse de sua intenção?

Eles subiram. À direita começava a floresta, à esquerda a vista se abria para o lago, as montanhas e, ao longe, os Alpes. Estava quente, o calor suave, envolvente, do verão.

— É uma questão de tempo até os ossos estarem todos comprometidos. Até começarem a esfarelar e quebrar e a dor se tornar insuportável. Às vezes recebo um aperitivo, mas ainda dá para levar. E o seu câncer?

— Está quieto há quatro anos. No mês passado era para eu fazer exames, mas pela primeira vez simplesmente não fui. — De modo fatalista, o amigo ergueu as mãos e as deixou cair novamente. — O que você vai fazer quando as dores ficarem insuportáveis?

— O que você faria?

Os dois caminharam um bom tempo sem o amigo responder. Em seguida, ele sorriu.

— Aproveitar o verão da melhor forma possível. O que mais?

11

Depois do jantar, ele se sentou no canto do sofá, observando os outros. Eles jogavam um jogo que permitia no máximo oito participantes. Ele conseguia, sem chamar muita atenção, variar constantemente a posição, colocando as almofadas ora atrás das costas, ora contra o quadril, ora sob a coxa. Cada mudança trazia alívio, até que a dor dominava a nova posição como tinha feito com a antiga. Ele havia tomado Novalgina, mas não estava mais ajudando. E agora? Será que devia ir à cidade e pedir morfina ao médico? Ou tinha chegado a hora de tirar a garrafa da adega climatizada, escondida atrás de meia garrafa de champanhe, e tomar o coquetel?

Nas vezes em que havia imaginado sua última noite, ele a vislumbrara sem dores. Agora percebia que não era assim tão simples determinar a noite correta. Quanto mais vivesse e quanto pior seu estado, mais raras seriam as noites sem dores, as mais bem-vindas e as mais imprescindíveis. Como se entregar à morte numa noite dessas? Por outro lado, ele não queria viver com dor. A morfina seria a solução? Com ela, as noites sem dor se transformariam de raridades imprescindíveis em momentos realizáveis?

Portas e janelas estavam abertas, e o vento morno trazia mosquitos do lago. Ao querer acertar um mosquito no braço esquerdo com a mão direita, ele não conseguiu erguê-la. A mão não lhe obedecia. Quando a colocou em outra posição, deu certo, e voltou a funcionar quando ele retomou a postura na qual havia pouco a mão não tinha lhe obedecido. Testou diversas posições e foi capaz de erguer a mão em todas elas, de maneira que acabou se perguntando se aquela dificuldade havia sido apenas imaginação sua. Mas sabia muito bem a verdade, e sabia também que acontecera algo que não tinha mais volta.

O jogo havia terminado, e o amigo contava casos do escritório. No passado, os filhos não se cansavam dos seus casos; agora, nem os netos. Ele ficou envergonhado. O que teria tido para contar aos filhos? O que tinha para contar aos netos? Que Kant era um bom jogador de bilhar e que ganhava o dinheiro dos estudos com isso, que Hegel imitava com a esposa a vida familiar de Martinho Lutero e Catarina von Bora, que Schopenhauer tratava a mãe e a irmã muito mal, e que Wittgenstein cuidava muito bem da irmã — ele conhecia algumas anedotas da filosofia e outras da história, que seu avô lhe contara. Mas não sabia contar nada interessante do trabalho — o que isso atestava a seu respeito? Sobre seu trabalho? Sobre a filosofia analítica? Não seria também apenas um desperdício refinado da inteligência humana?

Em seguida, o amigo pediu licença e se sentou ao piano. Sorriu para ele e tocou a chacona da *Partita em ré menor*, que ambos ouviram Menuhin tocar quando estudantes e se apaixonaram por ela. Um arranjo para piano — ele não sabia que existia nem que o amigo o tocava. Será que a havia ensaiado para ele? Estava presenteando-a como despedida? A música e o presente o levaram às lágrimas, que não pararam de escorrer quando o amigo passou a tocar jazz — aquilo que os filhos e os netos queriam realmente ouvir.

Sua esposa viu a cena, sentou-se ao seu lado e encostou a cabeça em seu ombro.

— Também vou chorar daqui a pouco. O dia começou e terminou muito bem.

— Sim.

— Vamos nos levantar e subir? Quando os outros perceberem que não estamos mais por aqui, eles vão entender.

12

A viagem chegou à metade. Ele sabia que a segunda metade do verão em grupo passaria mais rapidamente que a primeira — e a primeira passara voando. Pensou no que mais poderia dizer aos filhos. Dagmar — que não era para ela se preocupar tanto com os filhos? Que era uma boa bióloga, que não deveria desperdiçar seu talento, e sim voltar a trabalhar? Que mimava o marido e que isso não era bom nem para ele nem para ela? Helmut — será que ele estava mesmo interessado em saber qual empresa se fundiria com qual e qual empresa assumiria a outra? Será que estava mesmo interessado em todo aquele dinheiro que juntava? Será que não deveria se tornar um advogado diferente do que era, espelhando-se no exemplo do velho amigo?

Não, isso não era possível. Dagmar havia se casado com um cabeça-oca metido, e ele só podia torcer para que o casal não se desse conta disso e que continuasse a se ofuscar pela riqueza e pelos bons modos dele. Helmut tinha aprendido o gosto do dinheiro e se viciara nisso, e sua esposa aproveitava os frutos. Talvez ambos os filhos tivessem, por insegurança, entrado numa vida superficial, e talvez ele não lhes tenha transmitido segurança o suficiente. Agora já não era mais possível. Ele podia lhes dizer que os amava. Tinha de conseguir expressar aquilo que pais e filhos conseguem expressar uns aos outros com facilidade nos filmes americanos.

Independentemente do que havia de errado com seus filhos, nesse verão eles estavam despretensiosos, suportáveis e amorosos. Os netos não teriam lhe trazido tantas alegrias caso os filhos não os estivessem criando bem. Não, ele não podia dar nenhum conselho aos filhos. Podia apenas dizer que os amava.

Certo dia, as dores se tornaram tão fortes que ele tomou o trem até a cidade e pediu morfina ao médico. O médico lhe passou a receita do anestésico com hesitação e todo tipo de alerta sobre a dosagem e os efeitos. Mais simpática que o médico foi a farmacêutica, de quem ele era cliente havia anos e que lhe entregou a embalagem e um copo d'água com um sorriso triste.

— Então está na hora.

Ele perdeu o trem da tarde e tomou o noturno. Seu carro estava estacionado na estação, e ele se perguntou se podia dirigir, mas, como não havia recebido nenhuma orientação a respeito, conduziu o veículo pelas ruas vazias e chegou em segurança. A casa estava escura. Se todos estavam dormindo, ele não precisava ter pressa. Podia se sentar no banco do lago. Podia aproveitar que nessa noite a dor não tinha apenas se retraído para um quarto dos fundos, mas estava trancada de modo confiável.

Sim, a morfina era a solução. Com ela, uma noite sem dor realmente não era mais uma raridade imprescindível, mas um momento realizável. Ele se sentia leve; seu corpo não apenas não doía mas pulsava suave e firme, amparava-o, carregava-o, tinha asas. Sem se mexer, ele conseguia tocar as luzes da outra margem do lago e até as estrelas.

13

Ele escutou passos e reconheceu o caminhar da esposa. Escorregou para um dos lados do banco, para que ela pudesse se sentar do outro.

— Você escutou o carro?

Ela se sentou sem responder. Quando quis envolvê-la com um braço, ela se curvou de modo que seu gesto caiu no vazio. Ela ergueu a garrafa com o coquetel e perguntou:

— Isso é o que eu estou pensando?

— O que você está pensando?

— Não faça joguinhos comigo, Thomas Wellmer. O que é isso?

— É um analgésico extremamente potente, que deve ser mantido refrigerado e não pode cair nas mãos dos nossos netos.

— Por isso você o escondeu atrás da garrafa de champanhe na adega climatizada?

— Sim. Não entendo por que você...

— Estou com dores muito muito fortes. Desde que encontrei a garrafa, porque queria preparar um jantar com champanhe para você, estou com dores muito fortes. Então é melhor eu beber o conteúdo dessa garrafa. — Ela desatarraxou a tampa e levou a garrafa à boca.

— Não faça isso.

Ela assentiu.

— Uma noite, quando estivermos juntos e felizes, você vai sair, esvaziar a garrafa, voltar e adormecer. Antes ainda nos dirá que está muito cansado e que talvez adormeça e que é para não o acordarmos?

— Não pensei nesses detalhes.

— Mas você queria fazer isso sem me dizer, sem me perguntar, sem falar comigo. Nisso você pensou, certo?

Ele deu de ombros.

— Não entendo o que você tem. Eu queria partir quando as dores se tornassem insuportáveis. Queria partir de maneira a não ser um problema para ninguém.

— Você se lembra do nosso casamento? Até que a morte os separe? Não até que você se insinue para a morte e fuja. E você se lembra de que eu não queria me entregar à felicidade de um verão que passaria depois de poucas semanas? Você pensou que eu não descobriria a verdade? Ou pensou que já estaria morto quando isso acontecesse? Que daí eu não poderia mais pedir explicações a você? Você não teve amantes, mas o modo como está me traindo agora não é melhor; não, é até pior.

— Pensei que não seria descoberto. Também pensei que seria uma despedida bonita. O que você teria...

— Uma despedida bonita? Você está partindo e eu não sou informada? Isso é para ser uma despedida bonita? Não é nenhuma despedida. De todo modo, não uma despedida que eu aceite de você. E você também não está se despedindo de mim, mas de si mesmo, e quer que eu seja figurante.

— Ainda não entendo por que você está tão indignada...

Ela se levantou.

— Sim, você não entende o que está fazendo. Amanhã cedo vou contar a nossos filhos e ir embora. Faça o que quiser aqui. Não vou ser figurante e eu ficaria espantada se eles se dispuserem a isso. — Ela colocou a garrafa sobre o banco e foi embora.

Ele balançou a cabeça. Alguma coisa tinha dado errado. Não sabia bem o quê. Mas não havia dúvida de que algo não tinha saído do jeito previsto. Seria preciso conversar com a esposa na manhã seguinte. Fazia tempo que ele não a via tão indignada.

14

Ela não estava na cama de casal quando ele se deitou nem quando se levantou. Ele preparou o café da manhã com os filhos e acordou os netos. Quando todos estavam sentados, ela chegou. Não se sentou.

— Estou indo para a cidade. O pai de vocês quer se matar nos próximos dias na companhia daqueles que ama. Descobri isso por acaso; ele não queria falar nada disso nem a mim nem a vocês, mas simplesmente tomar a droga, adormecer e morrer. Não quero ter nada a ver com isso. Que ele realize sozinho aquilo que pensou sozinho.

Dagmar disse ao marido:

— Pegue as crianças e vá fazer algo com elas. Não só as nossas, mas todas.

Ela falou com tanta determinação que o marido se levantou e foi, e os netos o seguiram. Em seguida, ela se virou para o pai.

— Você quer se matar? Do jeito que mamãe falou?

— Achei que isso não precisava ser do conhecimento de todos. Na verdade, não precisava ser do conhecimento de ninguém. A dor está ficando cada vez pior e, quando se tornar insuportável, vou me despedir. O que há de errado nisso?

— Você não ter falado nada conosco nem querer ter falado. Nem à mamãe, caso não quisesse ter falado conosco, seus filhos. O quando da dor se tornar insuportável também depende de quanto mamãe pode ajudá-lo a suportá-la. Pensei que nós também...

Helmut se levantou.

— Deixe para lá, Dagmar. São nossos pais que têm de resolver a situação. Eu, de minha parte, não vou me meter, e é melhor você também ficar de fora.

— Mas eles não estão fazendo de comum acordo. Mamãe acabou de dizer que ela não quer ter nada a ver com isso. — Dagmar olhou confusa para o irmão.

— Essa também é uma maneira de se chegar a um acordo. — Ele se virou para a esposa. — Vamos, vamos fazer as malas e ir embora.

Eles saíram. Dagmar levantou, hesitante, olhou interrogativamente para o pai e para a mãe, não recebeu respostas e também saiu. A casa ecoava a atividade de esvaziar armários e cômodas, juntar livros e brinquedos, tirar roupas de cama, arrumar malas. Os pais mandavam os filhos buscar mais isso e aquilo e não esquecer daquilo outro, e as crianças, percebendo que o mundo havia saído dos trilhos, obedeciam.

Sua mulher já havia arrumado suas coisas durante a noite. Ela ainda ficou um tempo na cozinha, olhando para a frente. Depois o encarou.

— Estou indo agora.
— Você não precisa ir.
— Sim, preciso.
— Você está indo à cidade?
— Não sei. Ainda tenho quase três semanas de férias.
— Ela foi, e ele a ouviu se despedindo dos filhos e dos netos, abrindo e fechando a porta, dando a partida no carro e saindo. Pouco depois, os outros também se aprontaram. Eles foram à cozinha se despedir, os filhos constrangidos, os netos confusos. Ele também os escutou deixando a casa, batendo portas de carro e partindo. Em seguida, tudo estava em silêncio.

15

Ficou sentado, sem conseguir acreditar na rapidez com que a casa tinha se esvaziado. Ele não sabia o que fazer. Com que preencher a manhã e o dia, o dia seguinte e a semana seguinte, se devia se matar logo ou mais tarde. Por fim, levantou-se e tirou a mesa, colocou a louça e os talheres sujos no lava-louça, colocou sabão, ligou a máquina, recolheu a roupa de cama e as toalhas do andar de cima e as levou ao porão. Ao contrário do lava-louça, ele nunca havia usado a máquina de lavar, mas encontrou no chão, em meio aos produtos de limpeza, as instruções de uso e as seguiu. Uma máquina dava conta da roupa de duas camas; ele precisaria de quatro ou cinco máquinas.

Ele foi até o lago e se sentou no banco. Com o barulho dos netos brincando e se banhando, o lugar parecia a mesa na biblioteca ou no café, ou ainda o sofá da sala — ele estava junto das pessoas mas também estava a sós. Sem os ruídos, estava apenas solitário. Ele queria refletir sobre o que fazer, porém não teve nenhuma ideia. Em seguida, quis pensar sobre um dos problemas filosóficos que havia trazido para a aposentadoria, mas não se lembrou de nada que derivasse de um problema, não se lembrou nem do problema em si. Recordava-se das situações das últimas semanas: David e Meike no barco, Matthias e Ferdinand construindo a ilha, Ariane com o livro sobre o joelho, Ariane e ele visitando o pintor, cozinhando com as crianças, cortando a cerca viva, o chá e o refresco para a esposa, a proximidade crescente, a manhã em que se amaram. Ele sentia uma leve saudade, apenas leve, porque ainda não tinha compreendido direito que tudo havia passado. Ele sabia que era assim, escutara com os próprios ouvidos e vira com os próprios olhos. Mas ainda não havia compreendido direito.

Ele ficou quase feliz quando a dor se manifestou. Assim como se fica quase feliz quando estamos num lugar estranho, sozinhos, e encontramos alguém de quem não gostamos, mas com quem estamos ligados por um passado comum na escola, na universidade, na fábrica ou no escritório. O encontro distrai da solidão. Além disso, a dor lhe trazia a lembrança do motivo de estar ali: não para conviver com a família, mas se despedir dela. Só que a despedida tinha vindo um pouco adiantada e foi um pouco diferente do planejado.

Sim, era assim. Ou será que não? Ele se levantou para pendurar a primeira leva de roupa no varal e lavar a próxima. Antes de chegar a casa, soube que a despedida que havia ficado para trás não fora somente um pouco adiantada e um pouco diferente do planejado. Ela não tinha nada em comum com a despedida que estivera por vir. A despedida que havia ficado para trás passou. A despedida que está por vir pode ser atrasada, impedida; pode acontecer um milagre. Ele não acreditava em milagres. Mas percebeu que havia se enganado. Imaginara que a dor ficaria cada vez mais forte, cada vez mais difícil de suportar, então se tornaria insuportável e a decisão para a despedida aconteceria naturalmente. Em vez disso, a dor fez com que o analgésico também se tornasse mais forte. A decisão de tomar o coquetel e se despedir não aconteceu naturalmente. Ele tinha de tomá-la, e, como ainda dispunha de tempo, não confessou a si próprio o quão difícil lhe era fazer isso. Se tivesse quebrado o braço ou a perna — então, sim, a hora teria chegado?

Vez ou outra ele observara a mulher pendurando roupa. Ela limpava o varal que estava esticado no jardim, trazia o cesto de roupas do porão, sacudia cada peça e a prendia com pregadores que tirava de um saquinho que carregava feito um avental. Ele fez assim também. Curvar-se para pegar as peças, sacudi-las, tirar os pregadores do saquinho, esticar-se em direção ao varal e prender as roupas — a cada movimento, via a mulher diante de si; não, ele a sentia fazendo esses mesmos movimentos. Foi tomado de tal maneira por uma empatia com o corpo da mulher, que teve de suportar o esforço do trabalho, da administração do lar e dos filhos, das dores dos partos e do aborto, a facilidade para infecções na bexiga e as sujeições à enxaqueca, que ele começou a chorar. Queria parar. Mas não conseguia. Sentou-se nos degraus da varanda e, entre as lágrimas, assistiu ao vento insuflando as roupas, fazendo com que subissem e caíssem novamente.

Do último verão não restaria nada daquilo que ele havia planejado tão cuidadosamente. Mais uma vez tinha conseguido juntar todos os ingredientes, mas a felicidade não estava certa. As outras vezes foram diferentes; por um tempo, ele realmente esteve feliz. Mas a felicidade não quis perdurar.

16

No mesmo dia ele começou a prestar atenção. Estava no jardim ou no lago e prestava atenção para saber se aquilo que tinha acabado de ouvir era o carro da mulher. Estava no primeiro andar, escutava um ruído no térreo e prestava atenção para saber se eram passos. Estava no térreo, escutava um ruído no primeiro andar e prestava atenção para reconhecer vozes.

Nos dias seguintes, às vezes teve certeza de ter notado a mulher passando de carro em frente à casa ou subindo as escadas, ou Matthias correndo à sua frente ou Ariane o chamando. Nessas horas, ele ficava diante da porta, ia até a escada ou se virava, e não havia ninguém. Certo dia, ficou o tempo todo indo da casa até o lago, pois havia metido na cabeça que a esposa viria de barco, então se sentaria no banco e esperaria que ele se sentasse ao seu lado. Quando ele estava no banco, a ideia lhe parecia absurda. Ao voltar para casa, porém, não demorava muito para achar ter ouvido a potência diminuída do motor de um barco atracando.

Quando passou a escutar apenas o vazio da casa e do jardim, ele entregou os pontos. O ritual matutino de tomar banho, fazer a barba e se vestir estava acima das suas forças. Ao ir às compras, colocava uma calça e uma jaqueta sobre o pijama, e não se preocupava com o olhar dos outros. Ao longo da tarde começava a beber, e no início da noite estava bêbado ou, quando álcool e remédios agiam juntos, quase inconsciente. Só então se sentia totalmente sem dor. Caso contrário, algo sempre estava doendo e muitas vezes era o corpo inteiro.

Certa noite ele caiu na escada do porão, mas estava bêbado demais para se erguer e subir. Sentou-se no degrau, apoiou-se na parede e adormeceu. À noite, ao acordar, percebeu que a mão direita estava inchada e doía. Não era a dor conhecida, mas uma dor jovem, fresca, que surgia lancinante a cada movimento da mão, do pulso até os dedos. Ela lhe dizia que a mão estava quebrada. Também lhe dizia que o momento certo havia chegado.

Porém ele não buscou o coquetel, mas foi até a cozinha e passou um café. Embrulhou cubos de gelo numa toalha, sentou-se à mesa, resfriou a mão e bebeu o café. Ele não conseguiria dirigir. Era preciso chamar um táxi. Sentia-se constrangido por sua aparência e cheiro, e se forçou a entrar debaixo do chuveiro e vestir uma roupa limpa e um terno. Ele ligou para a empresa de táxis, tirou da cama o chefe que conhecia havia anos e que queria vir pessoalmente, sentou-se no terraço e esperou. A noite estava quente.

Então as coisas se desenrolaram sozinhas. O táxi o levou ao hospital, o médico lhe deu uma injeção e o encaminhou à radiografia, a técnica fez as chapas e o mandou para a sala de espera. Ele era o único paciente, estava sentado sob a luz branca dos tubos de néon numa cadeira de plástico branca e olhava para o estacionamento vazio. Ele esperava e escrevia, mentalmente, uma carta à esposa.

Demorou uma hora até ser chamado. Havia outro médico ao lado do primeiro. Ele tomou a palavra, explicando-lhe a quantidade e o estado dos ossos da mão, dos quais dois estavam quebrados, que não havia nada a ser operado ou engessado, que uma imobilização firme seria suficiente e que, na verdade, tudo deveria ficar bem novamente. Ele lhe colocou ataduras e pediu para voltar em três dias. A recepção iria chamar um táxi.

O velho chefe da empresa de táxi, que o havia levado ao hospital, também o levou de volta para casa. Conversaram sobre os filhos. O dia clareou e, quando ele desembarcou, os pássaros trinavam feito a manhã em que ele preparou as panquecas. Isso tinha sido quanto tempo atrás? Três semanas?

17

Ele foi até seu escritório e se sentou à máquina de escrever. Com ela, havia escrito cartas, ensaios e livros, até que lhe fora destinada uma secretária à qual podia ditar. Na aposentadoria, ele deveria se acostumar ao computador. Mas preferiria ter ao lado a velha secretária ou parar de escrever.

Escrever à máquina não era algo familiar, e ele se sentia especialmente desajeitado sem a mão direita. Era preciso procurar letra por letra com o indicador.

"Não consigo sem você. Não por causa da roupa; eu lavo, seco, dobro. Não por causa da comida; faço compras e cozinho. Limpo a casa e rego o jardim.

"Não consigo sem você porque sem você tudo é nada. As coisas que fiz durante a vida só fiz porque tinha você. Se não tivesse, não teria chegado a lugar nenhum. Desde que não a tenho mais, estou definhando e, por fim, definhei por completo. Felizmente tive um acidente e me conscientizei.

"Sinto muito por não ter lhe contado tudo sobre minha situação. Por ter planejado sozinho como daria fim à minha vida. Por ter cogitado decidir sozinho o momento de não suportar mais viver.

"Você conhece o cofre que herdei do meu pai. Vou trancar a garrafa nele e metê-lo na geladeira. A chave está nesta carta; dessa maneira, não vou conseguir decidir nada sem você. Quando não houver mais saída, decidiremos juntos que não há mais saída. Eu te amo."

Ele trancou a garrafa no cofre, colocou-o na geladeira, pôs a chave e a carta no envelope e a endereçou ao apartamento deles na cidade. Esperou pelo carteiro e lhe entregou a correspondência.

Mal o carteiro saiu, ele foi tomado por dúvidas. Sua vida, sua morte, nas mãos dela? E se ela não recebesse a carta, não a abrisse, não quisesse fazê-lo? Ele gostaria de ter relido o que havia escrito, mas não tinha feito uma cópia. De todo modo, havia uma versão quase pronta, que ele jogara fora por causa dos muitos erros. Era preciso achá-la no cesto de lixo.

Ao se posicionar diante da escrivaninha, viu uma chave na gaveta aberta. Pegou-a. Ele tinha se esquecido de que havia uma segunda chave para o cofre. Riu e a guardou no bolso.

Ele se deitou no sofá do escritório e dormiu o sono que não havia conseguido conciliar à noite. Depois de duas horas, quando a dor na mão o acordou, foi até o lago e se sentou no banco. Se não tivesse viajado, ela receberia a carta amanhã. Se tivesse viajado, poderia demorar dias.

Ele se levantou, tirou a chave do bolso e a jogou o mais longe que a mão esquerda conseguiu. A chave brilhou à luz do sol e continuou brilhando quando afundou na água. Algumas pequenas ondas circundaram o local. O lago ficou calmo novamente.

Johann Sebastian Bach em Rügen

1

No final do filme, ele ficou com vontade de chorar. Mesmo sem um final feliz; o filme não terminava com a promessa de um futuro feliz, apenas com uma vaga esperança. Os dois, que estavam destinados um ao outro, haviam se desencontrado, mas talvez fossem se reencontrar. Os negócios da mulher estavam acabados, porém ela tentava recomeçar.

Seus negócios foram arruinados porque sua irmã havia acabado com o dinheiro. Ela podia tentar recomeçar porque o pai, um velho rabugento, que muitas vezes cuidava mais mal do filho dela que bem e em geral estava cheio de ideias malucas, surpreendentemente vendeu sua casa e lhe deu de presente o furgão do qual ela precisava. Em seguida, pai e filha estavam na rua, observando o furgão, ela com a cabeça apoiada em seu ombro, e ele com o braço envolvendo-a. Ela trabalhava na limpeza de cenas de crimes, e na última cena o pai se pôs a acompanhar a filha, de macacão azul, máscara cirúrgica e com uma confiança que não necessitava de palavras.

A vontade que ele tinha de chorar com finais felizes de filmes surgia cada vez com mais frequência. Sentia o peito apertado, os olhos umedeciam e tinha de pigarrear antes de falar. Mas as lágrimas não vinham. Ele bem que gostaria de chorar, não apenas nos finais felizes do cinema mas também quando se sentia triste pelo fim do seu casamento ou pela morte do amigo ou simplesmente pela perda das suas esperanças e seus sonhos de vida. Quando criança, chorava até dormir — ele não conseguia mais.

A última vez que tinha conseguido chorar de verdade havia muitos anos. Ele tivera uma discussão política com o pai, dessas comuns entre as gerações na época, nas quais os pais sentiam que tudo pelo que viveram estava ameaçado, e os filhos se sentiam proibidos de tudo que queriam fazer de uma maneira diferente e melhor. Ele compreendia e respeitava a dor do pai sobre a perda de um mundo confiável e amado. Queria apenas que o pai respeitasse igualmente seu desejo por um novo mundo. Mas o pai o xingava de desatinado e inexperiente, arrogante, desrespeitoso e irresponsável, até que surgia a vontade de chorar. Ele não queria dar essa vitória ao pai. Engolia as lágrimas e, embora não conseguisse falar, enfrentava o pai.

Seu pai teria vendido a casa e lhe dado um furgão, se precisasse de um? Seu pai teria vestido um macacão azul, colocado uma máscara cirúrgica e o ajudado na limpeza de cenas de crimes? Ele não sabia. O que importava para o pai e para ele não eram furgões, macacões e máscaras. Seu pai o apoiaria, se ele perdesse o emprego por causa do seu engajamento político? Ele o ajudaria a recomeçar num novo emprego ou num outro país? Ou acharia que o filho estava colhendo o que havia plantado e que não merecia ajuda?

Ainda que o pai o tivesse ajudado, isso nunca aconteceria naquela confiança muda que existia entre pai e filha no filme. Era um pequeno final feliz no grande final vago do filme. Um pequeno milagre. Lágrimas podiam escorrer por causa disso.

2

Tinha a intenção de pedir um táxi e trabalhar em casa num artigo que o jornal publicaria no início da semana seguinte. Mas, quando saiu do cinema e sentiu na rua o ar quente de verão, decidiu caminhar. Pela praça, passando ao lado do museu, ao longo do rio — a animação das ruas o surpreendeu. Ele encontrou grupos de turistas, e muitas vezes velhos e moços seguiam juntos. Um grupo de italianos o comoveu de um modo especial. Avô e avó, pai e mãe, filhos e filhas e provavelmente também seus namorados e namoradas vieram em sua direção, de braços dados, com o passo curto e cantando baixinho, olharam para ele de maneira simpática, como se o chamassem, convidassem, e passaram antes mesmo de ele começar a pensar no significado do chamado e do convite e de como era possível reagir. Será que fico sentimental ao ver pais e filhos juntos, felizes?

Ele se perguntou o mesmo quando tomou mais uma taça de vinho no restaurante italiano da vizinhança. Duas mesas à frente, pai e filho conversavam animadamente. Em seguida, seu humor mudou; ele ficou com inveja, amargurado, amargo. Não conseguia se lembrar de nenhuma conversa parecida com o pai. Se conversavam com vivacidade, estavam discutindo sobre política, direito ou sociedade. A conversa só era amistosa quando falavam de amenidades.

Na manhã seguinte, seu humor mudou mais uma vez. Era domingo, ele tomava o café da manhã na sacada, o sol brilhava, o melro cantava e os sinos da igreja tocavam. Não queria ser amargo. Também não queria que, depois da morte do pai, sobrassem apenas lembranças insípidas ou ruins. Quando os pais retornaram da igreja, ele ligou para eles. Sua mãe atendeu, como sempre, e como sempre a conversa emudeceu depois das perguntas mútuas sobre atividades, saúde e o tempo.

— Você acha que eu poderia convidar o papai para uma pequena viagem?

Demorou um tempo até ela responder. Ele sabia que havia poucas coisas que sua mãe desejava mais que um relacionamento melhor dos filhos com o pai. Hesitava porque não conseguia reprimir a alegria pela pergunta? Ou porque tinha medo de que a situação entre eles fosse irremediável? Por fim, perguntou:

— Em que tipo de pequena viagem você está pensando?

— Papai e eu temos em comum gostar do mar e de Bach. — Ele riu. — Você se lembra de mais alguma coisa? Eu não. Em setembro haverá um pequeno festival Bach em Rügen, e estou pensando em dois ou três dias com alguns concertos e alguns passeios na praia.

— Sem minha presença.

— Sim, sem você.

Novamente sua mãe hesitou ao responder. Como se tivesse dado a si mesma um empurrão, ela falou por fim:

— Que boa ideia! Você pode escrever uma carta ao seu pai? Tenho medo de que, ao telefone, a notícia o pegue de supetão e ele reaja de forma negativa. Embora ele fosse se lamentar em seguida. Mas por que corrigir posteriormente aquilo que vai ser melhor entendido por carta?

3

Numa quinta-feira em setembro buscou o pai na cidadezinha onde seus pais moravam e onde ele havia crescido. O quarto no hotel e os ingressos para os concertos estavam reservados. Havia decidido não procurar lugares enormes com casarões imponentes da virada do século; como seu pai gostava de coisas mais modestas, eles se hospedariam num hotel simples num vilarejo, lá onde a praia se estende por quilômetros e quilômetros. Na sexta à tarde, eles assistiriam às *Suítes francesas*, na noite de sábado dois *Concertos Brandenburgo* e o *Concerto italiano*, e, no domingo à tarde, motetos. Ele tinha impresso os programas dos concertos e os deu ao pai quando estavam na estrada. Além disso, havia preparado o que perguntaria ao pai durante a viagem: pela infância e pela juventude, a faculdade e o início na profissão. Deveria conseguir fazer isso sem brigas.

— Bom — disse o pai depois de ler os programas, e se calou. Ele estava sentado com as costas retas, as pernas cruzadas, os braços apoiados nos braços da poltrona e as mãos pendendo diante deles. Era assim que se sentava na poltrona de casa e foi assim que o rapaz viu o pai quando o visitou no tribunal antes de fazer a prova de conclusão do ensino médio e numa audiência. Ele parecia relaxado, a cabeça inclinada e a insinuação de um sorriso prometiam uma escuta atenta e interessada. Ao mesmo tempo, a postura indicava distância; é assim que relaxa quem não confia nas pessoas e na situação, é assim que apoia a cabeça e sorri quem se esconde atrás do sorriso e escuta com muito ceticismo. Desde que flagrou a si mesmo sentado como o pai, ele sabia disso.

Ele perguntou pela sua primeira lembrança e o ouviu falar de um uniforme de marinheiro, que o pai havia recebido de Natal quando tinha três anos. Perguntou-lhe pelas dores e pelas delícias da escola, e seu pai ficou mais falante, contando sobre os exercícios na educação física, as aulas de história nacional e sua dificuldade com as redações, até passar a escrevê-las se espelhando nos artigos de um livro que ele tinha encontrado no armário do pai. Contou das aulas de dança e dos encontros de alunos do último ano do ensino médio, nos quais se bebia como nas bebedeiras dos grêmios estudantis e depois dos quais aqueles que se sentiam especialmente adultos iam ao bordel. Não, ele nunca foi, e também na hora da bebida participava com apenas metade do entusiasmo. Quando era estudante universitário, ele havia se recusado a entrar num grêmio, embora seu pai fizesse pressão. Ele queria estudar e encontrar na universidade alguma riqueza de espírito. Ele contou de professores dos quais tinha sido aluno, de eventos a que assistira e ficou cansado.

— Você pode baixar o encosto e dormir.

Ele baixou o encosto.

— Vou apenas descansar. — Mas não demorou muito para ele estar dormindo, roncando e às vezes até estalando os lábios.

Seu pai dormindo — ele percebeu que nunca o tinha visto assim. Não conseguia se lembrar de brincar com os pais na cama, adormecer ou acordar junto deles quando criança. Os pais passavam as férias sem as crianças; ele e os irmãos eram mandados a avós, tias e tios. Ele também gostava disso; as férias eram vividas sempre como uma libertação não somente da escola como também dos pais. Olhou para o pai, viu os chumaços de barba no queixo e nas maçãs do rosto, os pelos que nasciam das narinas e das orelhas, a saliva nos cantos da boca, as veias saltadas no nariz. Além disso, seu pai estava cheirando — um tanto embolorado e azedo. Ficou aliviado porque, com exceção dos beijos de saudação e despedida, não havia nem nunca houvera carícias entre seus pais e ele. Em seguida, perguntou-se se iria encarar o corpo do pai com mais carinho caso elas tivessem existido.

Ele abasteceu o carro, e o pai se virou de lado, o melhor que conseguia, e continuou dormindo. Estava parado num congestionamento, uma ambulância abria o caminho com o giroscópio e a sirene, o pai murmurou alguma coisa, mas não acordou. O sono profundo do pai o irritou; sentia que isso expressava uma consciência limpa, com a qual seu pai havia levado a vida de modo presunçoso e com a qual ele o julgara e condenara. Mas então o trânsito passou a fluir, ele circundou Berlim, atravessou Brandemburgo e chegou a Mecklenburg.

A paisagem pouco vistosa o deixava melancólico; a noite caindo, indulgente.

— Como o mundo é bonançoso, e pelo anoitecer envolto, tão familiar e tão delicado. — Seu pai havia despertado e citava Matthias Claudius. Ele sorriu para o pai e foi correspondido. — Sonhei com sua irmã, quando ela era pequena. Ela estava subindo numa árvore, cada vez mais alto, e então ela caiu nos meus braços, leve feito uma pluma.

Sua irmã era a filha da primeira esposa do pai, que morrera ao dar à luz e que era chamada na família de mamãe do céu, a fim de diferenciá-la da segunda mulher, que estava presente na Terra como mamãe. A segunda esposa também se tornou mãe da sua irmã; os dois sempre se sentiram totalmente irmãos, nunca meios-irmãos. Mas às vezes ele se perguntava se o amor especial do pai pela sua irmã era uma extensão do amor pela primeira mulher. A noitinha, o sorriso, o sonho compartilhado como confissão de uma saudade e sinal de confiança — ele pensou que podia perguntar ao pai.

— Como era sua primeira esposa?

O pai não respondeu. Eles passaram do início da noite para a escuridão, não sendo possível enxergar seu rosto e interpretá-lo. Ele pigarreou, mas não disse nada. Quando o filho já havia desistido da resposta, o pai falou:

— Ah, não muito diferente da mamãe.

4

Na manhã seguinte ele acordou cedo. Estava deitado na cama e se perguntou se seu pai havia fugido da resposta ou se não conseguia falar mais da primeira esposa do que tinha dito. Teria fundido as duas mulheres em sentimentos e pensamentos por não conseguir aguentar a tensão de lembrar, sentir a falta, esquecer?

Essas não eram questões para serem feitas durante o café da manhã. Eles estavam sentados na varanda com vista para o mar. O pai lhe transmitiu lembranças da mãe, com quem havia acabado de falar ao telefone, quebrou a casca do ovo, cobriu metade de um pãozinho com presunto e a outra com queijo e comeu num silêncio concentrado. Após terminar, leu o jornal.

O que ele e a mãe conversaram ao telefone? Será que apenas informaram como tinham dormido e como estava o tempo aqui e lá? Por que ele a chamava de mamãe, embora nenhum dos filhos a chamasse assim? Estaria interessado no jornal ou só se escondia atrás dele? A viagem com o filho o constrangia?

— Acredito que você deva achar bom que o governo...

Isso soava como se o pai quisesse abrir suas habituais discussões sobre política. Ele não o deixou terminar de falar.

— Há dias não leio o jornal. Só na semana que vem. Vamos à praia? — O pai insistiu em terminar de ler o jornal, mas não tentou mais envolvê-lo numa discussão. Por fim, ele dobrou o jornal e o colocou sobre a mesa. — Vamos?

Eles foram à praia, o pai de terno, gravata e sapatos pretos, ele de camisa e jeans, os tênis amarrados pelos cadarços jogados sobre o ombro.

— Na viagem, você falou da universidade... O que aconteceu depois? Por que você não precisou ir à guerra? Qual foi o motivo para você ter perdido o cargo de juiz? Você gostava de ser advogado?

— Quatro perguntas de uma só vez! Naquela época, eu já tinha a arritmia no coração que tenho até hoje; ela me salvou da guerra. O cargo de juiz eu perdi porque orientei juridicamente a Igreja Confessional. Isso era uma fonte de irritação para o presidente do tribunal regional assim como para a Gestapo. Então me tornei advogado e continuei a orientar a igreja. Meus sócios no escritório me deixaram à vontade; eu mal me envolvia com os assuntos advocatórios autênticos de contratos, sociedade, hipotecas e testamentos, e raramente fui ao tribunal.

— Li o texto que você escreveu em 1945 no *Tageblatt*. Nada de ódio contra os nazistas, nada de acerto de contas, nada de compensação, superação conjunta das urgências, construção conjunta das cidades e vilas destruídas, aproximação com os refugiados... Por que tão conciliador? Os nazistas fizeram coisas más, eu sei, mas eles foram responsáveis por você perder seu emprego.

Seguiam devagar pela areia. O pai não mostrava indícios de que iria tirar os sapatos e as meias e arregaçar a calça, e continuava avançando pesadamente passo a passo. Para ele, tanto fazia que, nesse ritmo, não chegariam ao fim da praia longa e clara e ao cabo Arkona, mas — disso tinha certeza — não era assim para o pai, que sempre traçava objetivos, tinha planos e pediu informações sobre o cabo no café da manhã. Em três horas, eles deviam estar de volta ao hotel.

Mais uma vez ele queria desistir de esperar por uma resposta, quando seu pai disse:

— Você não faz ideia de como é quando sua vida sai dos trilhos. Nessas horas, o mais importante é que tudo volte ao lugar.

— O juiz do tribunal regional...

— ... me cumprimentou amistosamente no outono de 1945, como se eu estivesse voltando de umas férias longas. Ele não era um mau juiz nem um mau presidente. Ele tinha saído dos trilhos como todos nós e estava aliviado pela coisa toda ter passado.

Ele viu as gotas de suor na testa e nas têmporas do pai.

— Você sairia dos trilhos se andasse descalço e tirasse o terno e a gravata?

— Não. — Ele riu. — Talvez tente amanhã. Hoje gostaria de me sentar em frente ao mar e observar as ondas. Que tal aqui? — Ele não disse se não queria ou não podia mais. Arregaçou as pernas da calça para não prenderem nos joelhos, sentou-se de pernas cruzadas na areia, olhou para o mar e não falou mais nada.

Ele se sentou ao lado do pai. Quando se libertou da sensação de que tinham de ficar conversando o tempo todo, apreciou a vista do mar tranquilo e as nuvens brancas, a variação entre sol e sombra, o ar salgado, o vento suave. Não estava nem quente nem frio demais. Era um dia perfeito.

— Como assim você leu meu texto de 1945? — Essa foi a primeira pergunta que o pai lhe dirigiu desde que saíram; ele não conseguiu perceber se era desconfiança ou simplesmente curiosidade.

— Fiz um favor para um colega no *Tageblatt* e ele me enviou uma cópia do texto. Suponho que ele deva ter pesquisado no arquivo para ver se encontrava algo que me interessasse.

Seu pai assentiu.

— Você tinha medo quando orientava a Igreja Confessional?

Seu pai descruzou as pernas, esticou-as e se apoiou nos cotovelos. A posição parecia desconfortável e provavelmente o era, porque depois de um tempo ele se aprumou de novo e voltou a cruzar as pernas.

— Durante muito tempo tive a intenção de escrever algo sobre o medo. Mas na aposentadoria, quando tive tempo, não o fiz.

5

O concerto começava às cinco. Ao estacionarem às quatro e meia diante do castelo, em cujo salão o evento ocorreria, a maioria das vagas estava disponível. Ele sugeriu passear pelos jardins do palácio até o começo da apresentação. Mas seu pai insistiu em se sentar na primeira fileira do salão vazio e aguardar.

— Essa é a primeira vez que Rügen organiza um festival de Bach.

— As pessoas precisam primeiro se acostumar, isso vale para tudo. Elas também tiveram primeiro de se acostumar à música de Bach. Você sabia que Bach foi descoberto e tocado no século XIX por Mendelssohn?

O pai contou sobre Bach e Mendelssohn, da criação da suíte como uma combinação de danças no século XVI, do surgimento do nome partita ao lado de suíte no século XVII, das suítes e partitas de Bach como suas obras especialmente suaves, das versões anteriores de algumas suítes no *Pequeno livro de Anna Magdalena Bach*, do surgimento das *Suítes francesas*, das *Suítes inglesas* e das partitas entre 1720 e 1730, das três *Suítes francesas* em tons menores e as três em tons maiores e seus diferentes movimentos. Ele falava animadamente, estava contente pelo seu conhecimento e pela atenção do filho. Reforçou o quanto estava feliz pela música.

Um jovem pianista, do qual nem pai nem filho tinham ouvido falar, tocou com uma fria precisão. Como se os sons fossem algarismos, como se as suítes fossem contas. E ele fez uma reverência igualmente fria diante do pequeno público depois da apresentação.

— Ele teria tocado com mais coração diante de um público maior?

— Não, na opinião dele é assim que se toca Bach. Ele considera sentimental a maneira como ouvimos Bach. Mas isso não é incrível? Nenhuma interpretação pode afetar Bach, nem mesmo essa. Nem mesmo quando é usado como toque de celular. Estou sentado no bonde, escuto um telefone, e ainda continua sempre sendo Bach e sempre é bom.

O pai falava com ardor. No percurso de volta ao hotel, ele comparou as interpretações das *Suítes francesas* por Richter, Schiff, Fellner, Gould e Jarrett, e o filho tanto se impressionou com o conhecimento do pai quanto estranhou a torrente de fala, que — sem interrupção, sem reafirmações para verificar se as explicações eram de interesse, sem convite a um questionamento ou um comentário — não parava de jorrar. Era como se estivesse escutando um monólogo.

Continuou assim no jantar. O pai passou da interpretação das *Suítes francesas* às missas, oratórios e paixões. Quando o filho voltou do banheiro, após uma longa pausa, a torrente de fala havia secado. A vivacidade, a alegria, o calor do pai também desapareceram. O filho pediu uma segunda garrafa de vinho tinto e estava preparado para ouvir uma observação crítica do pai sobre luxo e exagero, mas este aceitou de bom grado ter sua taça servida.

— De onde vem seu amor por Bach?
— Que pergunta!

O filho não desistiu.

— Existe um motivo para alguém gostar de Mozart, outro de Beethoven e um terceiro de Brahms. Eu me interesso por saber por que você gosta de Bach.

Mais uma vez o pai estava sentado com as costas retas, as pernas cruzadas, os braços apoiados nos braços da cadeira e as mãos pendendo diante deles, a cabeça inclinada e com a sugestão de um sorriso. Ele olhava para o vazio. O filho observou o rosto do pai, a testa alta sob o cabelo ainda cheio e grisalho, as rugas profundas sobre o nariz, e entre nariz e cantos da boca, os ossos malares fortes e as bochechas flácidas, os lábios finos, a boca cansada e o queixo proeminente. Era um rosto bonito, o filho enxergava isso, mas não conseguia ver por trás dele, não sabia quais preocupações tinham criado rugas tão profundas na testa, por que a boca estava cansada, por que o olhar não sustentava nada.

— Bach me... — Ele balançou a cabeça e recomeçou. — Sua avó era uma mulher caprichosa, radiante, e seu avô, um funcionário público muito consciente, não livre de...

Mais uma vez ele parou de falar. Quando garoto, o filho tinha visitado a avó algumas vezes no asilo junto do pai; ela estava sentada na cadeira de rodas, não falava, e de uma conversa entre o pai e o médico ele se lembrava de ter ouvido a expressão depressão senil. Do avô, ele não guardava recordações. Por que o pai não conseguia falar sobre os próprios pais?

— Bach concilia os opostos. O claro e o escuro, o forte e o fraco, o passado... — Ele deu de ombros. — Talvez tenha sido apenas porque aprendi piano com Bach. Durante dois anos, não pude tocar nada além de estudos, e depois o *Pequeno livro* acabou sendo um presente dos céus.

— Você tocava piano? Por que não toca mais? Quando foi que parou?

— Eu quis voltar a ter aulas quando estivesse aposentado. Mas acabou não dando. — Ele se levantou. — Vamos dar uma volta na praia amanhã depois do café? Acho que mamãe colocou uma calça adequada na mala. — Ele colocou a mão por um instante sobre o ombro do filho. — Boa noite, meu garoto.

6

Mais tarde, ao se lembrar da viagem com o pai, o sábado se resumia a céu e mar azuis, areia e rochas, florestas de faias e pinheiros, campos e música.

Eles saíram depois do café da manhã, ele novamente de jeans e com os tênis sobre os ombros, seu pai numa calça de linho claro, um pulôver amarrado na cintura e sandálias nas mãos. Quando a areia terminou, eles se calçaram. Avançavam num bom ritmo, e depois de algumas horas tinham chegado ao cabo. Não conversavam. Quando perguntava ao pai se ele queria realmente prosseguir ou se preferia dar meia-volta, recebia um aceno de cabeça como resposta.

No cabo, eles descansaram, novamente sem conversar, chamaram um táxi para o retorno, sentaram-se em silêncio no carro e observaram a paisagem. No hotel, descansaram até chegar a hora de ir à cidade para o concerto. A sala magna da escola estava cheia, e, sem palavras, pai e filho entraram em sintonia com a animação com que se fazia música.

— Estou contente que eles vão tocar o *Quarto de Brandenburgo* com flautas transversais e não com flautas doces — foi o único comentário do pai.

No hotel, fizeram um lanche leve bem tarde, torceram para que o tempo do dia seguinte fosse bom, planejaram para depois do café da manhã uma excursão até as falésias brancas e desejaram boa noite um ao outro.

Ele levou a garrafa de vinho pela metade para o quarto e se sentou na sacada. Estar acompanhado pelo pai havia sido silencioso como o trabalho em conjunto de pai e filha no fim do filme. Mas a impressão era mais de um cessar-fogo sem palavras que de confiança muda; seu pai não queria ser acuado nunca mais, e sim ficar em paz, e ele o tinha deixado em paz. Por que suas perguntas o acuavam? Porque ele não queria expor seu interior, nem mesmo para o filho? Porque em seu interior, cujas portas e janelas nunca havia aberto, tudo estava ressecado e morto, e ele não sabia o que seu filho queria? Porque ele cresceu antes de as descobertas psicanalíticas e psicoterapêuticas se tornarem algo corriqueiro, sem saber como expressar o que vinha do interior? Porque ele, independentemente do que fizera ou do que lhe acontecera, enxergava tamanha continuidade entre os dois casamentos e entre as atividades profissionais antes e depois de 1945 que na verdade tudo era sempre a mesma coisa e não havia nada a se dizer a respeito?

Ele voltaria a falar com o pai na manhã seguinte. Esperar por uma confiança muda era demais. Também não precisava esperar por uma confiança repleta de palavras. Mas ele queria alcançá-lo. Depois da morte do pai, ele queria ter mais que uma foto sobre a escrivaninha e lembranças das quais gostaria de abrir mão.

Ele se lembrou das tentativas impacientes, desajeitadas, do pai em lhe ensinar a nadar, dos passeios monótonos, sem alegria, que ele fazia duas vezes por ano com ele e o irmão no domingo, depois da igreja, das perguntas sobre o desempenho na escola e na universidade, das torturantes discussões sobre política, da irritação do pai quando ele se separou, a primeira separação na família. Ele não encontrou nenhum momento feliz do qual pudesse se lembrar.

Não havia nada entre ele e o pai, nada. O nada lhe deixava tão triste que, na cama, sentia um aperto no peito e seus olhos umedeciam. Mas não chorou.

7

Apenas quando as falésias brancas estavam à vista seu pai lhe disse que já estivera em Rügen no passado. A primeira vez na viagem de núpcias com a primeira esposa e a segunda na mesma viagem com a segunda mulher. O destino de ambas era a Hiddensee, e o desvio até as falésias teria sido muito grande nas duas vezes. Ele estava contente em finalmente vê-las.

No almoço, ele perguntou:

— Quais motetos serão cantados hoje à tarde?

O filho se levantou e buscou o programa: *Fürchte dich nicht, ich bin bei dir; Der Geist hilft unser Schwachheit auf; Jesu, meine Freude; Singet dem Herrn ein neues Lied.**

— Você conhece as letras?

— As letras dos motetos? Você as conhece?

— Sim.

— De todos os motetos? De todas as cantatas?

— Existem centenas de cantatas e poucos motetos; quando universitário, eu os cantei no coro. *"Fürchte dich nicht, ich bin bei dir, ich stärke dich, ich helfe dir, ich erhalte dich durch die Hand meiner Gerechtigkeit."*** Uma bela letra para um estudante de direito.

— Sei que você vai todo domingo à igreja. Por costume ou por realmente acreditar? — Sabia que estava fazendo uma pergunta delicada. O pai descobriu com pesar que os três

---

*"Não temas, estou contigo; O espírito nos fortalece em nossa fraqueza; Jesus, minha alegria; Cantai ao Senhor uma nova canção." (*N. da T.*)

**"Não temas, porque estou contigo, eu te fortaleço, eu te ajudo, eu te sustento com minha mão fiel." (*N. da T.*)

filhos não queriam saber mais nada da Igreja ainda jovens, porém apenas deu a entender pelo rosto aflito com o qual se levantava nas manhãs de domingo da mesa do café e ia à igreja sem eles. Nunca havia conversado sobre religião com os filhos.

Seu pai se recostou.

— Acreditar é uma questão de costume.

— Torna-se um costume, mas não começa assim. Como você começou a acreditar? — Essa era uma questão ainda mais delicada. A mãe sugeriu certa vez que o pai, que cresceu sem religião, converteu-se quando universitário. Mas ela não falou nada sobre como isso aconteceu e o pai também nunca tocou no assunto.

Ele se recostou ainda mais, as mãos seguravam com firmeza as extremidades dos braços da cadeira.

— Eu... Eu sempre tive a esperança... — Ele olhou para o vazio. Depois balançou devagar a cabeça. — Vocês têm de descobrir por si próprios. Se não for por vocês mesmos...

— Converse comigo. Mamãe sugeriu certa vez que você se converteu quando era estudante. Esse deve ter sido o momento mais importante da sua vida. Como pode ocultar isso dos seus filhos? Você não quer que a gente o conheça? Que saibamos o que é importante para você e por quê? Você não percebe o quanto estamos distantes? Acha que foi apenas a profissão que levou sua filha a São Francisco e seu primogênito a Genebra? Por quanto tempo ainda quer esperar até conversar com a gente? — Ele estava ficando cada vez mais nervoso. — Você não entende que os filhos querem mais do pai que um comportamento ponderado, um silêncio distante e uma discussão eventual sobre alguma questão política que amanhã já estará esquecida? Você está com oitenta e dois anos e um dia estará morto e tudo o que vai me restar de você será a escrivaninha que gosto desde criança e que meus irmãos ainda pequenos diziam que eu poderia ficar. Sim, e às vezes vou me flagrar sentado do jeito que você está sentado agora, porque quero ter tão pouco contato com meu interlocutor quanto você quer ter comigo agora. — Seu maior desejo era se levantar e ir embora.

Ele se lembrou de uma cena da infância. Devia estar com dez anos quando trouxe uma gatinha preta para casa que os irmãos e os amigos queriam afogar no rio junto de toda a ninhada. Ele cuidou da gata, adestrou-a para ser higiênica, alimentou-a, brincou com ela, amou-a, e seu pai, que não gostava dela, tolerava-a. Certa noite, porém, quando a família estava sentada à mesa jantando e a gata pulou sobre o piano, o pai se levantou e a varreu com um movimento ostensivo do braço, como se ela fosse poeira. Ele sentiu como se o pai o estivesse varrendo e se sentiu tão ferido e confuso que se levantou, pegou a gata e saiu de casa. Mas aonde ir? Após três horas no frio, ele estava de novo em casa, o pai lhe abriu a porta em silêncio, e ficar frente a frente com ele foi tão ruim quanto ser varrido. Depois de poucas semanas, a gata começou a sofrer de asma e foi doada.

O pai olhou para ele.

— Acho que vocês me conhecem. A conversão... Não foi como no caso do jovem Martinho Lutero, quando um raio acertou uma árvore próxima a ele. Você não precisa pensar que estou escondendo algo tão dramático. — Em seguida, ele consultou o relógio. — Eu deveria descansar um pouco. Quando precisamos sair?

8

Ele dividia com o pai o amor pela música de Bach, mas sempre se interessou apenas pela música mundana. Seu Bach era o das *Variações Goldberg*, das suítes e das partitas, da *Oferenda musical* e dos concertos. Quando criança, ele assistira com os pais à *Paixão segundo são Mateus* e ao *Oratório de Natal*, tinha se entediado e aprendido que a música espiritual de Bach não era para ele. Se os motetos não fizessem parte da programação da viagem com o pai, nunca nem pensaria em ouvi-los.

No entanto, sentado na igreja, escutando a música, ela o comoveu. Ele não entendia as letras, e, como não queria se dispersar da música com a leitura, também não acompanhava o programa. Queria degustar a doçura da música. Para ele, doçura nunca tinha combinado com Bach e, em sua opinião, ninguém teria ideia de combiná-la com Bach. Era doçura, porém, o que sentia, às vezes dolorosa, às vezes arrebatadora, profundamente conciliada nos corais. Ele se lembrou da resposta que o pai dera à pergunta sobre por que gostava de Bach.

No intervalo, eles foram para a frente da igreja e observaram a movimentação da tarde de domingo no verão. Turistas passeavam pela praça ou estavam sentados nas mesas de cafés e restaurantes, crianças corriam ao redor da fonte, o ar estava impregnado pela confusão de vozes e pelo cheiro de linguiças grelhadas. O mundo na igreja e o mundo fora dela não poderiam ser mais opostos. Mas isso não o irritava. Ele também estava conciliado com essa oposição.

Novamente eles não conversaram, nem no intervalo nem no trajeto até o hotel. No jantar, o pai começou a falar muito e explicou os motetos de Bach, seu papel em casamentos e enterros, sua apresentação original provavelmente com orquestra, mas desde o século XIX sem ela, seu lugar no repertório do coro de meninos de Leipzig. Depois da refeição, o pai sugeriu um passeio pela praia, então eles partiram quando a noite estava caindo e voltaram na escuridão.

— Não — disse ele —, eu não sei quem é você.

O pai riu baixinho.

— Ou talvez você não goste.

No hotel, ele perguntou:

— Quando teremos de sair amanhã cedo?

— Preciso estar amanhã à noite em casa e gostaria de sair daqui às oito. Podemos tomar café às sete e meia?

— Sim. Durma bem.

Mais uma vez ele se sentou na sacada diante do quarto. Era isso. Na viagem de volta ele poderia continuar perguntando sobre seus estudos e sua profissão. Mas por que deveria? Ele nunca descobriria aquilo que gostaria de descobrir.

Ele havia perdido a vontade de fazer perguntas ao pai. Após muitos silêncios em conjunto, a ideia de um retorno para casa em silêncio também não lhe dava mais medo.

9

Eles não foram em silêncio absoluto. Havia as placas da estrada que indicavam os pontos turísticos, sobre os quais o pai tinha uma lembrança ou uma explicação a dar. Ou ocasionalmente surgiam avisos de trânsito, anunciando congestionamentos e trânsito lento ou um cavalo na pista, e o pai confirmava que isso não lhes dizia respeito. Ou o pai percebia que ele andava mais devagar diante de um posto de gasolina e perguntava se era preciso abastecer e ele explicava que estava pensando se devia pôr gasolina nesse ou no posto seguinte. Ou perguntava ao pai se ele queria beber um café ou almoçar ou baixar o encosto e dormir.

Ele tratava o pai com educação, cortesia, solicitude. Fazia o que também faria caso se sentisse ligado ao pai. Mas não se sentia ligado a ele; o pai estava frio e distante. Ele pensava naquilo que o esperava no dia seguinte no jornal, na coluna, na série com perfis e no grande artigo sobre a reforma do direito à pensão alimentícia, que devia para a semana seguinte. Estaria seu pai, com suas reminiscências, explicações, afirmações e perguntas, tentando iniciar uma conversa? Isso lhe era indiferente, e ele permaneceu monossilábico.

Quando ainda faltava uma hora para deixar o pai, eles enfrentaram uma tempestade. Acionava o limpador de para-brisa em modos cada vez mais rápidos, e por fim não estavam mais em condições de enfrentar a chuva. Debaixo de uma ponte, ele entrou no acostamento e parou. De uma hora para a outra, o crepitar da chuva sobre o carro cessou. Os pneus dos outros carros sibilavam na pista molhada. Fora isso, estava tudo em silêncio.

— Eu poderia...

Ele tinha um CD player no carro, mas nenhum CD. Quando andava sozinho, trabalhava, telefonava e ditava. Quando estava cansado e queria se manter acordado, o rádio dava conta. Mas, após o concerto de ontem, ele tinha comprado um CD com a gravação do coro com os motetos de Bach. Ele o pôs para tocar.

Novamente ele foi tomado pela doçura da música. E também conseguia entender fragmentos da letra. "Tu és minha porque estás diante de mim e não sairás de meu coração, ó minha luz" — não foi assim que ele disse, mas foi assim que sentiu quando estava amando a mulher e sabia que ela também o amava. "Somos feito a grama, uma flor, folhas caídas, o vento sopra e nada mais há" — como ele conhecia bem essa sensação, tantas vezes ela surgia, de trabalho a trabalho, de reunião a reunião, na sua vida corrida. "Debaixo de seu abrigo estou livre das tempestades de todos os inimigos" — ele se sentia assim, protegido pelo viaduto da estrada e livre das trovoadas da tempestade, dessa tempestade e das tempestades que ainda estavam por vir.

Queria fazer uma observação sobre seu contentamento em relação às letras e olhou para o pai. Ele estava sentado como sempre se sentava, ereto, as pernas cruzadas, os braços posicionados sobre os braços do assento e as mãos pendendo diante deles. Lágrimas escorriam pelo seu rosto.

Primeiro ele não conseguiu desviar os olhos do pai chorando. Em seguida, sentiu-se invasivo, afastou-os e olhou para a chuva. O pai também estaria vendo a chuva? A chuva e a pista e os carros que atravessavam uma poça após o viaduto, recebendo jorros d'água e espirrando-a feito fontes? Ou tudo desaparecia para ele por trás do véu de lágrimas? Não apenas a chuva, a pista e os carros mas tudo o que não levava à continuidade e à conformidade? Será que seus filhos, com suas mudanças, seus equívocos e seus protestos, tornaram-no tão triste que ele não queria vê-los? "Pena que crescem", dissera o pai à filha, quando conheceu as netas gêmeas, de dois anos, no aniversário de setenta anos de mamãe.

Eles ficaram sob o viaduto até a tempestade passar e a música terminar. O pai secou o rosto com o lenço. Em seguida, dobrou-o cuidadosamente. Ele sorriu para o filho.

— Acho que podemos seguir.

A viagem para o sul

1

O dia em que ela parou de amar os filhos não foi diferente dos outros. No dia seguinte, não encontrou resposta quando se perguntou o que havia causado a perda do amor. As dores nas costas teriam sido tão torturantes? O fracasso numa simples tarefa doméstica a teria humilhado tanto assim? Uma discussão com os funcionários a teria machucado tanto assim? Deveria ter sido algo pequeno dessa natureza. Coisas grandes não aconteciam mais em sua vida.

Independentemente do que fosse, porém, a perda estava lá. Ela havia levantado o fone para ligar para a filha e combinar o aniversário, os convidados, o lugar, a comida, e desligou. Ela não queria falar com a filha. Também não queria falar com nenhum outro filho. Não queria ver seus filhos, nem em seu aniversário nem depois. Em seguida, ela ficou sentada diante do telefone, esperando a vontade de ligar reaparecer. Mas não reapareceu. À noite, quando o telefone tocou, ela apenas atendeu porque, senão, os filhos ligariam preocupados para a portaria e os funcionários viriam correndo. Então era mais simples mentir, dizer que não podia falar, estava com visitas.

Ela não tinha reclamações a fazer quanto aos filhos. Teve sorte com eles. As outras mulheres do residencial para idosos também lhe diziam quanta sorte tinha com eles. Como se deram bem: um dos filhos, um importante juiz, e o outro, um diretor de museu; uma das filhas, casada com um professor universitário, e a outra, com um conhecido maestro! Como eram atenciosos com ela! Vinham visitá-la, não deixavam que o intervalo entre as visitas de cada um fosse muito grande, ficavam por uma ou duas noites, às vezes a levavam para casa por dois ou três dias e, no seu aniversário, traziam as famílias. Eles a ajudavam com a declaração do imposto de renda, com o plano de saúde e com os benefícios sociais, acompanhavam-na ao médico e na compra dos óculos e do aparelho de audição. Tinham suas famílias, suas profissões, suas vidas. E deixavam a mãe participar disso tudo.

Dessa maneira, ela se deitou sentindo um mal-estar, assim como nos deitamos com um mal-estar no estômago e um antiácido ou no começo de um resfriado e uma aspirina, para acordar na manhã seguinte como se nada tivesse acontecido. Ela não tinha um remédio contra mal-estar de amor, mas fez chá, uma mistura de camomila e menta, e estava certa de que na manhã seguinte tudo estaria bem de novo. Mas na manhã seguinte a ideia de ver ou ligar para os filhos lhe era tão estranha quanto na noite anterior.

2

Ela fez o caminho de todas as manhãs: passando pela escola e pelo correio, farmácia e mercadinho de frutas, através do conjunto habitacional até a floresta, da encosta até a fazenda Bier e voltando. O percurso oferecia constantemente a vista da planície, que ela amava. Era plano e podia ser atravessado em uma hora. O médico lhe dissera que era preciso caminhar todos os dias por uma hora no mínimo.

A chuva dos últimos dias cessara à noite, o céu estava azul, e o ar, fresco. O dia seria quente. Ela escutou os ruídos da floresta: o vento nas árvores, picanços e cucos, os galhos estalando e o farfalhar das folhas. Ela procurou por veados e lebres; aqui eram inúmeros e destemidos. Gostava do aroma da floresta; de preferência molhada de chuva e aquecida pelo sol. Mas havia alguns anos não conseguia mais sentir cheiros. O olfato simplesmente desapareceu certo dia, assim como o amor aos filhos. Um vírus, disse o médico.

Com o olfato também se foi o paladar. Comer nunca tinha sido muito importante para ela, e o fato de não conseguir mais reconhecer gostos não era ruim. Ruim era não poder mais sentir o aroma da natureza, não apenas da floresta mas também das árvores frutíferas em flor, das flores nas sacadas e no vaso, do pó quente e seco das ruas, sobre o qual caem os primeiros pingos de chuva.

Além disso, ela considerava uma afronta não conseguir mais sentir cheiros. Afinal, isso é intrínseco. Assim como ver e ouvir, andar, ler e escrever, fazer contas. Ela sempre tinha funcionado e, de repente, parou. Não porque algo de fora havia acontecido, mas porque seu equipamento quebrara. Ainda por cima havia o medo de que poderia estar malcheirosa. Ela ainda se lembrava das visitas à mãe no asilo.

— Eles perderam o olfato — dissera-lhe a mãe depois de ela ter feito um comentário sobre o cheiro dos outros idosos. Será que estaria fedendo igual a eles? Ela fazia questão de uma higiene meticulosa e usava uma colônia que as netas gostavam.

— Como você está cheirosa, vovó! — Mas nunca se sabe. Usando em excesso, fede-se a água-de-colônia.

Além do seu médico, ninguém sabia que tinha perdido o olfato e o paladar. Ela elogiava a comida quando os filhos a levavam para sair, e cheirava os buquês que lhe traziam. Quando apontava para as flores na sacada, dizia-lhes:

— Sintam o cheiro, são maravilhosas!

Era assim que ela precisava agir com o amor perdido. Amar os filhos, netos e netas é tão intrínseco quanto ver, ouvir, cheirar, andar, ler, escrever e fazer contas. Recusar-se a telefonar, como havia feito ontem — não, ela não se permitiria isso de novo. O aniversário seria comemorado normalmente, as visitas continuariam normalmente. Outra vez sua mente foi assaltada por uma recordação. Quando era garotinha, perguntou à mãe — que havia se casado com um viúvo com dois filhos e sogros, cunhados e cunhadas difíceis, exigentes — se ela realmente amava os parentes da primeira esposa do marido, dos quais devia cuidar.

Sua mãe havia sorrido.

— Sim, minha querida.

— Mas...

— O amor não é coisa do sentimento, mas da vontade.

Ela conseguira por anos e décadas, e agora não conseguia mais. Quando se quer de verdade, é possível transformar um dever em pendor e uma responsabilidade em amor. Porém não tinha mais responsabilidade sobre os filhos nem deveres em relação aos netos e netas. Não havia nada que ela pudesse querer transformar em amor. Não havia motivo, no entanto, para ferir os filhos, que se saíram tão bem, e irritar as outras mulheres do residencial e se ridicularizar.

Começara o passeio alegre. O vazio, depois de ter perdido o amor pelos filhos, assustou-a mas também a deixou aliviada. Ela se sentia vivaz assim como é possível se sentir vivaz com uma febre alta ou num jejum prolongado — trata-se de um estado que deve ser suspenso e que, mesmo assim, faz bem. Sentada no banco da fazenda Bier, percebeu como estava ficando pesada e cansada, voltando de novo à Terra.

Será que deveria comemorar o aniversário na fazenda Bier? Quando ainda era casada, às vezes vinha com o marido de carro até ali para passear e tomar um café. Eram momentos em que ele fazia uma pausa do escritório, e ela, dos filhos, a fim de conversarem o que o cotidiano não deixava espaço para ser conversado. Até que um dia ele subiu à fazenda com ela para confessar que havia dois anos se deitava com sua assistente.

Desde então, o lugar fora ampliado, reformado, embelezado. A fazenda, naquela época precária, tinha agora uma aparência luxuosa, e seu interior certamente não lembrava mais em nada a sala onde seu marido esteve à sua frente, desajeitado, querendo ser consolado pelo seu coração grande demais que amava duas mulheres. A recordação, que doeu durante tanto tempo, não doía mais. Também agora ela não sentia a pena que o marido havia procurado, mas uma triste indiferença em relação a essa pessoa que sempre escolheu o lado mais fácil da vida achando que estava no mais difícil, lutando. Ela gostaria de não ter passado pelos últimos anos do casamento. Porém ele fez questão de ficar com ela até o filho mais novo terminar a escola. No último ano ele chegou até a terminar o romance com a assistente. Não tendo sido gratificado como deveria pela esposa, começou o romance seguinte com a assistente seguinte.

Ela se levantou e começou o caminho de volta. Sim, a vida continuaria como se nada tivesse acontecido. Ah, se pudesse parar de viver para os outros e finalmente vivesse a própria vida! Mas, para isso, ela não apenas era velha demais como também não fazia a mínima ideia de qual era sua própria vida. Enfim fazer o que lhe dava prazer? O único prazer que ela havia aprendido fora corresponder às suas responsabilidades com amor e realizar suas obrigações. Também havia a natureza. Porém não podia mais sentir seu aroma.

3

Na manhã do seu aniversário, ela se embelezou. Conjuntinho de tricô lilás, blusa branca com bordados brancos e fita branca, sapatos lilases. A cabeleireira que costumava frequentar veio e cacheou os cabelos grisalhos.

— Se eu fosse um senhor idoso, iria cortejá-la. E, se eu fosse sua neta, mostraria a senhora com muito orgulho para minhas amigas.

Todos vieram. Os quatro filhos, os quatro genros e noras e os treze netos e netas. Os filhos e os cunhados seguiram juntos no caminho para a fazenda Bier, e as filhas e as cunhadas se reuniram num outro grupo; as netas e os netos mais velhos conversavam sobre a prova de conclusão do ensino médio e a faculdade, e os mais jovens, sobre música pop e jogos de computador. Ela ficou um tempo com cada grupo, primeiro saudada com animação e depois desprezada com simpatia, porque a conversa voltava ao ponto no qual ela a havia interrompido. Isso não a incomodava. Antigamente teria ficado feliz pelo fato de seus entes queridos de tantos casamentos e famílias se darem tão bem, mas agora ela se espantava com suas conversas. Música pop e jogos de computador? Qual curso promete dar muito dinheiro? Deve-se tentar usar Botox? Como tirar férias baratas nas Seychelles?

O aperitivo foi servido no terraço; a comida, numa longa mesa numa sala ao lado. Depois da sopa, o filho mais velho fez um discurso. Lembranças de quando eram pequenos, admiração pelo sucesso dela na comunidade após os filhos saírem de casa, agradecimento pelo amor que dedicou e dedica a netos e netas — um pouco seco, mas com boa intenção e eloquente. Ela o via diante de si como se ele estivesse conduzindo uma reunião ou uma consultoria. Seu marido, seu casamento, sua separação não surgiram no discurso; isso a fez se lembrar das fotografias da Revolução Russa, que Stalin mandou retocar, sumindo com Trotski. Como se ele nunca tivesse existido.

— Vocês acham que eu não conseguiria suportar alguma menção ao seu pai? Que eu não sei que vocês se encontram com ele e com a esposa? Que comemoraram juntos seu aniversário de oitenta anos? Vocês apareceram com ele na fotografia do jornal!

— Você nunca mais o mencionou depois que ele saiu de casa. Então pensamos...

— Vocês pensaram? Por que não perguntaram? — Ela perscrutou os filhos com o olhar, um após o outro, e os filhos devolveram o olhar, irritados. — Em vez de perguntar, vocês pensaram. Pensaram que, se eu não o menciono, quer dizer que não suporto que vocês o mencionem. Pensaram que eu iria desmoronar? Chorar, gritar ou fazer um escândalo? Que eu os proibiria de vê-lo? Que os colocaria diante da escolha: ou ele ou eu? — Ela balançou a cabeça.

Novamente foi a filha mais nova quem falou.

— Estávamos com medo de que você...

— Medo? Vocês estavam com medo de mim? Sou tão forte a ponto de lhes meter medo e tão fraca a ponto de passar mal se mencionassem seu pai? Não faz sentido! — Ela percebeu que sua voz estava mais alta e mais aguda. Agora os netos e as netas também olhavam irritados para ela.

O mais velho entrou na conversa.

— Tudo a seu tempo. Cada um de nós tem sua história com o papai, cada um de nós vai ficar contente em conversar com calma com você sobre ele. Mas agora não vamos deixar a garçonete esperando mais tempo pelo próximo prato; senão a programação dela fica confusa.

— A programação da garçonete...

Ela enxergou a súplica no rosto da filha mais nova e parou de falar. Não lhe foi difícil não dizer nada sobre a salada, a carne assada e a musse de chocolate. Todos conversavam, e ela precisava se esforçar para entender o que alguém ao seu lado ou à sua frente lhe dizia. Era sempre assim com ela quando muitas pessoas conversavam; o médico tinha dado um nome a isso, audição de festa, e a notícia de que não era possível fazer nada a respeito. Ela aprendera a se dirigir com simpatia a quem estava à sua frente, vez ou outra sorria ou mexia a cabeça com complacência, e, ao mesmo tempo, pensava em outra coisa. Em geral, seu interlocutor não percebia nada.

Antes do café, Charlotte, a neta mais nova, levantou-se e bateu com a colher no copo até que todos estivessem prestando atenção. O tio havia feito um discurso para a mãe e ela queria fazer um para a avó. Todos sentados ali, netos e netas, aprenderam a ler com a avó. Não palavras e frases, isso lhes fora ensinado na escola, mas livros. Sempre que passavam as férias com ela, a avó lia em voz alta para eles. Ela nunca terminava o livro até o fim das férias, mas era sempre tão interessante que eles próprios tinham de lê-lo até o fim. Logo depois do começo da escola, a avó enviava um pacotinho com mais um livro do mesmo autor, que eles precisavam ler, claro.

— Isso era tão legal que tivemos de convencer o vovô e Anni a fazer a mesma coisa. Muito obrigada, vovó, por você nos ter levado à leitura e ao amor pelos livros!

Todos bateram palmas, Charlotte deu a volta na mesa com o copo.

— Muitos e muitos anos de vida, vovó! — Ela brindou com a avó e lhe deu um beijo.

No momento de silêncio, quando Charlotte voltava para seu lugar e antes de a conversa recomeçar, ela indagou:

— Quem é Anni?

Perguntou, embora imaginasse que devia se tratar da segunda mulher do seu ex-marido e que a questão iria constranger os outros.

— Anna é a esposa de papai. As crianças logo passaram a chamar o avô de vovô e Anna de Anni. — O mais velho falou de modo objetivo e calmo.

— A esposa de papai? Você não está se referindo a mim, mas à segunda esposa de papai? Ou será que já existe uma terceira? — Ela sabia que estava sendo difícil. Não queria, mas não conseguia parar.

— Sim, Anna é a segunda esposa de papai.

— Anni. — Ela pronunciou o i com ironia. — Anni. Acho que devo ficar agradecida por vocês não a chamarem de vovó e a tornarem uma segunda avó. Ou será que a chamam às vezes de vovó? — Quando ninguém respondeu, ela insistiu. — Charlotte, como é? Você às vezes chama Anni de vovó?

— Não, vovó, chamamos a Anni de Anni.

— Como ela é, a Anni, que vocês não chamam de vovó? Seu filho caçula se intrometeu.

— Nós podemos encerrar, por favor?

— Nós? Não, já que não começamos com isso, também não podemos encerrar. Fui eu quem começou. — Ela se levantou. — Também posso parar com isso. Vou me deitar um pouquinho. Daqui a duas horas vocês vêm me buscar de carro para o chá?

4

Ela recusou as ofertas de companhia e foi sozinha. Onde tinham ficado as boas intenções? Ao menos havia se levantado e ido embora. Ela preferia ter continuado. Será que teria conseguido fazer os filhos ficarem fora de si? Fazer o juiz erguer a voz e bater o pé? O diretor de museu jogar a louça no chão ou contra a parede? A filha olhá-la não mais com súplica, mas com ódio?

Quando o neto mais velho foi buscá-la, ela não queria irritar nem provocar mais ninguém. No breve percurso, Ferdinand contou sobre os exames que teria de prestar em poucas semanas. Ela sempre o achara especialmente centrado. Agora confessava a si mesma que ele era especialmente tedioso. Estava cansada.

No dia seguinte à festa, ela adoeceu. Nada de resfriado ou tosse, dores de estômago ou problemas de digestão. Simplesmente estava com uma febre alta, contra a qual nem antitérmicos nem antibióticos ajudavam.

— Um vírus — declarou o médico, dando de ombros. Mas ele ligou para o filho mais velho, que enviou a segunda filha, que devia se ocupar dela. Emilia tinha dezoito anos e aguardava sua vaga no curso de medicina.

Emilia trocava a roupa de cama, friccionava as costas e os braços da avó com álcool mentolado e envolvia as panturrilhas com compressas frias. Pela manhã, trazia suco de laranja espremido na hora; no almoço, maçã ralada; à noite, vinho tinto, no qual tinha batido uma gema; e sempre chá de hortelã ou camomila. Ela arejava o quarto várias vezes por dia, várias vezes por dia fazia questão de que a avó desse alguns passos pelo quarto e pelo corredor. Uma vez ao dia enchia a banheira, erguia-a e a colocava lá dentro. Emilia era uma garota forte.

Demorou cinco dias para a febre começar a ceder. Ela não queria morrer. Mas estava tão cansada que tanto fazia viver ou morrer, convalescer ou continuar doente. Talvez ela até preferisse ficar doente a convalescer. Amava a sonolência febril com que acordava e da qual saía do sono e que abafava tudo o que via e ouvia. Mais ainda, transformava o balanço da árvore diante da janela na dança de uma fada, e o canto do melro, no chamado de uma maga. Ao mesmo tempo, ela gostava da intensidade com a qual sentia o calor da água do banho e o frescor do álcool mentolado sobre a pele. Gostava até do calafrio que a assolou algumas vezes nos primeiros dias; ele fazia com que ela sonhasse apenas com o calor e impedia qualquer outro pensamento ou sensação. Ah, e quando ela se aquecia de verdade!

Ela rejuvenesceu. As imagens e os sonhos febris eram as imagens e os sonhos febris da sua infância. Com a fada e a maga vieram trechos de contos de fadas que ela tanto gostava: *Branca de Neve e Rosa Vermelha*, *Irmãozinho e irmãzinha*, *Conto de Allerleirauh*, *A gata borralheira*, *A bela adormecida*. Quando o vento soprou pela janela aberta, ela se lembrou da rainha, que podia controlar o vento: "Sopre, sopre, ventinho, leve o chapeuzinho do Joãozinho" — ela não sabia o resto. Jovem, sabia esquiar bem; num sonho, ela deslizava por uma encosta branca, levantava voo e planava sobre florestas, vales e cidades. Em outro sonho, tinha de encontrar alguém, não sabia quem nem onde, só que era em uma noite de lua cheia e como começava a canção que faria com que se reconhecessem; ao acordar, era como se já tivesse sonhado o sonho quando estava apaixonada pela primeira vez, e ela se lembrava dos primeiros acordes de uma antiga música muito popular. A melodia a acompanhou durante todo o dia. Certa vez, sonhou que estava num baile e dançava com um homem sem um braço, mas que a conduzia de maneira tão segura e leve com o outro que ela não tinha de mexer as pernas; ela queria dançar até a manhã, mas, antes de o sol nascer no sonho, ela acordou com a verdadeira alvorada.

Muitas vezes Emilia se sentava em sua cama e segurava sua mão. Como sua mão se sentia acolhida, leve, nas mãos fortes da moça forte! A gratidão por ser tão querida, tão cuidada e tão protegida, por ter permissão para ser fraca, não precisar falar nem fazer nada, levava-a às lágrimas. Se chorava, só conseguia parar depois de muito tempo; as lágrimas de gratidão se transformavam em lágrimas de tristeza por aquilo que não se realizou como devia ter se realizado na vida e em lágrimas de solidão. Era bom ser cuidada por Emilia. Ao mesmo tempo, ela estava tão sozinha, como se Emilia não estivesse lá.

Quando ficou melhor e os filhos a visitaram, um depois do outro, foi a mesma coisa. Os filhos estavam lá, mas ela estava tão sozinha, como se eles não estivessem. Esse é o fim do amor, pensou. Estar tão sozinha com o outro como se estivéssemos sem ele.

Emilia ficou; primeiro passou a fazer passeios curtos e depois mais longos com ela, acompanhava-a no almoço no restaurante do residencial e à noite assistia à televisão em sua companhia. Ela estava sempre ao seu lado.

— Você não tem de estudar? Ou ganhar dinheiro?

— Eu tinha um trabalho. Mas seus filhos decidiram que era para eu deixar o emprego e cuidar de você que eles me pagariam o que eu estaria ganhando lá. Não era um emprego bom, não valia a pena.

— Seu trabalho comigo dura até quando?

Emilia riu.

— Até seus filhos terem a impressão de que você está bem de novo.

— Mas e se eu perceber antes disso que já estou bem de novo?

— Achei que você gostava da minha presença.

— Não gosto quando outras pessoas querem saber mais que eu como estou me sentindo e do que preciso.

Emilia assentiu.

— Entendo.

5

Seria possível afastar Emilia com grosserias? Os filhos considerariam isso um sinal de que ela ainda estava doente, assim como haviam usado o desenvolvimento da doença para explicar seu comportamento durante o aniversário. Seria possível suborná-la a fim de que ela convencesse os pais da sua convalescença?

— Não — Emilia riu —, como vou explicar aos meus pais que de repente tenho dinheiro? Se fizer de conta que continuo sem, terei de voltar a trabalhar.

À noite, ela tentou de novo.

— Eu não poderia dar o dinheiro de presente a você?

— Você nunca deu nada a um de nós que não tivesse dado aos outros também. Quando éramos pequenos, não fazia nem um passeio conosco que não fizesse com todos os outros também pelos dois, três anos seguintes.

— Isso foi um pouco de exagero.

— Papai sempre diz que sem você ele não teria se tornado juiz.

— Apesar disso, foi um pouco de exagero. Você pode viajar comigo? Uma viagem, para eu me sentir melhor?

Emilia a olhou desconfiada.

— Você quer dizer um tipo de tratamento?

— Quero sair. O apartamento se parece com uma prisão e você com uma vigia. Sinto muito, mas é assim e continuaria sendo ainda que você fosse uma santa. — Ela sorriu. — Não, é assim apesar de você ser uma santa. Sem você eu não teria conseguido.

— Aonde você quer ir?

— Para o sul.

— Eu não posso dizer a papai e a mamãe que vou viajar com você para o sul! Precisamos de um destino, uma rota e as paradas, e eles têm de saber onde vão chamar a polícia e pedir para nos procurar caso não façamos contato. Como você quer viajar? De carro? Eles nunca vão permitir. Talvez se eu dirigisse, mas não se você dirigir. Quando você ainda estava saudável, eles já pensavam em chamar a polícia para que você fosse convocada, refizesse a carteira, não passasse e não pudesse mais dirigir. Agora que você está doente...

Com espanto, ela ouviu a neta. Como a garota forte era medrosa, como tinha uma fixação nos pais. Que destino, que rota, que paradas ela devia anunciar?

— Não basta dizermos pela manhã onde estaremos à noite? Se dissermos amanhã cedo que amanhã à noite estaremos em Zurique?

Ela não queria ir a Zurique. Também não queria ir para o sul. Ela queria ir à cidade onde começara a faculdade no início dos anos 1940. Sim, a cidade ficava no sul. Mas não era o sul. No início do ano e no outono ela via muita chuva, e no inverno, neve. Apenas no verão era sedutoramente linda.

Ao menos era assim que ela se lembrava da cidade. Não voltava lá desde a faculdade. Por que não houvera oportunidade? Por que se envergonhava? Por que ela não queria acabar com o encanto do último verão, o verão com o aluno sem um braço e com o qual ela dançou no baile da medicina e no sonho febril? Ele usava um terno escuro, tinha metido a manga esquerda no bolso esquerdo, conduzia-a com segurança e leveza com o braço direito e foi seu melhor dançarino naquela noite. Além disso, era divertido, contou da perda do braço aos quinze anos por causa de uma bomba como se fosse uma piada e dos filósofos que estudava como se fossem amigos extravagantes.

Ou será que ela nunca mais esteve lá por que não queria relembrar a dor da despedida? Após o baile, ele a levou para casa e a beijou junto à porta. Os dois se reviram logo no dia seguinte e depois todos os dias até ele subitamente viajar. Era setembro, a maioria dos alunos tinha deixado a cidade, ela havia ficado por sua causa e enganara os pais, que a aguardavam em casa, dizendo algo sobre um estágio. Levou-o até o trem e ele prometeu escrever, telefonar e voltar logo. Porém ele nunca mais deu notícias.

Emilia estava na sacada com os pais ao telefone. Em seguida, relatou que eles estavam de acordo, mas aguardavam uma ligação pela manhã, uma na hora do almoço e uma à noite.

— A responsabilidade é minha, vovó, e espero que você não dificulte as coisas.

— Está querendo dizer para eu não fugir? Não me embriagar? Não sair com homens estranhos?

— Você sabe o que quero dizer, vovó.

Não, ela não sabia — mas não disse isso.

6

Na manhã seguinte, Emilia carregava o fardo da responsabilidade com mais leveza e estava contente pela viagem. Achava interessante ir à cidade onde a avó viveu com a idade que ela estava no momento. Durante a viagem, Emilia começou a fazer perguntas: sobre a cidade, a universidade, a organização do curso, a vida dos estudantes, como moravam e o que comiam e como se divertiam, se depois da guerra estavam mais interessados em ter prazer ou ganhar dinheiro, se namoravam muito e como era o método anticoncepcional.

— Você encontrou o vovô durante o curso?

— Já nos conhecíamos desde crianças, nossos pais eram amigos.

— Isso não soa muito emocionante. Quero emoção. Terminei com Felix porque não queria carregar uma história da escola para a universidade. Uma nova etapa é uma nova etapa. Felix era OK, mas agora quero mais que OK. Li que pode dar certo quando os pais arranjam o casamento dos filhos. Isso não seria nada para mim. Eu...

— Mas não foi assim. Nossos pais não arranjaram nosso casamento, eles eram amigos. Nós nos vimos algumas vezes quando crianças e só.

— Não sei. Os pais transmitem mensagens aos filhos, das quais os filhos não têm consciência. Das quais nem os pais precisam ter consciência. Eles simplesmente pensam que seus filhos combinam por causa da origem e do dinheiro e que seria conveniente se se casassem. Eles pensam nisso constantemente, cada vez que veem os filhos juntos. Fazem breves observações, alusões, encorajamentos que se prendem feito pequenos anzóis.

E ela continuou. Emilia tinha lido que nos anos 1950 as garotas ainda acreditavam que podiam engravidar de um beijo. Que os homens pediam divórcio na noite de núpcias, caso descobrissem que suas esposas não eram mais virgens. Que os esportes se popularizaram entre as garotas porque elas podiam dizer que o hímen tinha se rompido quando praticavam essa atividade. Que mulheres jovens enxaguavam a vulva com vinagre depois da relação para não ficar grávidas, metiam agulhas de tricô no útero para abortar.

— Fico aliviada por nada disso acontecer mais hoje em dia! Vocês, virgens, não ficavam com um medo terrível da noite de núpcias? O vovô foi o único homem com quem você transou na vida? Você não tem a sensação de ter perdido alguma coisa?

Ela observou a neta falar, o rosto bonito, liso, os olhos vivos, o queixo enérgico, a boca que se abria e fechava, diligente, soltando tolice após tolice. Ela não sabia se devia rir ou xingar. A geração inteira era assim? Viviam todos exclusivamente no presente, só conseguindo entender o passado de maneira deformada? Ela tentou falar da época da guerra e do pós-guerra, dos sonhos que mulheres jovens e adultas tinham naquela época, dos garotos e homens que elas encontravam, do relacionamento entre os gêneros. Mas aquilo que contava parecia opaco e insípido, ela própria percebeu. Então, começou a falar de si mesma. Quando chegou ao beijo depois do baile, ela ficou irritada — devia ter deixado a história com o estudante de um só braço de lado. Porém já era tarde demais.

— Como ele se chamava?

— Adalbert.

Depois, Emilia não a interrompeu mais. Ela ouvia, concentrada, e, quando chegou a hora da despedida na plataforma, tomou a mão da avó. Intuía que a história não terminaria bem.

— O que seus pais diriam se a vissem tirando a mão do volante? — Ela soltou sua mão da de Emilia.

— Você nunca mais ouviu falar dele?

— Ele reapareceu em Hamburgo depois de algumas semanas. Mas não falei mais com ele. Não queria vê-lo.

— Você sabe o que ele se tornou?

— Certa vez, vi um livro dele numa livraria. Não faço ideia se ele se tornou jornalista ou professor ou sabe-se lá mais o quê. Não folheei o livro.

— Qual era o sobrenome dele?

— Não é da sua conta.

— Não se preocupe, vovó. Só quero pesquisar o que o homem que amou e foi amado pela minha avó escreveu. Estou certa de que ele a amava tanto quanto você a ele. Conhece o ditado *Now, if not forever, is sometimes better than never*? É verdade. Do modo como você conta, suas lembranças não são só amargas. São doces. Agridoces.

Ela hesitou.

— Paulsen.

— Adalbert Paulsen. — Emilia memorizou o nome.

Haviam deixado a estrada e seguiam as ondulações de um rio numa rua secundária. Eles caminharam ao longo do rio naquela época? Na outra margem, onde não havia nem rua nem linha férrea? Ela não estava segura de que reconheceria o restaurante, o castelo e a cidade. Talvez fosse apenas a atmosfera do rio, da floresta, das montanhas e das construções antigas que não havia mudado. Eles gostavam de caminhar, com vinho, pão e linguiça na mochila, nadavam no rio e tomavam banho de sol.

Elas logo chegariam. Não fazia sentido adormecer agora. Mas ela adormeceu mesmo assim e acordou apenas quando Emilia estacionou diante do hotel que havia encontrado de manhã ao pesquisar no computador.

7

O que ela esperava? As casas não eram mais cinza, mas brancas e amarelas, ocre e até verdes e azuis. As lojas eram filiais de grandes redes, e onde ela se lembrava de restaurantes e bares grandes e pequenos havia fast-food. Também a livraria, que ela amava, fazia parte de uma rede e só vendia best-sellers e revistas. Ao menos o rio ainda corria através da cidade assim como no passado, e as vielas eram tão estreitas, o caminho até o castelo tão íngreme e a vista do castelo tão ampla quanto antes. Sentou-se com Emilia no terraço e vislumbrou a cidade e o campo.

— E aí? É como imaginava?

— Ah, filha, me deixe ficar um pouco sentada e observar o lugar. Felizmente não imaginei muita coisa.

Estava cansada quando jantaram no terraço; assim que encontraram o hotel novamente, ela foi logo se deitar, embora fossem apenas oito. Emilia pedira permissão para circular mais um pouquinho pela cidade, e o pedido a surpreendeu e comoveu. Emilia não era independente?

Apesar de todo seu cansaço, ela não adormeceu. Lá fora ainda estava claro e ela conseguia reconhecer tudo com nitidez: o armário de três portas, a mesa junto à parede com o espelho em cima, escrivaninha ou penteadeira, de acordo com a necessidade, ambas as poltronas ao lado da prateleira, sobre a qual havia uma garrafa d'água, um copo e um cesto com frutas, o aparelho de televisão, a porta do banheiro. O quarto lhe lembrava aqueles nos quais pernoitara com o marido quando ainda o acompanhava em conferências; era o quarto de um bom hotel — naquela cidadezinha, o melhor hotel —, mas tão funcional que não tinha personalidade.

Pensou no quarto onde Adalbert e ela passaram a primeira noite juntos. Havia uma cama, uma cadeira, uma mesa com bacia e caneca para se lavar, um espelho estava pendurado sobre a mesa e, sobre a porta, um gancho. Era funcional. Mesmo assim, continha segredo e magia. Sob o olhar severo da gerente, Adalbert e ela haviam se hospedado em dois quartos com camas de solteiro num hotel-fazenda. Após o jantar, foram aos quartos e, embora não tivessem combinado, ela sabia que ele viria. Já sabia pela manhã e tinha trazido a melhor camisola. Vestiu-a.

Será que com Adalbert este quarto também teria personalidade? Na companhia dele, ela também teria viajado tanto, passado tantas noites em hotéis? Como teria sido a vida com ele? Também seria a vida ao lado de um homem com muitas responsabilidades, que viajava muito e ficava pouco em casa, que tinha casos? Ela não conseguia imaginar a vida com Adalbert dessa maneira mas também não conseguia imaginar de outra forma. Sentia medo ao pensar numa vida com Adalbert, uma sensação curiosa de falta de chão. Porque ele a deixou esperando?

Ela havia fechado a janela e escutava apenas os ruídos da rua abafados: o riso sonoro de mulheres jovens, a fala barulhenta de homens jovens, o carro que percorria devagar a área de pedestres, a música de uma janela aberta, o estilhaçar tilintante de uma garrafa. Seria um bêbado que deixou a garrafa cair? Tinha medo de bêbados, embora imediatamente lhes deixasse muito claro, com voz firme, que não toleraria nada deles. Na realidade, ela pensou, é curioso que insuflar medo nos outros não nos protege de ter medo deles.

Quanto mais ela permanecia deitada ali, pensando, mais acordada ficava. O que Emilia estaria fazendo? Que tipo de médica ela se tornaria um dia? Resoluta ou cautelosa? Por que estava se fazendo essas perguntas? Afinal, amava a neta? E como era com os outros netos e netas? Ela deixara o telefonema compulsório do meio do dia e da noite para Emilia e fez um sinal negativo quando os pais da neta quiseram falar com ela. Queria ser deixada em paz pela família, isso não havia mudado. Seria melhor que Emilia também a deixasse em paz.

Ela se levantou e foi até o banheiro. Tirou a camisola e se olhou. As pernas e os braços magros, a barriga e os seios flácidos, a cintura grossa, as rugas no pescoço e no rosto — não, ela não gostava de si mesma. Nem da sua aparência, nem de como se sentia nem de como vivia. Vestiu a camisola de novo, deitou-se na cama e ligou a televisão. Com que naturalidade eles se amavam, homens e mulheres, pais e filhos! Ou será que todos apenas jogavam um jogo, no qual um representa algo ao outro, a fim de que o outro também permita que o primeiro mantenha sua ilusão? O jogo simplesmente teria perdido a graça para ela? Ou será que o esforço não valia mais a pena pois ela não precisava mais de ilusões para os anos que lhe restavam?

Também não precisava mais de viagens. Viajar era apenas uma ilusão, ainda mais efêmera que o amor. Ela voltaria para casa no dia seguinte.

8

Na manhã seguinte, porém, quando ela bateu às nove à porta de Emilia, não houve resposta, e, quando chegou ao terraço onde era servido o café da manhã, a neta não estava sentada a nenhuma mesa. Ela foi à recepção e descobriu que a jovem senhorita tinha saído do estabelecimento havia meia hora.

— Ela deixou algum recado?

Não, não havia deixado. Mas, depois de um tempo, a simpática moça da recepção veio à mesa do café da manhã e disse que a jovem senhorita ligara, pedindo para informar que chegaria ao meio-dia e buscaria a avó para o almoço.

Ela não gostou de ficar presa lá. Queria ter partido às dez, estar na estrada às onze e às quatro de volta em casa. Ficou esperando, então. O sol batia no pátio interno e sobre o terraço onde era servido o café da manhã, os garçons não a apressavam nem a mandavam ao bufê, mas lhe traziam de lá seus pedidos. Tomates com muçarela, truta defumada com creme de raiz-forte, salada de frutas com iogurte e mel — depois da perda do paladar, os diversos pratos ainda eram mordidos e mastigados de maneiras diferentes. Qual seria a sensação em relação aos diferentes filhos e netos após a perda do amor, ela pensou. Assim como consegui, no fim das contas, apreciar um pouco a carne macia, compacta, da truta ao lado do creme de raiz-forte suave e branco, eu deveria conseguir também com os filhos e os netos. Emilia teria conhecido um rapaz na cidade, ontem à noite, e estaria se ocupando dele com tanta energia quanto havia se ocupado da avó e dos desejos dos pais? Sim, a jovem era enérgica, forte, competente. Ao mesmo tempo, tinha um coração enorme. Ela seria uma boa médica.

Ela ficou sentada até que as mesas estivessem prontas para o almoço. Seu rosto ardia; tinha ficado debaixo do sol escaldante e se queimara um pouco. Também estava um pouco confusa quando se levantou, foi à recepção e se instalou numa poltrona. Adormeceu e acordou com Emilia sentada no braço da poltrona, limpando sua boca com um lenço.

— Babei enquanto dormia?

— Babou, vovó, mas não faz mal. Eu o encontrei.

— Você...

— Encontrei Adalbert Paulsen. Foi simples: ele está na lista telefônica. Também sei que ele foi professor de filosofia na universidade daqui, que é viúvo e que tem uma filha que mora nos Estados Unidos. A bibliotecária do departamento de filosofia me mostrou os livros que ele escreveu. Uma prateleira inteira.

— Vamos voltar para casa.

— Não quer vê-lo? Você tem de vê-lo! Foi por isso que viemos até aqui.

— Não, nós...

— Talvez não seja consciente para você. Mas, acredite, seu inconsciente trouxe você até aqui para revê-lo e para vocês se reconciliarem.

— Nós temos de...

— Sim, vocês devem se reconciliar. Você tem de perdoar aquilo que ele lhe fez. De outra maneira, nem você nem ele vão ficar em paz. Estou certa de que ele anseia por isso e só não toma a iniciativa porque você não quis saber dele em Hamburgo naquela época.

— Deixe estar, Emilia. Arrume suas coisas. Almoçamos no caminho.

— Marquei de vocês se encontrarem às quatro.

— Você fez o quê?

— Eu estava lá, queria saber se ele continuava vivo, e pensei que podia aproveitar para marcar um encontro. Ele hesitou um pouco, assim como você, mas depois concordou. Acho que ele está feliz por revê-la. Está curioso para saber de você.

— São duas coisas diferentes. Não, filha, essa não foi uma boa ideia. Você pode ligar para ele e desmarcar ou eu simplesmente não apareço. Não quero vê-lo.

Mas Emilia continuou insistindo. Ela não tinha nada a perder, só a ganhar, será que ela não sentia que ainda estava amarga e não podia continuar assim, será que ela não compreendia que se existe uma oportunidade de perdoar e fazer algo de bom é preciso ir em frente, será que ela não estava nem um pouco curiosa, essa era a última aventura que a vida lhe proporcionava. Emilia falava e falava até sua avó ficar exausta. Simplesmente não conseguia suportar mais essa garota tão convencida dos seus chavões psicológicos e da sua missão psicoterapêutica. Por isso, cedeu.

9

Emilia se ofereceu para levá-la, mas ela preferiu pegar um táxi. Não queria ouvir últimas recomendações. Quando desceu e se dirigiu à casa dos anos 1960, sem maiores atrativos, estava muito tranquila. Ele a deixara por uma casa dessas? Podia até ter se tornado um professor — porém também tinha virado um filisteu. Ou será que sempre havia sido?

Ele abriu a porta. Ela reconheceu seu rosto, os olhos escuros, as sobrancelhas grossas, o cabelo basto, agora branco, o nariz afilado e a boca larga. Era mais alto do que ela se lembrava, magro, e o terno, manga esquerda no bolso esquerdo, estava pendurado em seus ossos como num cabide. Ele esboçou um sorriso.

— Nina!

— Não foi minha ideia. Minha neta Emilia achou que eu devia...

— Venha. Você pode começar me explicando por que não quer estar aqui.

Ele foi na frente e ela o seguiu através de um corredor e de um quarto cheio de livros até o terraço. A vista passava por árvores frutíferas e gramados até chegar a uma extensa formação de montanhas com florestas. Ele viu como ela estava espantada.

— Eu também não gostava da casa até chegar ao terraço. — Ofereceu-lhe a poltrona, serviu chá e se sentou diante dela. — Por que você não quer estar aqui?

Ela foi incapaz de decifrar o sorriso dele. Desdenhoso? Constrangido? Compadecido?

— Não sei. A ideia de revê-lo algum dia me parecia insuportável. Talvez ela tenha se tornado um hábito. Mas eu a tinha.

— Como sua neta chegou à conclusão de que você queria me rever?

— Ah — ela fez um movimento com a mão, como se estivesse descartando algo —, eu contei a ela do nosso verão. Minha neta tinha ideias tão absurdas sobre como era a vida e o amor naquela época que não consegui me segurar.

— O que você contou do nosso verão? — Ele não estava mais sorrindo.

— Do que você quer saber? Você estava presente no baile da medicina, no beijo sob a porta e no quarto no hotel. — Ela ficou irritada. — E você estava na plataforma da estação e subiu no trem, foi embora e nunca mais deu notícias.

Ele assentiu.

— Por quanto tempo você ficou esperando em vão?

— Não sei mais quantos dias e semanas foram. Uma eternidade, disso ainda me lembro, uma eternidade.

Ele olhou para ela com tristeza.

— Não foram nem dez dias, Nina. Depois de dez dias eu voltei e soube, pela sua senhoria, que você havia se mudado. Um rapaz tinha vindo buscar você, colocado suas coisas no carro e vocês partiram juntos.

— Você está mentindo! — Ela falou com um tom rude.

— Não, Nina, não estou mentindo.

— Você quer que eu perca o chão sob meus pés? Que eu perca minha razão e não confie mais nas minhas lembranças? Que eu enlouqueça? Como você é capaz de dizer essas coisas!

Ele se recostou e, com a mão, alisou o rosto e a cabeça.

— Você lembra para onde eu fui naquela época?

— Não, não me lembro. Mas lembro que você não me escreveu e não telefonou e que...

— Fui a um congresso de filosofia em Budapeste e de lá não era possível ligar nem escrever para você. Foi durante a Guerra Fria, e, como eu não podia estar lá, também não podia mandar notícias. Eu havia explicado tudo a você.

— Ainda lembro que você fez uma viagem, da mesma maneira como poderia não ter feito. Mas você era assim: tinha sua filosofia, em seguida não vinha nada, depois vinham seus amigos e colegas e depois eu.

— Isso também não confere, Nina. O fato de eu, naquela época, trabalhar feito um alucinado na dissertação era porque queria terminá-la logo, encontrar um trabalho e me casar com você. Você queria se casar, isso estava claro, e o rapaz de Hamburgo estava sempre um passo à frente. Vocês não se conheciam da infância? Suas famílias não eram amigas e ele era assistente do seu pai?

— Tudo o que você está dizendo é mentira. Meu pai o orientou nos estudos e na formação prática porque gostava dele, mas assistente, não, meu marido nunca foi assistente do meu pai.

Ele olhou para ela cansado.

— Você estava com medo de sair do seu mundo burguês para meu mundo empobrecido? Não receber comigo o que estava acostumada e o que precisava? Eu estava diante da casa dos seus pais em Hamburgo... Foi isso?

— Que petulância, me transformar numa mocinha burguesa mimada? Eu te amava, você estragou isso e simplesmente não quis mais saber.

Ele ficou em silêncio, virou a cabeça e seu olhar passou sobre os campos e se fixou nas montanhas. O olhar dela seguiu o dele, e viu ovelhas pastando no campo.

— Ovelhas!

— Eu as estava contando. Você se lembra de como eu podia ficar irritado? Provavelmente também te assustei com isso. Ainda posso ficar irritado, e contar ovelhas ajuda.

Ela tentou, em vão, lembrar-se dos acessos de ira dele. Seu marido, sim, seu marido conseguia estremecê-la com sua cólera gelada. E a levava ao completo desespero caso se mantivesse nervoso por dias.

— Você gritou comigo?

Ele não respondeu. Em vez disso, perguntou:

— Você me conta sobre sua vida? Sei que é divorciada; quando seu marido fez oitenta anos, vi o retrato dele no jornal com outra mulher. Os filhos dele também estavam na foto. São seus?

— Você quer ouvir que minha vida deu errado? Que naquela época eu devia ter esperado por você?

Ele riu. Ela se lembrou de que gostava do seu riso solto, transbordante, e que ao mesmo tempo isso a assustava. Percebeu que ele não estava rindo apenas pela pergunta; ele desanuviava a tensão da conversa. Mas o que havia de engraçado na sua pergunta?

— Uma vez escrevi que as grandes decisões, as decisões vitais, não são verdadeiras ou falsas, pois apenas vivemos diferentes vidas. Não, não acho que sua vida tenha dado errado.

10

Ela contou. Deixara os estudos porque o marido precisava dela. Ele tinha conseguido um cargo de diretor médico, embora não tivesse a livre-docência — e era esperado que a conseguisse rapidamente. Além disso, assumira a chefia de uma importante revista especializada. Ela escrevia e revisava textos para ele.

— Eu era boa. O sucessor de Helmut me ofereceu um trabalho como assistente de redação. Mas Helmut respondeu a ele que isso tinha de esperar até eu me tornar uma viúva alegre.

Então vieram os filhos. Chegaram em rápida sucessão e, se não tivesse havido complicações no quarto, seriam ainda mais.

— Você tem uma filha. Não sei como vocês fizeram, mas com quatro filhos era impossível pensar em retomar os estudos. Eu era ocupadíssima. Mas também foi bom ver as crianças crescendo e tomando seus caminhos. O mais velho é juiz no tribunal federal, o segundo é diretor de um museu, e as meninas são donas de casa e mães como eu, mas uma é casada com um professor universitário, e a outra, com um maestro. Tenho treze netos. Você tem algum?

Ele balançou a cabeça.

— Minha filha não é casada e não tem filhos. Ela tem um pouco de autismo.

— O que sua mulher fazia?

— Ela era quase tão alta e magra quanto eu. Escrevia poemas, poemas maravilhosos, loucos, desesperados. Eu amo os poemas, embora muitas vezes não os compreenda. Também nunca compreendi a depressão contra a qual Julia lutou durante toda a vida. Não sei o que a disparou e o que a encerrou, se havia um ritmo do sol ou da lua, se aquilo que comíamos ou bebíamos tinha alguma importância.

— Mas ela não se suicidou!

— Não, ela morreu de câncer.

Ela assentiu.

— Depois de mim você procurou alguém bem diferente. Eu gostaria de ter lido mais na minha vida, mas durante um bom tempo li apenas o que tinha de ler para a redação, e depois quis ler aquilo que as crianças liam no momento, para poder conversar com elas a respeito, então desaprendi a ler para mim. Agora eu teria muito tempo para ler. Mas, quando eu tiver lido, o que vou fazer com isso?

— Eu estava na cozinha quando você percorreu o trecho curto entre a rua e a casa. Reconheci seu passo imediatamente. Você ainda pisa com tanta firmeza quanto naquela época. Claque, claque, claque... Nunca encontrei uma mulher que andasse com tamanha determinação. Naquela época, pensei que você era tão decidida quanto era caminhando.

— E naquela época eu pensava que você me conduziria de um modo tão simples e seguro pela vida como me conduziu na dança.

— Também gostaria de ter vivido como dançava. Julia não dançava.

— Você foi feliz com ela? Você é feliz pela sua vida?

Ele respirou profundamente e se recostou.

— Não consigo mais imaginar a vida sem ela. Também não consigo imaginar nenhuma outra vida além da minha. Claro que dá para pensar nisso e naquilo, mas permanece no plano do abstrato.

— Comigo não é assim. Vivo imaginando coisas diferentes do que aconteceram. O que teria acontecido se tivesse terminado os estudos e ido trabalhar? Se eu tivesse assumido o cargo de assistente de redação? Se tivesse me separado de Helmut assim que ele teve seu primeiro caso? Se não tivesse educado as crianças de maneira tão rígida e séria, mas mais caótica e alegre? Se não tivesse visto a vida apenas como uma engrenagem de deveres e responsabilidades? Se você não tivesse me deixado?

— Eu... — Ele não terminou de falar.

Ela teria de repetir a pergunta. Mas não queria briga nem irritá-lo, então indagou:

— Eu consigo entender o que você escreveu? Gostaria muito de tentar.

— Vou enviar alguma coisa que talvez interesse a você. Pode me passar seu endereço?

Ela abriu a bolsa e lhe deu um cartão de visita.

— Obrigado. — Ele segurou o cartão na mão. — Nunca tive um cartão de visita na vida.

Ela riu.

— Não é tarde demais. — Ela se levantou. — Você chama um táxi, por favor?

Ela o seguiu até seu escritório. Ficava ao lado do quarto com o terraço e também tinha uma vista para as montanhas. Enquanto ele fazia a ligação, ela olhou ao redor. Também ali as paredes eram tomadas de estantes; ao lado da escrivaninha com livros e papéis, de um lado uma mesa com um computador e do outro um quadro de cortiça cheio de contas, recibos de entrega, recortes de jornais, notas manuscritas, fotografias. A mulher alta e magra com os olhos tristes devia ser Julia, a mais jovem com o rosto fechado, sua filha. Numa das fotos, um cachorro preto olhava para a câmera com olhos tristes como os de Julia. Numa outra, Adalbert estava de terno ao lado de outros senhores de ternos pretos, como se fossem formandos tardios. O homem de uniforme e a enfermeira de braços dados diante da porta da casa deviam ser os pais de Adalbert.

Em seguida viu a pequena fotografia em preto e branco deles dois. Estavam numa plataforma abraçados. Não era possível... Ela balançou a cabeça.

Ele baixou o fone e foi para seu lado.

— Não, não é da nossa despedida. Um dia, nós buscamos você na estação, sua amiga Elena, meu amigo Eberhard e eu. Era no fim da tarde e fomos juntos ao rio fazer um piquenique. Eberhard tinha herdado do avô um gramofone a corda e encontrado uns discos velhos no adeleiro. Dançamos a noite inteira. Você ainda se lembra?

— A foto sempre esteve pendurada ao lado da sua escrivaninha?

Ele balançou a cabeça.

— Não nos primeiros anos. Mas desde então. O táxi está chegando.

Eles foram para a rua.

— É você quem cuida do jardim?

— Não, isso quem faz é um jardineiro. Eu corto as rosas.

— Muito obrigada — disse ela, enlaçando-o com os braços e sentindo seus ossos. — Você está saudável? É só pele e osso!

Ele a envolveu com o braço direito e a segurou.

— Cuide-se, Nina.

O táxi apareceu. Adalbert segurou a porta, ajudou-a a entrar e fechou a porta. Ela se virou e o viu parado, ficando cada vez menor.

11

Emilia estava esperando na recepção, levantou-se num pulo e foi até a avó.

— Como foi?

— Eu conto amanhã durante a viagem. Tudo o que quero agora é jantar e ir ao cinema.

Elas comeram no terraço do jardim interno. Estava cedo, eram as primeiras hóspedes e o quarteirão de casas abafava os ruídos da rua e do trânsito. Um melro cantava num telhado, às sete os sinos tocaram, fora isso havia silêncio. Emilia, um pouco melindrada, não queria falar, e por isso comeram caladas.

O filme ao qual assistiriam não lhe importava. Ela não tinha ido ao cinema com frequência durante sua vida e nunca se acostumara à televisão. Entretanto, achava as imagens coloridas em movimento na tela grande avassaladoras, e nessa noite ela queria se sentir assolada. O filme cumpriu isso, porém não de modo a fazê-la se esquecer de tudo, mas a se lembrar: os sonhos que sonhava quando criança, seu desejo por algo que era mais e mais bonito que o dia a dia da família e da escola, suas tentativas deploráveis de encontrar isso no balé e no piano. O pequeno garoto cuja história acompanharam era fascinado por cinema, não deixou o projetista dos filmes em paz naquele pequeno vilarejo siciliano até poder ajudá-lo em ação e, por fim, tornou-se diretor. Dos sonhos da sua infância restou, no fim, somente encontrar o homem certo, e nem isso deu certo.

Mas ela nunca se permitira sentir autopiedade, e continuava sem se permitir. Emilia saiu do cinema com lágrimas nos olhos, envolveu-a com o braço e se aninhou nela. A avó tocou as costas de Emilia para tranquilizá-la; envolvê-la com os braços — isso ela não conseguia. Emilia logo se retraiu e elas andaram lado a lado pela cidade, na noite clara de verão, até o hotel.

— Você quer mesmo voltar amanhã cedo para casa?

— Não preciso estar cedo demais em casa e não precisamos partir cedo. Tudo bem tomar o café às nove?

Emilia assentiu. Porém não estava satisfeita com a avó e os últimos dois dias.

— Agora você vai dormir como se nada tivesse acontecido? Ela riu.

— Não durmo como se nada tivesse acontecido nem mesmo quando nada acontece. Sabe, quando se é jovem, dormimos ou estamos acordados e alertas. Na idade, há uma terceira opção, as noites nas quais não se dorme nem se está acordado. É um estado específico, e um dos segredos de envelhecer está em aceitá-lo como tal. Se quiser, pode continuar flanando pela cidade, eu autorizo.

Ela foi para o quarto e se deitou na cama. Preparou-se para uma noite em que iria adormecer e acordar e lembrar e pensar e adormecer e acordar. Mas ela acordou na manhã seguinte.

Então estavam sentadas no carro, percorrendo novamente a ruazinha e seguindo as ondulações do rio. Emilia compreendera que suas perguntas não levavam a nada e parou de fazê-las. Ela esperou.

— Não foi exatamente como contei a você na viagem de ida. Ele não me deixou. Eu o deixei. — Na verdade, isso foi tudo. Por Emilia, porém, ela continuou falando. — Quando nos despedimos na estação, eu sabia que ele voltaria logo e que não podia ligar ou escrever. Eu poderia ter esperado por ele, mas meus pais descobriram que eu não estava fazendo estágio nenhum e mandaram Helmut. Era para ele me levar para casa e ele me levou para casa. Eu tinha medo da vida com Adalbert, da pobreza em que ele havia crescido e que não dava importância, dos seus pensamentos que eu não entendia, do rompimento com meus pais. Helmut era meu mundo, e fugi para ele.

12

— Por que você me contou tudo diferente?
— Eu achava que tinha sido diferente. Mesmo enquanto conversava com Adalbert.
— Mas não dá...
— Sim, Emilia, dá. Não suportei o fato de ter feito a escolha errada. Adalbert diz que não há escolhas erradas, então eu simplesmente não suportei ter feito a escolha que fiz. Será que, realmente, escolhi alguma coisa? Naquela época, eu tinha a sensação de que estava sendo puxada primeiro para Adalbert, e depois, com ainda mais força, para meu velho mundo e para Helmut. E, quando não fui feliz no meu velho mundo e com Helmut, não perdoei Adalbert por não ter visto meus medos e não ter me ajudado, não ter me apoiado. Eu me senti abandonada por ele, e a lembrança montou todo o cenário quando ele se despediu na plataforma.
— Mas você fez uma escolha!
Ela não sabia o que devia responder. Que não fazia diferença, visto que tinha de viver com as consequências de um

jeito ou de outro? Que ela na verdade não sabia o que era fazer escolhas? Depois de Helmut tê-la levado para casa, foi natural que ela se casasse com ele, que os filhos viessem e os casos também. As obrigações para as quais tinha vivido estavam lá e precisavam ser cumpridas — que escolha havia a ser feita?

Irritada, disse:

— Eu teria de escolher abandonar meus filhos? Não cuidar deles quando ficassem doentes, não conversar com eles sobre os assuntos que lhes eram importantes, não os levar ao teatro e a concertos, não encontrar as escolas certas, não os ajudar nas lições de casa? E também com vocês, netos e netas, eu tinha minhas obrigações...

— Suas obrigações? Somos apenas obrigações para você? Seus filhos foram apenas obrigações para você?

— Não, é claro que amo vocês. Eu...

— Está parecendo que o amor também é apenas uma obrigação para você.

Ela achou que Emilia a interrompia com muita frequência. Ao mesmo tempo, não sabia como continuar. Elas deixaram a via secundária e se encaixaram no trânsito intenso da estrada. Emilia dirigia rápido, mais rápido que na vinda e às vezes de modo arriscado e desrespeitoso.

— Você pode por favor andar mais devagar? Estou com medo.

Com uma manobra atemorizante, Emilia mudou para a faixa da direita, entre dois caminhões lentos.

— Satisfeita?

Ela estava cansada, não queria adormecer, mas acabou adormecendo. Sonhou que era uma menininha e estava andando pela cidade de mãos dadas com a mãe. Embora conhecesse as ruas e as casas, sentia-se estranha na cidade. Isso é porque ainda sou muito pequena, pensou ela no sonho. Porém não adiantou; quanto mais andavam, mais oprimida e amedrontada ficava. Foi então que um cachorro grande, preto, de olhos pretos grandes, assustou-a e ela despertou com um som de espanto.

— O que foi, vovó?

— Eu estava sonhando. — Numa placa, ela viu que já não faltava muito para chegar à casa. Enquanto dormia, Emilia havia trocado novamente para a faixa da esquerda.

— Vou levar você para casa e depois vou embora.

— Para os seus pais?

— Não. Não preciso ficar em casa esperando minha vaga na universidade. Tenho um pouco de dinheiro e vou visitar uma amiga na Costa Rica. Sempre quis aprender espanhol.

— Mas hoje à noite...

— Hoje à noite vou a Frankfurt, ficar com outra amiga, até conseguir um voo.

Ela teve a sensação de que devia dizer algo para encorajá-la ou alertá-la. Mas não conseguia pensar tão rápido. Emilia estava agindo certo ou errado? Admirava a decisão da neta, mas não conseguia dizer isso enquanto não soubesse que estava correta.

Depois de Emilia levá-la para casa e estacionar o carro, ela a acompanhou até o ponto de ônibus.

— Obrigada. Sem você eu nunca teria me recuperado. Sem você eu não teria feito a viagem.

Emilia deu de ombros.

— Tranquilo.

— Eu decepcionei você, não foi? — Ela procurava por palavras que pudessem deixar tudo bem. Não as encontrou.
— Você vai se sair melhor.

O ônibus chegou e ela abraçou Emilia, que retribuiu o abraço. A neta entrou pela frente e demorou um tempo até conseguir chegar à parte traseira do ônibus. Antes de o ônibus desaparecer numa curva, ela se ajoelhou no último banco e acenou.

13

O verão continuou bonito. À noite, com frequência ocorriam tempestades, e ela se sentava na varanda coberta, observava as nuvens escurecerem, o vento curvar as árvores e as gotas caírem, primeiro isoladas e depois num jorro forte. Quando a temperatura caía, ela se aquecia com um cobertor. Às vezes adormecia e acordava apenas quando já era noite. Nas manhãs após as tempestades, o ar estava encantadoramente limpo.

Ela esticou os passeios e fez planos para uma viagem, mas não conseguia se decidir. Emilia mandou um cartão-postal da Costa Rica. Os pais não a perdoaram por ela ter deixado Emilia viajar. Podia ao menos ter pedido o endereço da amiga em Frankfurt, para que eles a encontrassem antes da partida e conseguissem conversar com a filha. Por fim, ela disse que não queria ouvir falar daquilo e, se eles não conseguissem falar de outro assunto, que deixassem de visitá-la.

Depois de algumas semanas, chegou um pacote de Adalbert. Ela gostou do livro fininho, encadernado com um linho preto; vê-lo e tocá-lo era bom. Gostou também do título: *Esperança e decisão*. Na verdade, porém, ela não queria saber o que Adalbert pensava.

Na verdade, ela queria saber se ele ainda dançava bem. E não poderia ser diferente. Quando o visitou, devia ter ficado mais um pouquinho, ligado o rádio e dançado com ele, do quarto ao terraço, sendo conduzida por aquele único braço de modo tão seguro e leve como se estivesse flutuando.

Este livro foi composto na tipologia Kepler Std
Regular, em corpo 11,5/16, e impresso em
papel offwhite no Sistema Cameron da
Divisão Gráfica da Distribuidora Record.